范用 编

買書瑣記 下编

生活·讀書·新知 三联书店

Copyright © 2023 by SDX Joint Publishing Company.
All Rights Reserved.
本作品版权由生活・读书・新知三联书店所有。
未经许可，不得翻印。

图书在版编目（CIP）数据

买书琐记．下编/范用编．—北京：生活・读书・
新知三联书店，2023.9
（闲趣坊）
ISBN 978-7-108-07616-8

Ⅰ．①买… Ⅱ．①范… Ⅲ．①散文集－中国－当代
Ⅳ．① I267

中国国家版本馆 CIP 数据核字 (2023) 第 069579 号

责任编辑	卫　纯
装帧设计	薛　宇
责任校对	陈　明
责任印制	卢　岳

出版发行　**生活・讀書・新知**三联书店
　　　　　（北京市东城区美术馆东街 22 号 100010）
网　　址　www.sdxjpc.com
经　　销　新华书店
印　　刷　河北松源印刷有限公司
版　　次　2023 年 9 月北京第 1 版
　　　　　2023 年 9 月北京第 1 次印刷
开　　本　850 毫米 × 1168 毫米　1/32　印张 9.625
字　　数　183 千字
印　　数　0,001－5,000 册
定　　价　45.00 元
（印装查询：01064002715；邮购查询：01084010542）

出版说明

为继承中国现代文明传统,追慕闲情雅致的文化趣味,自二〇〇五年起,我们刊行"闲趣坊"丛书,赢得读者和市场的普遍认可,至今已达三十余种。这套书以不取宏大叙事、不涉形而上话题为原则,从现当代作家、学人的散文随笔中,分类汇编,兼及著述,给新世纪的中国读书人提供一些闲适翻看的休闲读物。

"闲趣坊"涉及二十世纪以来文化生活的诸多面向:饮食、访书、茶酒、文房、城乡与怀旧,表现了知识阶层和得风气之先者,有品位、有趣味的日常,继而通过平凡琐事,映射百年中国的人情世态,沧海桑田。"闲趣坊"的精神内核不在风花雪月,而是通过笔酣墨饱的文章,倡导一种朴实素雅、温柔敦厚、不同流俗的生命观,是对三联书店"知识分子精神家园"意涵的解读与发扬。

在日新月异的今天，我们认为正视和尊重这份价值仍有必要。希望新版"闲趣坊"能够陪伴新一代读者，建设"自己的园地"，有情、有趣、有追求地生活。

生活·讀書·新知 三联书店
二〇二三年四月

目 录

1	前言	范用
1	卖书	郭沫若
5	东京的书店	周作人
12	神田旧书店	姜德明
16	丸善书店	姜德明
20	天牛书店	田洪宝
25	在京都卖中文书	戴燕
30	三家书店	朱自清
40	觅书偶记	董桥
43	访书小录	董桥
51	伦敦淘书小记	邹海仑
59	也记伦敦淘书	张海晏

69	逛英伦书市有感	田　森
75	旧书一条街	黑　马
79	剑桥一书贾	金耀基
88	淘书剑桥	张和龙
96	书城断忆	洪作稼
106	票友的代价	黑　马
110	巴黎的旧书摊	陆侃如
115	巴黎的书摊	戴望舒
123	塞纳河畔的旧书摊	卢　岚
131	纽约的旧书铺	梁实秋
133	曼哈顿书店一景	王　强
137	纽约求书记	梁治平
143	跟书店说再见	程步奎
149	伯克利的书店	喻丽清
153	走马美国书市	亮　轩
161	书店的橱窗	程丹梅
165	俄罗斯访书录	马海甸
171	莫斯科购书记	谢天振
176	记马德里的书市	戴望舒
181	新加坡淘书记	方竟成
187	在牛津	陈　原
191	洛城访书记	姜德明

201	在兰登书屋分店	姜德明
207	内山书店小坐记	姜德明
212	哈佛访书记	杨扬
218	在剑桥书店里听讲座	刘兵
222	巴黎购书	宋开智
225	德国大学的旧书摊	洪捷
229	悠长的书香	韩水法
237	图宾根书店琐忆	先刚
245	柏林的旧书店	王建
250	在斯堪的纳维亚买旧书	辛德勇
259	德国大学校园书摊	程丹梅
262	日本淘书记——东京篇	李冬山
266	日本淘书记——京都篇	李冬山
269	一个书商之死：怀念艾伦·米克瑞特	钟芳玲
276	卖书郎与补书娘的故事	钟芳玲
285	俄罗斯买书记	郭在精
295	都灵书生活	王宇平

前 言

范 用

我爱跑书店,不爱上图书馆。在图书馆想看一本书,太费事,先要查卡片,然后填借书单,等待馆员找出书。

上书店,架上桌上的书,一览无余,听凭翻阅。看上的,而口袋里又有钱,就买下。

生平所到的城市,有的有书店街,如重庆武库街,桂林太平路,上海福州路,都是我流连忘返的地方。旧书店更具有吸引力,因为有时在那里会有意外的惊喜,如重庆米亭子,桂林中山北路,上海卡德路、河南路。我在旧书店买到鲁迅先生印造的几种书:《海上述林》《引玉集》《梅斐尔德木刻士敏土之图》《铁流》《毁灭》,都是可遇不可求。这几种书印数都很少,《士敏土之图》只印了二百五十本,《引玉集》三百五十本,《海上述林》五百部。还在旧书店买到曹禺签名赠送郑振铎的精装本《日出》,夏衍赠送叶灵凤的一九二七年创造社出版的

《木犀》，上面有夏公题词："游镇江、扬州得此书于故书铺中，以赠此书之装帧者霜崖（叶灵凤）老弟。"还买到过田间签名赠送艾思奇的诗集《中国·农村的故事》。如今都成为我的珍本藏书。

跑书店的另一乐趣是跟书店老板、店员交朋友。还在当小学生时，我跟镇江的一家书店店员交上朋友，时隔五十多年，他还记得我，从台湾带上家人到北京看望我这个小友。我写了一篇《买书结缘》讲这件事，现在也印在本书中。

由于有此癖好，我对别人记述逛书店买书的文章也有兴趣阅读，现在我把它们汇编为《买书琐记》，以贡献于同好。

尽管多方努力，仍有部分本书作者未能取得联系，请版权持有人见书后致函三联书店，以便寄奉样书和稿酬。

二〇〇四年五月

范用先生编《买书琐记》、《买书琐记》[续编]，分别初版于二〇〇五年、二〇〇九年，共印行了五版。此次借《闲趣坊》书系修订新版之机，将二书上编、下编分别重组成帙，上编为国内淘书记（含港、台地区），下编为海外访书记，内中篇目并无增损。希望如此更便利于读者。特此说明，并志纪念爱书的范用先生。

生活·讀書·新知 三联书店编辑部
二〇一二年九月

卖书

郭沫若

我平生苦受了文学的纠缠,我弃它也不知道弃过多少次数了。我小的时候便喜欢读楚辞庄子史记唐诗,但在民国二年出省的时候,我便全盘把它们丢了。民国三年的正月我初到日本来的时候,只带着一部《文选》,这是二年的年底在北京琉璃厂的旧书店里买的了。走的时候本也想丢掉它,是我大哥劝我,终竟没有把它丢掉。但我在日本的起初的一两年,它在我的箧里是没有取出过的呢。

在日本住久了,文学的趣味不知不觉之间又抬起头来,我在高等学校快要毕业的时候,又收集了不少的中外的文学书籍了。

那是民国七年的初夏,我从冈山的第六高等学校毕了业,以后是要进医科大学的了。我决心要专精于医学的研究,文学的书籍又不能不和它们断缘了。

我起了决心，又先后把我贫弱的藏书送给了友人们，明天便是我永远离开冈山的时候了。剩着《庾子山全集》和《陶渊明全集》两书还在我的手里。这两部书我实在是不忍丢去，但我又不能不把它们丢去。这两部书和科学的精神尤为是不相投合的呢。那时候我因为手里没有多少钱，便想把这两位诗人拿去拍卖。我想日本人是比较尊重汉籍的，这两部书也比较珍奇，在书店里或者可以多卖些价格。

那是晚上，天在落雨。我打起一把雨伞向冈山市上走去，走到了一家书店，我进去问了一声。我说："我有几本中国书……"

话还没有说完，坐店的一位年轻的日本人怀着两只手粗暴地反问着我："你有几本中国书？怎么样？"

我说："想让给你。"

"哼，"他从鼻孔里哼了一声，又把下颚向店外指了一下，"你去看看招牌罢，我不是买旧书的人！"说着把头一掉便各自去做他的事情去了。

我碰了这一个大钉，失悔得什么似的，心里又是恼恨，这位书贾太不把人当人了，我就偶尔把招牌认错，也犯不着以这样侮慢的态度待我！我抱着书仍旧回我的寓所去。路从冈山图书馆经过的时候，我突然对于它生出无限的惜别意来。这儿是使我认识了Spinoza, Tagore, Kabir, Goethe, Heine, Nietzsche诸人的地方，我的青年时代的一部分是埋葬在这儿的了。我便想把我肘下挟着的两部书寄付在这儿。我一起了决心，便把书抱进馆去。那时因为下雨，馆里看书的没有一个人。我向着一位馆员交涉了，说我愿寄付两部书。馆员说馆长回去了，叫我明天再来。我觉得这是再好没有的，便把书交给了馆员，诿说明天再来，便各自走了。

啊，我平生没有遇着过这样快心的事情。我把书寄付了之后，觉得心里非常的恬静，非常的轻灵，雨伞上滴落着的雨点声都带着音乐的谐调，赤足上蹴触着的行潦也觉得爽腻。啊，那爽腻的感觉——我想就是耶稣的脚上受着Magdalen用香油涂抹时的感觉，也不过是这样罢？——这样的感觉，我到现在也还能记忆，但是已经隔了六年了。

自从把书寄付后的第二天我便离去了冈山，我在那天不消说是没有往图书馆里去过。六年以来，我坐火车虽然前前后后地经过了冈山五六次，但都没有机会下车。在冈山的三年间的生活的回忆是时常在我脑中苏活着的；但我恐怕永没有重到那儿的希望了罢？

呵，那儿有我和芳坞同过学的学校，那儿有我和晓芙同楼的小屋，那儿有我时常去登临的操山，那儿有我时常弄过舟的旭川，那儿有我每朝清晨上学，每晚放学回家，必然通过的清丽的后乐园，那儿有过一位最后送我上车的处女，这些都是使我永远不能忘怀的地方，但我现在最初想到的是我那庾子山和陶渊明集的两部书呀！我那两部书不知道果安然寄放在图书馆里没有？无名氏的寄付，未经馆长的过目，不知道究竟遭了登录没有？看那样的书籍的人，我怕近代的日本人中终竟少有罢？即使遭了登录，我想来定被置诸高阁，或者是被蠹蛀食了？啊，但是哟，我的庾子山！我的陶渊明！我的旧友们哟！你们没要怨我抛撇！你们也没要怨知音的寥落罢！我虽然把你们抛撇了，但我到了现在也还在铭心刻骨地思念你们。你们即使不遇知音，但假如在图书馆中健存，也比落在贪婪的书贾手中经过一道铜臭的烙印的，总还要幸福些罢？

啊，我的庾子山！我的陶渊明！旧友们哟！现在已是夜深，也是正在下雨的时候，我寄居在这儿的山中，也和你们冷藏在冈山书馆里一样的呢。但我想起六年前和你们别离的那个幸福的晚上，我觉得我也算不曾虚度此生了，我现在也还要希望什么呢？也还要希望什么呢？

啊，我现在的身体比从前更加不好了，新添了三个儿子已渐渐长大了起来，生活的严威紧逼着我，我不知道能够看着他们长到几时？但我要把他们养大，送到社会上去做个好人，也是我生了他们的一番责任呢。我在今世假使没有重到冈山来看望你们的时候，我死后的遗言，定要叫我的儿子们便道来看望。你们的生活是比我长久的，我的骨化成灰，肉化成泥时，我的神魂是借着你们永在。

一千九百二十四年十月十七日夜侨居于
日本九州佐贺县北一小二村中写此
（选自《沫若文集》第七卷，人民文学出版社一九五八年版）

东京的书店

周作人

说到东京的书店第一想起的总是丸善（Maruzen）。他的本名是丸善株式会社，翻译出来该是丸善有限公司，与我们有关系的其实还只是书籍部这一部分。最初是个人开的店铺，名曰丸屋善七，不过这店我不曾见过，一九〇六年初次看见的是日本桥通三丁目的丸善，虽铺了地板还是旧式楼房，民国以后失火重建，民八往东京时去看已是洋楼了，随后全毁于大地震，前年再去则洋楼仍建在原处，地名却已改为日本桥通二丁目。我在丸善买书前后已有三十年，可以算是老主顾了，虽然买卖很微小，后来又要买和书与中国旧书，财力更是分散，但是这一点点的洋书却于我有极大的影响，所以丸善虽是一个法人而在我可是可以说有师友之谊也。

我于一九〇六年八月到东京，在丸善所买最初的书是圣兹伯利（G. Saintsbury）的《英文学小史》一册与泰纳的英译本四册，书架上现今还有这两部，但已不是那时买的原书了。我在江南水师学堂学的外国语是英文，当初的专门是管轮，后来又奉督练公所命令改学土木工学，自己的兴趣却是在文学方面，因此找一两本英文学史来看看，也是很平常的事。但是实在也并不全是如此，我的英文始终还是敲门砖，这固然使我得知英国十八世纪以后散文的美富，如爱迭生，斯威夫武，阑姆，斯替文生，密伦，林特等的小品文我至今爱读，那时我的志愿乃在所谓大陆文学，或是弱小民族文学，不过借英文做了居中传话的媒婆而已。一九〇九年所刊的《域外小说集》二卷中译载的作品以波兰、俄国、波思尼亚、芬兰为主，法国有一篇摩波商（即莫泊桑），英美也各有一篇，但这如不是犯法的淮尔特（即王尔德）也总是酒狂的亚伦坡。俄国不算弱小，其时正是专制与革命对抗的时候，中国人自然就引为同病的朋友，弱小民族盖是后起的名称，实在我们所喜欢的乃是被压迫的民族之文学耳。这些材料便都是从丸善去得来的。日本文坛上那时有马场孤蝶等人在谈大陆文学，可是英译本在书店里还很缺少，搜求极是不易，除俄法的小说尚有几种可得外，东欧北欧的难得一见，英译本原来就很寥寥。我只得根据英国倍寇（E. Baker）的《小说指南》（*A Guide to Best Fictions*），抄出书名来，托丸善去定购，费了许多的气力与时光，才能得到几种波兰，勃尔伽利亚，波思尼亚，芬兰，匈加利，新希腊的作品，这里边特别可以提出来的有育珂摩耳（Jokai Mor）的小说，不但是东西写得好，有匈加利的司各得之称，而且还是革命家，英译本的印刷装订又十分讲究，至今还可算是我的藏书中之佳品，只可惜在绍兴放了四年，书面上因为潮湿生了好些霉菌的斑点。此外还有一部插画本土耳该涅夫（Turgeniev）小说集，共十五册，伽纳忒夫人译，价三镑。这部书本平常，价也不能算贵，每册只要四先令罢了，不过当时普通留学官费每月只有三十三元，想买这样大书，谈何容易，幸而有蔡谷清君的介绍把哈葛德与安特路朗合著的《红星佚史》译稿卖给商务印书馆，凡十万余字得洋二百元，于是居然能够买得，同时定购的还有勃阑兑思（Georg Brandes）的一册《波兰印象记》，这也给予我一个深的印象，使我对于波兰与勃阑兑思博士同样地不能忘记。我的文学店逐渐地关了门，除了《水浒传》《吉诃德先生》之外不再读中外小说了，但是杂览闲书，丹麦安徒生的童话，英国安特路朗的杂文，又一方面如威斯忒玛克的《道德观念发达史》，部丘的关于希腊的诸讲义，都给我很愉快的消遣与切实的教训，也差不多全是从丸善去得来的。末了最重要的是蔼理斯的《性心理之研究》七册，这是我的启蒙之书，使我读了之后眼上的鳞片倏忽落下，对于人生与社会成立了一种见解。古人学艺往往因了一件事物忽然省悟，与学道一样，如学写字的见路上的蛇或是雨中在柳枝下往上跳的蛙而悟，是也。不佞本来无道可悟，但如说因"妖精打架"而对于自然与人生小有所了解，似乎也可以这样说，虽然卍字派的同胞听了觉得该骂亦未可知。《资本论》读不懂，（后来送给在北大经济系的旧学生杜君，可惜现在墓木已拱矣！）考虑妇女问题却也会归结到社会制度的改革，如《爱的成年》的著者所已说过。蔼理斯的著作自《新精神》以至《现代诸问题》都从丸善购得，今日因为西班牙的反革命运动消息的联想又取出他的一册《西班牙之魂灵》来一读，特别是《吉诃德先生》与《西班牙女人》两章，重复感叹，对于西班牙与蔼理斯与丸善都不禁各有一种好意也。

　　人们在恋爱经验上特别觉得初恋不易忘记，别的事情恐怕也是如此，所以最初的印象很是重要。丸善的店面经了几次改变了，我所记得的还是那最初的旧楼房。楼上并不很大，四壁是书架，中间好些长桌上摊着新到的书，任凭客人自由翻阅，有时站在角落里书架背后查上半天书也没人注意，选了一两本书要请算账时还找不到人，须得高声叫伙计来，或者要劳那位不良于行的下田君亲自过来招呼。这种不大监视客人的态度是一种愉快的事，后来改筑以后自然也还是一样，不过我回想起来时总是旧店的背景罢了。记得也有新闻记者问过，这样不会缺少书籍么？答说，也要遗失，不过大抵都是小册，一年总计才四百元左右，多雇人监视反不经济云。当时在神田有一家卖洋书的中西屋，离寓所比丸善要近得多，可是总不愿常去，因为伙计跟得太凶。听说有一回一个知名的文人进去看书，被监视得生起气来，大喝道，你们以为客人都是小偷么！这可见别一种的不经济。但是不久中西屋出倒于丸善，改为神田支店，这种情形大约已改过了罢，民国以来只去东京两三次，那里好像竟不曾去，所以究竟如何也就不得而知了。

因丸善而联想起来的有本乡真砂町的相模屋旧书店，这与我的买书也是很有关系的。一九〇六年的秋天我初次走进这店里，买了一册旧小说，是匈加利育珂原作美国薄格思译的，书名曰《髑髅所说》（Told by the Death's Head），卷首有罗马字题曰，K. Tokutomi, Tokio Japan. June 27th.1904，一看就知是《不如归》的著者德富健次郎的书，觉得很是可以宝贵的，到了辛亥归国的时候忽然把它和别的旧书一起卖掉了，不知为什么缘故，或者因为育珂这长篇传奇小说无翻译的可能，又或对于德富氏晚年笃旧的倾向有点不满罢。但是事后追思有时也觉得可惜。民八春秋两去东京，在大学前的南阳堂架上忽又遇见，似乎它直立在那里有八九年之久了，赶紧又买了回来，至今藏在寒斋，与育珂别的小说《黄蔷薇》等做伴。相模屋主人名小泽民三郎，从前曾在丸善当过伙计，说可以代去拿书，于是就托去拿了一册该莱的《英文学上的古典神话》，色刚姆与尼珂尔合编的《英文学史》绣像本第一分册，此书出至十二册完结，今尚存，唯《古典神话》的背皮脆裂，早已卖去换了一册青灰布装的了。自此以后与相模屋便常有往来，辛亥回到故乡去后一切和洋书与杂志的购买全托他代办，直到民五小泽君死了，次年书店也关了门，关系始断绝，想起来很觉得可惜，此外就没有遇见过这样可以谈话的旧书商人了。本乡还有一家旧书店郁文堂，以卖洋书出名，虽然我与店里的人不曾相识，也时常去看看，曾经买过好些书至今还颇喜欢所以记得的。这里边有一册勃阑兑思的《十九世纪名人论》，上盖一椭圆小印朱文曰胜弥，一方印白文曰孤蝶，知系马场氏旧藏，又一册《斯干地那微亚文学论集》，丹麦波耶生（H. H. Boyesen）用英文所著，卷首有罗马字题曰，November 8th. 08. M. Abe，则不知是哪一个阿部君之物也。两书中均有安徒生论一篇，我之能够懂得一点安徒生差不多全是由于这两篇文章的启示，别一方面安特路朗（Andrew Lang）的人类学派神话研究也有很大的帮助，不过我以前只知道格林兄弟辑录的童话之价值，若安徒生创作的童话之别有价值则至此方才知道也。论文集中又有一篇勃阑兑思论，著者意见虽似右倾，但在这里却正可以表示出所论者的真相，在我个人是很喜欢勃阑兑思的，觉得也是很好的参考。前年到东京，于酷热匆忙中同了徐君去过一趟，却只买了一小册英诗人《克剌勃传》（*Crabbe*），便是丸善也只匆匆一看，买到一册瓦格纳著的《伦敦的客店与酒馆》而已。近年来洋书也贵，实在买不起，从前六先令或一元半美金的书已经很好，日金只要三元，现在总非三倍不能买得一册比较像样的书，此新书之所以不容易买也。

本乡神田一带的旧书店还有许多，挨家的看去往往可以花去大半天的工夫，也是消遣之一妙法。庚戌辛亥之交住在麻布区，晚饭后出来游玩，看过几家旧书店忽见行人已渐寥落，坐了直达的电车迂回地到了赤羽桥，大抵已是十一二点之间了。这种事想起来也有意思，不过店里的伙计在账台后蹲山老虎似的双目炯炯地睨视着，把客人一半当作小偷一半当作肥猪看，也是很可怕的，所以平常也只是看看，要遇见真是喜欢的书才决心开口问价，而这种事情也就不甚多也。

一九三六年八月二十七日于北平
（选自《瓜豆集》，河北教育出版社二〇〇二年一月版）

神田旧书店

姜德明

这次在东京,两次去神田街的旧书店巡礼,恨时间仓促,不能尽兴。

果然是名不虚传的书店街,一家挨一家的小门面,家家有个古雅的店名,什么弘文堂、庆文堂、一诚堂、明伦馆、丛文阁……一时倒让我不知推开谁家的门才好。

这些店铺没有华丽的装饰,靠了一种古朴之风吸引着爱书的顾客。店内书多,几乎让你没有插足之地,稍一移步,前面的顾客便得侧身相让。有的书店还可上楼,楼梯一侧亦摆满了旧书,只要你有兴趣,便可一步一阶地看上去。楼虽不高,足够你看半天的了。

店门之外,还有露天书摊,一律一百日元一本,任你挑选,伫立细读。可别忘了脚下还有不少塑料筐子,里面也装满了画册之类的重头书。我真想蹲在繁华的神田街头,翻尽那些画册。

旧书之中,战后出版的为多,战前出版的约占三分之一。侵华战争中的破书历经风雨显得很旧了,几乎无人问津。我抽出一本精装的《向广州挺进》,定价只有二百日元,我倒觉得凡是想了解军国主义当年是如何洋洋自得的,无妨破费少许,把它当作一种反面教材来读未必是无益的。

一本《杂书杂录》,是增田涉先生的关于书的随笔集。我翻了翻,书中还谈到了中国清末的版本,并有书影。看看定价,却要二千日元以上,遂即物归原处。

书店的招牌上大多写着可以在这里找到稀见的古本,并收购珍本云云。所谓珍本书都已锁在玻璃柜橱里,我粗粗一看,亦无非本世纪二十年代前后出版的毛边书而已。也许会有些珍本,听说日本近代文学馆有专人来这里找书,有些稀见的初版本就是从这些旧书店里淘来的。日本读者喜欢夏目漱石的小说,很多旧书店都备有各种版本的《夏目漱石全集》,还有《葛饰北斋漫画全集》等。日本近代文学馆复印的夏目漱石著作的初版本,印刷装帧和纸张的考究,几乎让你分不清真假。日本读者偏爱浮世绘,我偶然看到一种精印的《枕草子》,过去是禁书,现已开禁,封面上特别标明了这一点。我第一次领略了日本浮世绘中的色情部分。这种开禁的浮世绘,恰好同今天到处泛滥的色情书刊合流,形成一股恶浊的浪潮。为了做生意,有的旧书店已逐渐失去典雅古朴的风格,不惜在僻静的一角，陈列刚刚出版的色情书刊。这些书刊连那封面也在露骨地表现性交场面。色情的浮世绘甚至已经波及一般工艺品。我看到一套精致的日本烧瓷，十二个白瓷小碗上面各有一幅彩色春宫浮世绘。代表日本文化传统的当然是浮世绘，然而色情浮世绘的流行也许会毁掉这优秀的民族艺术。

看来这里的旧书店多是夫妻老婆店，男主人外出时，往往由主妇坐镇。东京的旧书店，听说有二百家。我很奇怪，既属私人分散经营，又不知怎样形成了那么严密的分工，比如有专门经营自然科学书籍的，还有医学、汉学、儿童读物等等专业书店。我看到南洋堂专卖建筑图书，三茶书房的特色是近代文学，大屋书店经营江户时代的图书和浮世绘，庆文堂是历史和民俗考古学，玉英堂是名著全集和初版限定版书，悠久堂是专卖山岳和植物方面的书，而一心堂又专卖刀剑书和锦绘。听说这是长期以来自然形成的特点，我很羡慕日本读者逛旧书店的方便。

我在一心堂留连许久，其实刀剑书最多占了一半，其余仍是文史书，美术书也不少。就在这家小店，我同一位日本青年和一位盛装的中年妇女，同时抢购到几本外加函套的精美画册。这是一九六六年河出书房出版的《现代世界美术全集》，每本五百日元，合人民币三元左右，比原价便宜多了。我很想选购几本浮世绘，可那日本青年捂住那几本浮世绘说："这是我要买的。"我只好买下介绍莫奈、罗丹、毕加索的那几本。

那位花白头发、穿和服的店主妇，一再向我鞠躬行礼，感谢我照顾了她的生意。她先用一条干毛巾把我选购的那几本画册擦拭一遍，然后小心地包装好，还没有忘记附送我一份彩印的"神田古书店地图帖"。最后她又用两个现成的塑料提手往绳上一套，我就像提着一个公函包似的继续在神田街漫游。

这样惬意地逛旧书店在我已是久违了，也许当年在我们的北京琉璃厂、上海的四马路、南京的夫子庙、天津的天祥商场、广州的文德路都曾经有过这种耐人寻味的文化氛围吧。现在一想起东行匆匆，我竟然在东京的旧书店里同邻邦的书痴一起抢购旧书，不禁莞尔。

一九八三年七月
（选自《流水集》，上海远东出版社一九九七年九月版）

丸善书店

姜德明

没有到日本以前,我便向往日本的几家书店了。

我最先探访了银座一带的丸善书店。这是一座规模较大的书店。当年鲁迅先生留学日本时,常常来这里买书。那时经常陪他来的有周作人以及同学许寿裳。我明明知道,如今的丸善书店早已不是旧时模样了,但我还是迫不及待地要一见方休。

鲁迅先生对丸善书店是很有感情的。自从一九〇九年离开日本后,他仍不断给丸善书店写信,托他们找书。这在《鲁迅日记》里是不胜枚举的。一九一一年五月,为了敦促周作人夫妇及早回国,鲁迅先生最后一次赴日本,他还是没有忘记重访旧游之地。他在这年七月三十一日致许寿裳信中说:"两月前乘间东行,居半月而返,不访一友,亦不游一览,仅一看丸善所陈书,咸非故有,所欲得者极多,遂索性不购一书。"爱书爱到连一本亦不买的程度,可见丸善书店藏书之丰和鲁迅先生对书的感情有多么深沉。

晚年，鲁迅先生在上海接待过日本朋友增田涉，对方问他：假若先生再去日本，最想看的是什么地方？鲁迅先生不假思索地脱口而出，第一个要看的就是丸善书店。

我理解先生的心情，书店给每一个寻找知识的人打开了大门，铺好了阶梯，所以我一到东京就想寻找机会去看看丸善书店，想亲身感受一下它怎样带给了鲁迅先生愉快的回忆。

那天是日中文化交流协会的翻译户室道子小姐陪我去的。

我们在繁华的日本桥大街上找到了丸善书店。这是一座地上九层、地下两层的大厦。看外貌简直看不出是书店，更像商场和百货公司。鲁迅先生最后一次来丸善书店时，那建筑也不是他留学日本时的样子了。据说那是一九一〇年重新翻修过的东京最早的钢筋水泥建筑物，但这座房子在一九二三年东京大地震时已毁掉了。地震后所盖的楼房，在第二次世界大战时也夷为平地。现在这座大楼是战后盖的，那时东京盖高楼还有限制，所以只有九层。

户室小姐说，她平时也很少到这家书店来。现在这书店似乎只占了这座楼的二三两层，第四层我们没有来得及上去，而一进底层便发现这里并不卖书，而是一个经营文具等杂货的商场。我不明白书籍商场为什么不设在顾客流通方便的一楼，是怕顾客不肯光顾，还是为了迎合那些只顾物质商品，不重精神食粮的人们？

二楼陈设的都是新出版的日文书籍，我在文学艺术部分走马观花地浏览一番。总的印象是书籍品类繁多，装帧讲究，花花绿绿，色彩夺目，似乎不易使人能静下心来仔细地玩味。书籍是按照作家的姓氏排列的。这给读者带来不少方便。在当代作家部分，我特别留心了井上靖先生的作品，足有两三个书架全是他的著作。还有司马辽太郎、陈舜臣的作品，至少也有两书架。这些作家的著作，很多都是畅销书。还有写《人证》和《恶魔的饱食》的作家森村诚一的书也看到了。

在不被人注意的角落里，也还摆着不少三岛由纪夫的作品。一见那名字，心中一阵发冷。我在那儿确实没看到有人在翻阅他的书。

陈列杂志和少年儿童读物的部分，所占面积不小，开本和品类之多，亦令人称羡，可惜我不敢断定内容如何。就儿童读物来说，我看大量的还是带娱乐性的通俗连环漫画。户室小姐说，这样的书周转很快，用不了多久，便转到旧书市场上卖廉价了。

摄影画册大概最吸引人了，但是我看随便翻翻的人居多，买主很少。是不是画册的定价太高了？翻看写真画报的不少是青年人，莫非都是摄影爱好者？待我走近一看明白了，有些写真画报的内容实在不堪入目，是污辱女性、专给男人们看的。

柜台附近挂着一些读者任意可取的新书目录，有一张彩色精印的栗原小卷的剧照，似乎与书籍无关。我顺手扯下一张，原来下个月她将在俳优座剧团主演一出英国古典话剧。栗原小卷是中国观众熟悉的电影明星,可是她在国内除了演电影、电视以外,更酷爱舞台艺术,甚至以银幕表演得来的收入,补贴坚持话剧艺术的穷剧团。我对栗原小卷女士产生了敬意,小心地收好这张海报,把它带回国来。

三楼全部是外文书籍,英、法、德、意文学的书刊尽收眼底。这是丸善书店的经营传统,当年鲁迅先生正为这一点而不能忘情于丸善书店。鲁迅先生除了在这里买日文书籍外,也买了不少德文书。

站在光怪陆离的万书丛中,我既感到一种满足,也感到一点不安,也许由于不少书的色彩和图案过于轻浮了吧。这里本应该有更多的书斋情趣,可我总觉得书斋气味太少,而商业的气味过重了。后来见到有的书店,一进门便挂着一个横卧的裸体女郎的招贴,真不知道它们要卖的是什么。我想当年鲁迅先生所见的丸善书店,规模肯定比现在要小,书籍的印刷技术可能比现在差,但那氛围一定要比现在古朴风雅得多,否则何以能使先生那样留连难忘。

一九八三年八月
(选自《游寓他乡记淘书》,中国文史出版社
一九九九年五月版)

天牛书店

田洪宝

在日本大阪,曾经流行过这样一句话:"只要去天牛,什么书都有。"一家旧书店能获如此盛誉,店主必有其不凡之处。

天牛之名取自书店创始人天牛新一郎的姓,日本人的姓氏千奇百怪,但天牛这姓却很少见,连日本人都觉得稀奇,就冲这怪名,书店一开便招来了不少客人。而据天牛本人推测,天牛,无非是看天上有云像牛而已,声音上一省略,就读作天牛了,并无深意。

书店老主人天牛新一郎被视作大阪闹市区的"名物男"(勉强可译作"奇人"),当年提起"天牛的老爷子",几乎没有不伸大拇指的。新一郎一八九二年生于和歌山,六岁投父到大阪。小学毕业后,十六岁开始在路边摆书摊,跑夜市,挣扎到二十四岁才在日本桥南头开起了天牛书店,门面只有一间半大。当时(一九一五年)正值日本旧书业从传统的"和本"

（日本古籍）向"洋本"（洋装书）转换的时期，一般书店还都用"符丁"（暗码）标价，客人买书必须逐一问价，像买旧货似的讨价还价。新一郎讨厌这种做法，在大阪第一个明码标价卖书，不停地向客人宣传，自己的店"高买低卖"，客人买了新书，读完后可用九折的价格再回卖给天牛。并且，率先在报纸上刊登"三行广告"，招揽生意，使书店一下子火了起来。

因一贯奉行"薄利多销"的经营之道，到一九二三年，天牛的店铺已增加到七家，总店的库存达二十万册，成为当时大阪乃至日本最大的旧书店。

然而，这一切都在一九四五年的大空袭中毁于一旦，连书带店烧了个一干二净，只好先到郊外种地活命。直到一九四六年才用女儿的二百册藏书打底儿，租了一间小屋再次开张，凭着诚心和百折不挠的精神，几经搬迁，终于使天牛又逐步地恢复了起来，成为大阪有名的旧书店。

多少年来，新一郎每天早晨六点起床，一直干到深夜，而且"年中无休"，全年一天不歇。客人来了，大喊一声"欢迎"；哪怕只买一本摆在门前的处理书，也边行礼、边大声说一句"多谢"，以至被称作"老鞠躬的天牛"。一般市民、穷学生深受其惠，许多作家、艺人也都是天牛的常客，多年后仍不忘他的恩德，专为他开了"赞颂天牛新一郎之会"，异口同声地说：天牛是咱们的旧书大学。

凡是当年与新一郎打过交道的人都记得，到天牛去卖书，老爷子拿起算盘，稍稍看一眼底页，便逐册大声地报出价格，最后是合计多少多少元也，给得干脆，毫不含糊。天牛的收购价是最高的，你即便再拿到别的旧书店去，也绝无第二家能给到这样高的价格。而卖的书价又是最低的，以至有成名的作家回忆说，当年曾在天牛买便宜书，转卖到别的旧书店，挣个喝咖啡的零钱。

新一郎认为，开书店的不能在店里看书，应该看人。在天牛，"立读"随便，就算有人"万引"（窃书），也不轻易抓，因为书店丢几本书黄不了，但一个人往往会因为被抓行窃而毁了一生。所谓的看人，就是忠于职守，看住要行窃的人，使其难起歹意。店主有如此胸怀，书店焉能不火？

新一郎就是这样，兢兢业业从事古旧书籍的买卖八十余年，在晚年还荣获了"大阪产业功劳奖"和"大阪文化奖"。

余生也晚，八十年代后期到大阪时，天牛书店几经搬迁，在新一郎孙辈的策划下，从闹市区搬到了绿地公园附近的新建大楼内。在书店二楼，终于得以一睹端坐账台、年开百秩的天牛翁的风采，亲耳听到了那著名的"欢迎""多谢"。及一九九四年再访天牛，店里已不见老爷子的身影，改由孙辈出任店长了。

现在的天牛书店使用了一座大楼一二两层的一半，论规模，自然比不上纪伊国屋、旭屋等专卖新书的大书店，但在旧书店中，店面之大，环境之雅，均可名列前茅，而五万余册的上架图书更是令淘书人乐而忘返。店内装饰朴素幽雅，灰色的混凝土墙面直接裸露，配以高大雅致的书架，一改以往旧书店拥挤、昏暗的老印象，完全是一种快适的新感觉。一楼依次分为杂志、外文书、实用书、辞书、文学、历史、宗教、艺术、国语、汉文等十大门类。二楼陈列理工、翻译、商务、社会科学等方面的书，另还辟有袖珍文库本、全集、百日元均一、漫画儿童书等专门区域。值得一提的是，在一楼门口还专设了十日元均一、五十日元均一的专柜，虽说卖的都是"文库""新书"等袖珍本，但价格之低廉令人难以置信。

我在大阪的住处，距天牛书店仅一站之遥，休息日逛天牛，几乎成了"日课"，这逛，可以说是我旅居大阪几年间最愉快的经历。提起天牛，真是爱恨交加，爱，是因为幸有此"旧书大学"在身边，淘书，"立读"，使光阴不至于过分虚掷；恨，则是因为宝山在侧，徜徉其间，费时无数不说，尽管囊中羞涩，依然不停地往回买，几年下来，积书数百册，重重的十几箱，如何运回国内成了大难题，最后是通过邮局寄，加上往飞机上拎，破了一小笔财，累得胳膊几天举不起来，才总算运回北京，付出了这样的代价，能不"恨"吗？话虽这么说，还有欲恨而不能的呢，在京都大学供职的友人，就对我与天牛为邻羡慕不已，只要到大阪，往往是在新大阪站会齐，直接驱车奔天牛，并且多次托我到天牛买书，基本没有落空过。

日本物价之高，天下闻名，书价也高得吓人，国人赴日逛书店，往往只能"过屠门而大嚼"，鲜有前辈学人逛神田买旧书那份潇洒。说来惭愧，虽然出入天牛数载，检点寒斋藏书，却没有一册可称作珍籍秘本，大都是日本旧书业内称作"杂本"的通用书，唯购价极廉，堪可自夸。如学研社出的《现代日本的文学》，五十卷，每卷近五百页，除所收作家的主要作品、注解、年谱外，前有图文并茂的文学纪行，后附"文学影集"和"评传式解说"，价仅一百日元。我搜集了近百种有关日本与中国的书籍，所费也不过每本从十日元到四百日元不等。买的最贵的一本书大概是《庶民区的旧书店》，原价三千五百日元，以二千五百日元购得。限于财力，遗珠之恨，自然多多，记得有一本增田涉的《鲁迅的印象》，初版，上有作者签名，售价仅一千日元，一念之差，失之交臂。

归国已数载，天牛仍时入梦中。真羡慕大阪人，有天牛书店可逛。

在京都卖中文书

戴燕

京都有两处卖中文书的地方,一个叫朋友书店,一个叫中文书店,都在京都北边的左京区,从京都大学往北白川的人文科学研究所去,或是相反,走二十分钟的路,正好经过它们。中文书店临街,位置尚好,朋友书店窝在街后边吉田山坡上,有点儿背。但听说它们的生意都不坏,名声亦佳,正可以用一句老话形容:酒香不怕巷子深。

朋友书店的老板姓土江,开书店几十年了,卖中文书,也卖日文书,多数是与中国学研究有关的,年深日久,在学校圈子里结下了善缘。据我所知,从京都所在的关西地区往南一直到九州的半个日本岛上,凡是这一行的人,都买过土江家的书。像这样一个全仗父子兵操练的私家书店,经营到这一步,谈何容易。朋友书店之所以吸引到读者对它忠心耿耿,大约有这样两个原因。第一是占了有利地形,虽然不当街,不是热闹所在，可挨着学校和研究所，比朝大街上开门更优越。京都的人文科学研究所和京都大学几十年来都是关西中国学研究的中心。那里的图书馆藏书丰富，研究班、报告会举办频繁且受人瞩目，经常有邻近地区的学者赶来查资料或参加学术活动，每来一趟顺便就会往朋友书店看一看。土江本来没打算从别人身上赚钱，他等的就是这些个常来常往的老顾客，所以，躲在街背后也没关系，正寻个门前清静。再说第二个原因，那就不归地利而是要讲讲人缘了。我在京都大学念书的时候，隔一两天就会见朋友书店的人到研究室来送书，送书人面目清秀、西装笔挺，肩上扛重重的一只大纸箱，挨个敲门。起初我想不到这便是老土江的儿子。后来熟一点，知道他的任务是出外勤，每天开车去学校、研究所或人们家里送书。小土江到过中国，知道中国的书店根本不用这么辛苦费事。他似乎感慨在日本生意不好做。不过我告诉他从前中国的书店也是要派伙计往教授家跑的，现在不必跑，是现在的读书人没有消受这般服务的福气。听完我的玩笑话，他也笑了。朋友书店不仅殷勤上门，对老主顾，他们还有一种优惠办法，就是允许赊账，书可以先拿去用，年终发奖金时记得交钱来就行。比如京大的学生则可以从一年级买起，拖延到毕业时结账也没关系。这一条我想对天下的读书人都是天大的诱惑，因为他们发财的时候少却一刻不能没有书看。土江父子的体贴和情义得到的最高回报，就是获得了他们照顾过的人对朋友书店一心一意的支持。这些人不管在京都还是到了别的地方，往往数十年不间断地从这里买书。本部设在东京、主要也经销出版有关东方学书籍的东方书店，在京都、大阪也开有分店。可是提起京都，他们的人就摇头，说那里是朋友的地盘，东方打不进去。京都人特别重情义的，东京人说。记得在汇集了名家之作的一本吉川幸次郎纪念集里，看过老土江写的一篇文章，讲述他对这位大学者的景仰与他们之间不寻常的交往关系，与其说读来让人羡慕，不如说让人感动。买书卖书人之间的这种厚谊自然不是一朝一夕建立起来的。而基于相互信任相互照应心理结成的使双方受惠的关系，也当然经久不变、源远流长。

朋友书店定期给读者寄送自己印制的书目，看到书目就不必亲自上书店选书。我买书的时候，却喜欢自己爬吉田山坡，因为正可以借此里里外外上上下下把店里的书全看个够，额外地过一把逛书店的瘾头。交上订书单不久，小土江果然将书送到家里，其中一部分还是麻烦他们从别处调来的，因为京大的老师预先打了招呼，他们又送给我一点折扣。同土江父子打了几次交道，我终于明白即便是从专业人士苛刻的眼光来看，要讲朋友书店是一个非常好的、水准高的书店，也并非言过其实。因为它不光服务周到，还有进书的品位一流。它的架上不但摆着经典名著常销书供人随时挑选，也有最新出版的学术著作报告流行情况。日文版如此，中文版也是如此。有些中国出版的专业好书，印数极少，甚至在北京还未曾见到，这里却有卖。它进书的速度之快，更令我们这些东游之人万分诧异，国内还没有上市的，在这里反能买到，是颠倒了的"时间差"。难怪人在国内时并不一定就消息灵通，即便京沪两地也常感各自隔绝。京都虽然算不上交通通信最现代发达的城市，可是有了朋友书店，就能够大体掌握日本和中国大陆的专业书讯，并且迅速买到需要看的书。在获取情报这一点上，我常以为异国的同行比我们幸运得多。

朋友书店的中文书多从大陆进口，要找台湾出版的书则必须去中文书店。中文书店的经营策略看来也以服务于汉学家为主，进的书专业性都很强，不过偶尔它也卖卖畅销书。中文书店的背后其实是中文出版社，出版社大约与本地学界联系密切，影印或排印的中文书籍，在选材上尤具特色。

除了这两家，京都还有一处也卖中文书的地方，叫弘文堂，那是一个历史悠久的书店，现在主要卖旧书。弘文堂曾经资助过一个有名的杂志《支那学》出版，这个杂志曾经第一次载文正面介绍胡适等人和中国的新文学运动，在当时的汉学界吹进一阵新风。我慕名而去，看到它的确很不错的收藏，可是那一天店里的冷清也令我印象深刻。后来几次路过，都见它的门紧紧锁闭，门玻璃后面掩着白色的布幔，仿佛连往日的风采一同深深掩藏了起来。

因此，书店的作用绝不是仅仅给我们提供一手交钱一手交货的场所。它在给读者输送"营养"的同时，甚至影响了读者的生命进程。这样的情景,在先贤前辈的学术生涯中表现得本不算少,只是不晓得可不可以照此解释京都的中国学研究界与朋友书店、中文书店的关系,并且把这样与读者关系密切的书店算作我们未来的一个期待。

(选自《文汇读书周报》,一九九六年十一月二日)

三家书店

朱自清

伦敦卖旧书的铺子,集中在切林克拉斯路(Charing Cross Road);那是热闹地方,顶容易找。路不宽,也不长,只这么弯弯的一段儿;两旁不短的是书,玻璃窗里齐整整排着的,门口摊儿上乱哄哄摆着的,都有。加上那徘徊在窗前的,围绕着摊儿的,看书的人,到处显得拥拥挤挤,看过去路便更窄了。摊儿上看最痛快,随你翻,用不着"劳驾""多谢";可是让风吹日晒的到底没什么好书,要看好的还得进铺子去。进去了有时也可随便看,随便翻,但用得着"劳驾""多谢"的时候也有;不过爱买不买,决不至于遭白眼。说是旧书,新书可也有的是,只是来者多数为的旧书罢了。

最大的一家要算福也尔(Foyle),在路西;新旧大楼隔着一道小街相对着,共占七号门牌,都是四层,旧大楼还带地下室——可并不是地窨子。店里按着书的性质分二十五部;地下室里满是旧文学书。这爿店二十八年前本是一家小铺子,只用了一个店员;现在店员差不多到了二百人,藏书到了二百万种,伦敦的《晨报》称为"世界最大的新旧书店"。两边店门口也摆着书摊儿,可是比别家的大。我的一本《袖珍欧洲指南》,就在这儿从那穿了满染着书尘的工作衣的店员手里,用半价买到的。在摊儿上翻书的时候,往往看不见店员的影子;等到选好了书四面找他,他却从不知哪一个角落里钻出来了。但最值得流连的还是那间地下室;那儿有好多排书架子,地下还东一堆西一堆的。乍进去,好像掉在书海里;慢慢地才找出道儿来。屋里不够亮,土又多,离窗户远些的地方,白日也得开灯。可是看得自在;他们是早七点到晚九点,你待个几点钟不在乎,一天去几趟也不在乎。只有一件,不可着急。你得像逛庙会逛小市那样,一半玩儿,一半当真,翻翻看看,看看翻翻;也许好几回碰不见一本合意的书,也许霎时间到手了不止一本。

开铺子少不了生意经,福也尔的却颇高雅。他们在旧大楼的四层上留出一间美术馆,不时地展览一些画。去看不花钱,还送展览目录;目录后面印着几行字,告诉你要买美术书可到馆旁艺术部去。展览的画也并不坏,有卖的,有不卖的。他们又常在馆里举行演讲会,讲的人和主席的人当中,不缺少知名的。听讲也不用花钱;只每季的演讲程序表下,"恭请你注意组织演讲会的福也尔书店"。还有所谓文学午餐会,记得也在馆里，他们请一两个小名人做主角，随便谁，纳了餐费便可加入；英国的午餐很简单，费不会多。假使有闲工夫，去领略领略那名隽的谈吐，倒也值得的，不过去的却并不怎样多。

牛津街是伦敦的东西通衢，繁华无比，街上呢绒店最多；但也有一家大书铺，叫作彭勃思（Bumpus）的便是。这铺子开设于一七九〇年左右，原在别处；一八五〇年在牛津街开了一个分店，十九世纪末便全挪到那边去了，维多利亚时代，店主马斯彭勃思很通声气，来往的有迭更斯，兰姆，麦考莱，威治威斯等人；铺子就在这时候出了名。店后本连着旧法院，有看守所，守卫室等，十几年来都让店里给买下了。这点古迹增加了人对于书店的趣味。法院的会议圆厅现在专作书籍展览会之用；守卫室陈列插图的书，看守所变成新书的货栈。但当日的光景还可以从一些画里看出：如十八世纪罗兰生（Rowlandson）所画守卫室内部，是晚上各守卫提了灯准备去查监的情形，瞧着很忙碌的样子。再有一个图，画的是一七二九年的一个守卫，神气够凶的。看守所也有一幅画，砖砌的一重重大拱门，石板铺的地，看守室的厚木板门严严锁着，只留下一个小方窗，还用十字形的铁条界着；真是铜墙铁壁，插翅也飞不出去。

这家铺子是五层大楼，却没有福也尔家地方大。下层卖新书，三楼卖儿童书，外国书，四楼五楼卖廉价书；二楼卖绝版书，难得的本子，精装的新书，还有《圣经》，祈祷书，书影等等，似乎是菁华所在。他们有初印本，精印本，著者自印本，著者签字本等目录，搜罗甚博，福也尔家所不及。新书用小牛皮或摩洛哥皮（山羊皮——羊皮也可仿制）装订，烫上金色或别种颜色的立体派图案；稀疏的几条平直线或弧线，还有"点儿"，错综着配置，透出干净，利落，平静，显豁，看了心目清朗。装订的书，数这儿讲究，别家书店里少见。书影是仿中世纪的钞本的一叶，大抵是祷文之类。中世纪钞本用黑色花体字，文首第一字母和叶边空处，常用蓝色金色画上各样花饰，典丽矞皇，穷极工巧，而又经久不变；仿本自然说不上这些，只取其也有一点古色古香罢了。

一九三一年里，这铺子举行过两回展览会，一回是剑桥书籍展览，一回是近代插图书籍展览，都在那"会议厅"里。重要的自然是第一回。牛津剑桥是英国最著名的大学；各有印刷所，也都著名。这里从前展览过牛津书籍，现在再展览剑桥的，可谓无遗憾了。这一年是剑桥目下的辟特印刷所（The Pitt Press）奠基百年纪念，展览会便为的庆祝这个。展览会由鼎鼎大名的斯密兹将军（General Smuts）开幕，到者有科学家詹姆士金斯（James Jeans），亚特爱丁顿（Arthur Eddington），还有别的人。展览分两部，现在出版的书约莫四千册是一类；另一类是历史部分。剑桥的书字型清晰，墨色匀称，行款合式，书扉和书衣上最见工夫；尤其擅长的是算学书，专门的科学书。这两种书需要极精密的技巧，极仔细的校对；剑桥是第一把手。但是这些东西，还有他们印的那些冷僻的外国语书，都卖得少，赚不了钱。除了是大学印刷所，别家大概很少愿意承印。剑桥又承印《圣经》；英国准印《圣经》的只剑桥牛津和王家印刷人。斯密兹说剑桥就靠《圣经》和教科书赚钱。可是《泰晤士报》社论中说现在印《圣经》的责任重大，认真地考究地印，也只能够本罢了。——一五八八年英国最早的《圣经》便是由剑桥承印的。

英国印第一本书，出于伦敦威廉甲克司登（William Caxton）之手，那是一四七七年。到了一五二一年，约翰席勃齐（John Siberch）来到剑桥，一年内印了八本书；剑桥印刷事业才创始。八年之后，大学方面因为有一家书纸店与异端的新教派勾结，怕他们利用书籍宣传，便呈请政府，求英王核准在剑桥只许有三家书铺，让他们宣誓不卖未经大学检查员审定的书。那时英王是亨利第八；一五三四年颁给他们敕书，授权他们选三家书纸店兼印刷人，或书铺，"印行大学校长或他的代理人等所审定的各种书籍"。这便是剑桥印书的法律依据。不过直到一五八三年，他们才真正印起书来。那时伦敦各家书纸店有印书的专利权，任意抬高价钱。他们妒忌剑桥印书，更恨的是卖得贱。恰好一六二〇年剑桥翻印了他们一本文法书，他们就在法庭告了一状。剑桥师生老早不乐意他们抬价钱，这一来更愤愤不平；大学副校长第二年乘英王詹姆士第一上新市场去，半路上就递上一件呈子，附了一个比较价目表。这样小题大做，真有些书呆子气。王和诸大臣商议了一下，批道，我们现在事情很多，没工夫讨论大学与诸家书纸店的权益；但准大学印刷人出售那些文法书，以救济他的支绌。这算是碰了个软钉子，可也算是胜利。那呈子，那批，和上文说的那本《圣经》，都在这一回展览中。席勃齐印的八本书也有两种在这里。此外还有一六二九年初印的定本《圣经》，书扉雕刻繁细，手艺精工至极。又密尔顿《力息达斯》（*Lycidas*）的初本也在展览着，那是经他亲手校改过的。

近代插图书籍展览，在圣诞节前不久，大约是让做父母的给孩子们多买点节礼吧。但在一个外国人，却也值得看看。展览的是七十年来的作品，虽没有什么系统，在这里却可以找着各种美，各种趋势。插图与装饰画不一样，得吟味原书的文字，透出自己的机锋。心要灵，手要熟，二者不可缺一。或实写，或想象，因原书情境，画人性习而异。——童话的插图却只得凭空着笔，想象更自由些；在不自由的成人看来，也许别有一种滋味。看过赵译《阿丽丝漫游奇境记》里谭尼尔（John Tenniel）的插画的，当会有同感吧。——所展览的，幽默，秀美，粗豪，典重，各擅胜场，琳琅满目；有人称为"视觉的音乐"，颇为近之。最有味的，同一作家，各家插画所表现的却大不相同，譬如莪默伽亚谟（Omar Khayyam），莎士比亚，几乎在一个人手里一个样子；展览会里书多，比较着看方便，可以扩充眼界。插图有"黑白"的,有彩色的;"黑白"的多,为的省事省钱。就黑白画而论,从前是雕版,后来是照相;照相虽然精细,可是失掉了那种生力,只要拿原稿对看就会觉出。这儿也展览原稿,或是炭笔画,或是水彩画;不但可以"对看",也可以让那些艺术家更和我们接近些。《观察报》记者记这回展览会,说插图的书,字往往印得特别大,意在和谐;却实在不便看。他主张书与图分开,字还照寻常大小印。他自然指大本子而言。但那种"和谐"其实也可爱;若说不便,这种书原是让你慢慢玩赏的,哪能像读早报一样目下数行呢?再说,将配好了的对儿生生拆开,不但大小不称,怕还要多花钱。

诗籍铺(The Poetry Bookshop)真是米米小,在一个大地方的一道小街上。叫名"街",实在是一条小胡同吧。门前不大见车马,不说;就是行人,一天也只寥寥几个。那道街斜对着无人不知的大英博物院;街口钉着小小的一块字号木牌。初次去时,人家教在博物院左近找。问院门口守卫,他不知道有这个铺子,问路上戴着常礼帽的老者,他想没有这么一个铺子;好容易才找着那块小木牌,真是"远在天边,近在眼前"。这铺子从前在另一处,那才冷僻,连斐罗克的地图上都没名字,据说那儿是一所老宅子,才真够诗味,挪到现在这样平常的地带,未免太可惜。那时候美国游客常去,一个原因许是美国看不见那样老宅子。

诗人赫洛德孟罗（Harold Monro）在一九一二年创办了这片诗籍铺。用意在让诗与社会发生点切实的关系。孟罗是二十多年来伦敦文学生涯里一个要紧角色。从一九一一年给诗社办《诗刊》（Poetry Review）起知名。在第一期里，他说："诗与人生的关系得再认真讨论，用于别种艺术的标准也该用于诗。"他觉得能作诗的该作诗，有困难时该帮助他，让他能作下去；一般人也该念诗，受用诗。为了前一件，他要自办杂志，为了后一件，他要办读诗会；为了这两件，他办了诗籍铺。这铺子印行过《乔治诗选》（Georgian Poetry），乔治是现在英王的名字，意思就是当代诗选，所收的都是代表作家。第一册出版，一时风靡，买诗念诗的都多了起来；社会确乎大受影响。诗选共五册；出第五册时在一九二二年，那时乔治诗人的诗兴却渐渐衰了。一九一九到二五年铺子里又印行《市本》月刊（The Chapbook）登载诗歌、评论、木刻等，颇多新进作家。

读诗会也在铺子里，星期四晚上准六点起，在一间小楼上。一年中也有些时候定好了没有。从创始以来，差不多没有间断过。前前后后著名的诗人几乎都在这儿读过诗：他们自己的诗，或他们喜欢的诗。入场券六便士，在英国算贱，合四五毛钱。在伦敦的时候，也去过两回。那时孟罗病了，不大能问事，铺子里颇为黯淡。两回都是他夫人爱立达克莱曼答斯基（Alida Klementaski）读，说是找不着别人。那间小楼也容得下四五十位子，两回去，人都不少；第二回满了座，而且几乎都是女人——还有挨着墙站着听的。屋内只读诗的人的小桌上一盏蓝罩子的桌灯亮着，幽幽的。她读济慈和别人的诗，读得很好，口齿既清楚，又有顿挫，内行说，能表出原诗的情味。英国诗有两种读法，将每个重音咬得清清楚楚，顿挫的地方用力，和说话的调子不相像，约翰德林瓦特（John Drinkwater）便主张这一种。他说，读诗若用说话的调子，太随便，诗会跑了。但是参用一点儿，像克莱曼答斯基女士那样，也似乎自然流利，别有味道。这怕要看什么样的诗，什么样的读诗人，不可一概而论。但英国读诗，除不吟而诵，与中国根本不同之外，还有一件：他们按着文气停顿，不按着行，也不一定按着韵脚。这因为他们的诗以轻重为节奏，文句组织又不同，往往一句跨两行三行，却非作一句读不可，韵脚便只得轻轻地滑过去。读诗是一种才能，但也需要训练；他们注重这个，训练的机会多，所以是诗人都能来一手。

铺子在楼下，只一间，可是和读诗那座楼远隔着一条甬道。屋子有点黑，四壁是书架，中间桌上放着些诗歌篇子（Sheets），木刻画。篇子有宽长两种，印着诗歌，加上些零星的彩画，是给大人和孩子玩的。犄角儿上一张账桌子，坐着一个戴近视眼镜的，和蔼可亲的，圆脸的中年妇人。桌前装着火炉，炉旁蹲着一只大白狮子猫，和女人一样胖。有时也遇见克莱曼答斯基女士，匆匆地来匆匆地去。孟罗死在一九三二年三月十五日。第二天晚上到铺子里去,看见两个年轻人在和那女司账说话;说到诗,说到人生,都是哀悼孟罗的。话音很悲伤,却如清泉流泻,差不多句句像诗;女司账说不出什么,唯唯而已。孟罗在日最尽力于诗人文人的结合,他老让各色的人才聚在一块儿。又好客,家里炉旁(英国终年有用火炉的时候)常有许多人聚谈,到深夜才去。这两位青年的伤感不是偶然的。他的铺子可是赚不了钱;死后由他夫人接手,勉强张罗,现在许还开着。

(选自《朱自清散文全集》,江苏教育出版社
一九九六年十二月版)

觅书偶记

董桥

第一次在伦敦逛书店,就想到要找这本书。

先是打电话到牛津大学出版社去查。对方说,那是一九六一年出版的书,十二三年了,他们没有存货,要我到菜零克劳斯路的书市去碰碰运气。

从唐人街一带小巷横路转出来,就是菜零克劳斯路的几家书店。一眼望去,这些书店门面破破旧旧的;招牌上的字蜿蜿蜒蜒,很像十七八世纪那种字体,很有点馆阁气味。玻璃橱窗并不晶莹,可是里头摆的都是好书,好像都是绝版书。门口的屋檐下,还有几架子的旧书。说是旧书,翻翻价钱,也要一镑以上一本。问了几家,都说没有那本书,绝版了。心里真别扭。心像那些招牌字一样,纠在一起。再进入另一家书店一问,戴金丝眼镜的店员转身隐入大书架后面。

我站着翻看一部拜伦的诗集。是一九二几年的版本。我的眼睛在拜伦的一页诗上徘徊。我其实看不见任何一行诗。这个时候,我一心惦记着曹雪芹。我不喜欢拜伦。

戴金丝眼镜的店员忽然站在我面前。他的脸很苦。他说:"那是一本绝了版的书。我们帮不了你的忙。……"我很恨他。这世界上怎么会有那么可恶的一张脸。"不过……"他说着把那本书突然亮出来了。

《红楼梦探源》。吴世昌。牛津。一九六一。书没破。这是一个多么懂得心理学的小混蛋。他先让我失望,然后一下子把整个世界交给我,希望我得意忘形,把整笔财产都交给他。"四镑钱!"他说。冬天的冷风从大门口吹进屋子里来。我舍不得买。他跟我聊了很久。我还是舍不得买。

此后,我几次进到这家书店看书,看旧画,看这本《红楼梦探源》。我总是找不出更好理由让自己出四镑钱买这本书。"三十年前,爱买剑买书买画。……春色秋光如可买,钱悭也不曾论价。任粗豪争肯放头低,诸公下。……"

其实,来到英国之后,我对外国书的兴趣已经更低了。不过,这既然是一本关于红楼梦的书,这既然是吴世昌的东西,这本书的扉页上既然有一帧"王南石写悼红轩小像",我没有理由让它沦落在伦敦一家旧书店的书架上,我没有理由让伦敦的这个混蛋书商轻易拿"悼红轩"开玩笑。

窗外山头第一株桃树开花的那天,我把书买回来了。"春色秋光如可买",四镑钱也不曾论价。……

(选自《这一代的事》,生活·读书·新知三联书店一九九二年十月版)

访书小录

董桥

夏天里闹干旱,入秋以来雨就下个不停,果然比较像伦敦。客中听这些雨声,虽然不至于雅得"新愁易感,幽恨悬生",心情确也不同平常。清初诗人金埴记自己潦倒他乡,"即寻常书卷,无从假视,旅况之恶可知"。住在伦敦,更谈不到买什么好中文书,闲中只好逛洋书旧书市,聊以解闷。这里旧书铺古玩店很多的长巷短街原是灰蒙蒙的,艳阳下看着委实寒酸,秋雨一来,反倒有些韵味。这时,随便跨进一爿旧书铺,经常会碰到三两老头,围坐在乱书堆中,人人一副京华倦客的神情。他们说一口考究的英语,浓茶香烟,闲谈梨园掌故,市井人情,藏书趣闻,乍听恍如翻读前人的笔记杂著。英国人的散文小品一向写得不坏,当年世道繁华,笔下固然可以旁征博引,煞有介事;如今是这样惨淡的光景,所说所写,可又另有几分飘渺的意思,故意不去大搔痒处,淡淡白描就应付过去。

这样，算是得了散文妙谛，可也往往是为政的败笔。

　　散文而谈妙谛，实在相当费解。说是散文影响世道固然行，说世道左右散文也不错。乔治·吉辛那本 *The Private Papers of Henry Ryecroft*，记得有人把书名译作《草堂随笔》，古雅得很。后来我偶然想到，这本书既然分成春夏秋冬四个章目去写，译成《四季零墨》，大概也行。这本书一九〇三年初版，当时吉辛刚死了几个月，后来前前后后不知道出了多少种版本。前些日子，见过这部书的初版本，索价居然是三十英镑。今年暮春，我在一个古玩市场上买到的，已经是一九一〇年的本子了。那本书里，意外夹了一张藏书人留下的剪报，是一九五三年一月二十五号星期天《泰晤士报》的一篇书评，题为《吉辛的传世之作》，评的就是当时新印的《四季零墨》。作者考诺理在文末谈到今天世人对这本书的观感，他认为，吉辛笔下的莱克洛夫，其实是个极端小资产阶级反动文人，是个和平主义者，憎恨民主，醉心莎士比亚、约翰森、史特恩和蓝姆的作品，也喜欢古老英国的烤牛肉，后来决心寄情乡野山水。与其说他的政治观点正确，不如说他在性灵问题上的见地正确。他所谈的自由、独立，和文学，今天看来还是很对云云。

　　当年，机械文明还不像今天这样嚣张，一个人看破世态，往往还可以归隐田园，粗茶淡饭，了却余年。后来，机械文明称霸，政治与阶级意识上的分歧日深，读书人跟社会格格不入，本身又不能突破重围，摈弃物质的牵制，弄得上下求索，身心憔悴。前几天得诺贝尔文学奖的索尔·贝罗，他的小说写的就是这种心境。至于普通汲汲以求生计的小人物，身在资本主义浮华社会里，偏又向往共产主义社会主义的理论，心灵上的寂寞矛盾，也就不难想见。可是，这种向往，其实也未尝不可以算是一种精神上的归隐：莱克洛夫是归隐山乡草堂，这些人是归隐主义理论的故纸堆中。这两者同样是出世的；有枪杆子或者有组织，那就比较入世了。当然，那些自甘受政客摆布的文丑，又该当别论；或者说，干脆不去论了。

世事原是不容过于苛求。做人做事，看上去干干净净也就算了。搜访旧书也是如此。伦敦旧书市固然不乏善本书初版书，还有不少作者题款，名家品题的书，也有很多皮面手裱的百年古籍；这些东西，偶然过一过目，就是有缘，应该满意。能够像缪荃荪那样"博见异书，勤于纂辑"的人，毕竟不多。我搜访旧书，完全没有系统，也没有计划，说穿了是一股傻劲而已。伦敦卖新书的大书店像超级市场，存书井井有条，分门别类；买书的人不是人，是科学管理制度下的材料。旧书铺里的藏书则杂乱不成章法，让人翻检，让人得到意外的喜悦，算是尊重人情。再说，新书太白太干净太嫩，像初生的婴孩，教人担心是不是养得大，是不是经得起风霜；新书也远没有几十年前旧版书那股书卷气：封面和书脊上的题字总是那么古朴，加上不经机器切过的毛边，尤其拙得可人。最要紧的是，开旧书铺的，大半是那些老头，"其搜辑鉴别，研瞋校雠，深诣孤造，各有其独到之处"，起码不像超级市场书店那些少爷小姐那么肤浅庸俗；举动语言，像电子计算机那么无理。

仔细想想，买书看书，还要这般挑剔，真是迂儒陋习，太不长进。蓝姆有一篇散文谈书和谈看书，一开头先引了别人的一段话，说是一个人用心看一本书的内容，等于是用别人绞尽脑汁苦熬出来的东西娱乐自己；品质高尚，教养好的人，想来一定会比较喜欢享受自己思想心灵上的新芽幼苗。蓝姆赞叹别人可以完全不看书，但求尽量增长自己独立思考的能力。他说，他自己则只会看书，老是不能坐下来静静思考。这也足见爱书看书，其实是有其弊端。蓝姆的散文，要费好大劲才看得半懂；他那温婉的笔风，还是值得摸索。那天发兴要买他的《伊里亚随笔》的初编和末编，翻了几家旧书铺都找不到。天都快黑了，走到火车站的半路，顺便上克里斯老头的那爿书店问一问，老头也说暂时没有。我不死心，自己去翻检他书桌底下那一堆经年不整理的书堆，昏黄的灯影下，居然照出一部《伊里亚随笔末编》，夹回家里抹刷一番，果然出落得非常秀拔。书是一九三七年印的，橙色书皮，鹅黄书脊，烫金的花草和烫金的题签，封面右下端还有一头烫金的圣羊。第三章扉页是一幅黑白钢笔古画，画一爿旧书铺，有三个绅士站在石板路上翻检书铺门前屋檐下的几架子书，书铺老头则倚门而立，神情悠然。这幅画印在厚厚的暗黄色纸上，四边压了直线凹纹作书框。这本书中的几十幅插图，也都是这样的工笔画，把蓝姆的散文，衬托得更见脱俗。过了几天，我又搜到两种不同版本的《伊里亚随笔初编》，其中有一本是白伦敦的注释本，另一本是更古的彩色插图本，非常精雅。旧书市中，的确不太见得到蓝姆的书；有一家旧书铺的橱窗里摆着一套六本的《蓝姆作品集》，书信已收在里面，版本相当古，索价二十五英镑。后来，我看到这个版本的再印刷，六大册，索价很贱，也就捡回来了。卢克斯的《蓝姆传》则始终找不到。

我一向爱看传记文学书，文人传记尤其尽量搜访。前一阵子在剑桥的旧书市中搜到不少英国历来小说家的传记，的确开心。谈到英国传记作家，最重要的，当然是李顿·史特烈屈。他开了传记写法的新途径，融汇各家史料，对人物作心理分析，用介乎小说和小品的笔调去写，有人说他破坏偶像，牵强附会；有人说他把几个历史人物从神的地位还原成凡人，入情入理，更见亲切。他的几种作品，"企鹅"曾经重排行世，现在比较常见的，只有《维多利亚时代名人录》一种。至于这些作品的旧版本，旧书市里也不多见。我先买到一九三七年版的《维多利亚女皇》，是袖珍精装本。后来我又收购到《维多利亚时代名人录》；这部书原是一九一八年初版，我那本是一九二一年的重排本，版型跟初版很相似。史特烈屈还有一部名著，题为《伊丽莎白和艾塞克斯》。我在克里斯那儿看到一本一九二八年十一月的初版本，可惜书让雨水浸过，又脏又破旧，居然索价四镑多钱，我当时没买。过了好几天，我偶然去问另一家旧书铺，那人在登记卡上一查，回头拉了长梯子爬到最高的书架上把那本书拿下来，说是只有一本，前两天才到的。我一看，书皮颜色和版型跟克里斯那本一样，只是收藏得好，跟新书一样。索价只九十个便士，我买下一看，才知道这是一九二八年十二月的第二次印刷本，跟初版印刷日期只差一个月。

这部书把伊丽莎白女皇刻画得很生动，写艾塞克斯也写得好；不过，最值得一提的，是史特烈屈把培根这位哲学家、散文大家的个性，分析得头头是道。他写培根在政界钻门路，最有意思。他刻画培根的个性，说培根最会精打细算，天生孤傲，带点神经质的敏感，野心大，像一头毒蛇，阴险毒辣。他不否认培根绝顶聪明，是个有深度的艺术家。有了这种气质，培根不难也就有辉煌的哲学观念，也因此成了一代文体大家。可是，他的才华很特别：他既不是个具有科学头脑的人，也不是诗人。从文学上讲，他的文笔虽然丰富多姿，他的文才却只限于散文。他的文辞之所以这样典雅充实，完全得力于他的智力，不是出乎感情。史特烈屈写艾塞克斯求女皇把一个官位派给培根的那一段，实在令人叫绝。古今中外政界的勾心斗角，其实一样脏；老百姓在英雄人物的肖像前欢呼万岁，想想真是可笑。不过，这往往也是没有办法的事。史特烈屈还有一二本论人论书论文学的书，始终还找不到。迈可尔·贺尔洛艾德一九六八年出过上下两部《史特烈屈传》，我至今也只买到下册,上册阙如,只好祈诸他日机缘了。

搜访旧书,实在不能不信机缘。有一段时期,我搜求乔治·桑斯伯里的书甚殷,上自他的《英国文艺批评史》,下至他编校写序的小书,果然找到不少。此公渊博得很,著作多得叫人不可想像。那天买到他编选的《书信杂录》的时候,无意间发现萧乾写的一本英文书,书名叫 *The Dragon Beards versus The Blueprints*:*Meditations on Postwar Culture*,不晓得中文书名萧乾怎么译,这里不便乱凑。这本书是伦敦书商一九四四年五月印的,虽然只有三十五页那么薄,印得却蛮干净大方,扉页上有一幅木刻版画,萧乾名字下还注明是"大公报驻英国特派员",版权页上写明书是献给小说家 E. M. 弗斯特和汉学家阿瑟·韦理。

书中收四篇文章,原是些演说稿,又在几种杂志上发表过,后来才编集成这本小书;萧乾当时除了是特派员之外,还在剑桥大学修课。书中第一篇是讲机械文明在英国小说中的地位,以及对中国现代知识分子的影响;第二篇讲易卜生在中国,兼谈中国人对萧伯纳的看法;第三篇题目就是书名,是在为现代中国辩护;最后一篇讲文学与群众。四篇东西,内容都不很新颖,平铺直叙,加点幽默话,加点聪明话;如此而已。当然,对普通外国人谈中国人的人生观文艺论,充其量也只能这么将就着说。

伦敦郊外的小镇小乡,通常都有些古玩店,卖些旧瓷器小木刻古家私之类的玩意儿，偶然也兼卖旧书杂志。这些店主既不旨在卖书图利，也不懂得鉴别好书坏书，有些相当好的书，索价居然相当于两三份《泰晤士报》的价钱。我在这些铺子里，先后买到不少旧版小说，从丹尼尔·狄孚到康拉德的小说都有，装订设计之考究，版型插图之秀丽，绝不是当今新书所能望其项背。这些店主多半是乡下老粗，对谁说话都不太礼貌，可是话里不带话，为人耿直爽快。那天下午，我在我家附近桥边一爿古玩店里翻一箱杂书，外头还在下着小雨。我翻出一部女小说家乔治·艾略特的传记，是她丈夫J. W. 克罗斯编撰的，有藏书人的签名，写明是一八九六年九月；书有六百四十六页那么厚。我问那位粗眉大胡子的店主开价钱，他把书抢过去翻来翻去看一下说，"这他妈的书没图画，给他妈的五十个便士算了。"

一九七六年十月在伦敦
（选自《这一代的事》，生活·读书·新知三联书店
一九九二年十月版）

伦敦淘书小记

邹海仑

这次，我作为英国学术院的客人，到伦敦作为期三个月的学术访问、研究。我的主要活动场所之一就是大英图书馆。我原以为自己会坐在当年马克思写《资本论》的那个大英博物馆里，边查资料边回味历史的烟云。及至临行前，才从劳伦斯研究专家冯季庆女士那里听说：大英图书馆早在一九九七年就因库藏日多，一山容不得二虎，与大英博物馆闹了分家，一九九八年彻底迁入新址。所以，我一开始就是在大英图书馆的新址开始工作的，而后又去了查找资料更为方便的亚非洲研究学院（SOAS）图书馆。

一 还是得依靠书店

在图书馆里找到相关资料，除了记笔记，自然要复印不少东西。但是一问复印价格，不由得吓倒了邹先生。原来，不论在大英图书馆还是SOAS图书馆。都是一个价儿：每复印一页要半个英镑，也就是说差不多相当于人民币七块钱。足足比北京的一般复印价格高出近十五倍。英国学术院在我逗留伦敦期间最高能够为我提供五十英镑书籍复印费，相当于六百五十元人民币，但是只能复印不到一百页资料。看来没有办法，只有采取我的先行者冯季庆、王纪宴二先生的办法，收集资料主要依靠书店。于是就有了伦敦淘书的一番经历。

二 伦敦的"书市"原来如此

来到伦敦不到一个星期，开始注意到各书店、饭店和公共设施都摆放出宣传材料，预报五月二十八日有伦敦书市即将举行，而且伦敦从四月到九月几乎每个月都要举行几天书市，大多在繁华场所举行。比如这次书市就是在著名的罗素广场附近一家叫"皇家民族饭店"的大饭店一层举行。有多年来在北京参加春季、秋季书市的经验，我以为这又是一个买降价新书的绝好机会。于是二十八日下午特意不坐图书馆，赶到书市上去淘书。一到书市，就见外面红红绿绿的免费宣传品摆了一大片。书市在两个相连的大厅里举行，里面人头攒动，书摊如林，端的一个大书市的样子。但是一进去就感到有点儿不对头。第一，读者、顾客百分之六七十是五六十岁以上的绅士、淑女，一眼望去，但见白发晃动。第二，书摊上百分之八九十卖的是古、旧书籍，而且一看价格，更令我咋舌。比如：一套六卷本的丘吉尔的《二战回忆录》售价八百英镑（相当于人民币一万元以上），一本中年作家马丁·艾米斯的小长篇《时间之箭》的作者签名本售价四十英镑（相当于人民币五百多元）。这本书是我在书市上看到的最便宜的一本书了。我在一个书摊上看到一本英文插图版的《日本古代民间故事》，里面的插图画得极有个性，细致、色彩丰富，而又富于东方韵致，我一看就爱不释手，心想可以作为我们的刊物《世界文学》的"名著插图选登"栏目的材料。随手翻了一下书前的铅笔标价，写的是模模糊糊的"四百镑"的字样。我一看此书只有不厚的一册，以为是书商在"四"与"〇"之间漏标了一个小数点。于是试探地问那位六十多岁的英国老书商："这本书要多少钱？"他大约把我当成了日本人，立即笑脸相迎，但是口中回答出的却是毫不含糊的"四百英镑！"我也只好面带笑容，用英语嘟哝一声："太贵了。"然后放下书，掉头就走，生怕他缠上我，因为我从几天来的经历知道，百分之九十几的英国人是言无二价，你想砍下一个便士都很难。在书市上还看到一些可以在真正意义上称为善本书的古籍。打开书页，可以看到久远年代前印下的那些略带模糊的花形字体，那些粗韧古朴的纸张，上面标出十八、十九世纪的年份。当然也就价格可观，一般都在一千英镑以上。奇怪的是，那些书尽管古旧，却保存得极干净整齐，而且绝无我们中国古旧书特有的难闻味道。另外很奇怪，英国人专门把一些书的插图从古旧书上撕下来，包上玻璃纸，作为散页出卖。这些插图大多印刷精美，久历沧桑而线条清晰。有古代骑士故事，有《圣经》插图，有帝王、贵妇肖像，有古城堡图，有航海场面，也有近代色彩鲜明的动、植物图画。当然都价格不菲。我随意看了一张的标价，是三十英镑，令我再次却步。倒是看到不断有来自欧洲各国，也包括英国本国在内的一些须发苍苍的老者、大腹便便的绅士，高兴地买到自己久已向往的东西，大把地掏出钞票，于是买卖双方握手成交，相视而笑。都很有绅士风度。我在书市大厅里转了两圈，但觉囊中羞涩，双手空空走了出来。看看外面的太阳，不由得慨叹一声：咳，伦敦的"书市"原来如此！

三　与萨尔曼·拉什迪失之交臂

　　五月二十三日下午二时许，在SOAS的图书馆坐了半天之后，又在SOAS的庭院草坪上和来自五大洲的各国学子们一起，就着阳光，吃完了简单的中餐，背起书包，到伦敦最著名的查林克罗斯路去，逛书店！我在查林克罗斯路上没费什么力气就找到了西方音乐史专家王纪宴君向我大力推荐的"书架书店",其实它是英国著名的布莱克韦尔连锁书店的分店之一。这里的书统统是新书,但是有些不知怎么就打了价格折扣,常常会给人以惊喜。王纪宴君称,去年他在伦敦时,就在这个店里以七点九九英镑的价格买到了一本原价三十多英镑的厚重、崭新的音乐大辞典,当时把他高兴坏了。我一边沿着书架找着,一边心里嘀咕,但愿我也能有一点儿惊喜。这里书架上的书都是按作者姓氏的字母顺序排列,所以查找起来可以省去许多不必要的劳动。我这次到英国,课题大方向是英国当代移民文学。真可谓福至心灵。我一下子跳过了许多作家,似乎目标明确地向字母R的书架走去,连想都没有细想。我要找找在这里,萨尔曼·拉什迪这位英国移民作家中的代表人物的书,到底书店里能有多少。哈哈,让我看见了,《午夜的孩子》《耻辱》《哈伦与故事海》《东方,西方》《摩尔人的最后叹息》!只差《格里姆斯》和新作《她脚下的土地》,拉什迪的作品就要在这里汇齐了!我抽出一本《午夜的孩子》,因为我曾把这本书的大部分译成中文,贵州人民出版社还把它作为一个集子的一部分在今年年初出版了。这时,书籍封面上一个显然是后贴上去的圆形标签突然引起了我的注意。上面印着:"这是作者签名本"。什么?拉什迪本人在这本书上签过名?我简直不敢相信自己的眼睛。我小心打开书的扉页,书名页上,的确用黑墨水清清楚楚地签着拉什迪那扁扁的签名。我又从书架上抽出其余的四种,每种都有几本贴有签名本的圆圆标签。我像个抢劫犯一样把它们从书架上抽出来,紧抱在自己怀里,向收银台走去。我向收银台后那个蓝眼睛的英国小伙子问道:"这些书上的名字真的是拉什迪本人签上去的吗?"这当然是一个很愚蠢的问题,但是我需要让我的眼睛、耳朵向自己证明:我不是在做梦。那个英国小伙子坦然而肯定地点点头,说:"是的。"我又问:"那么拉什迪来过这家书店?"旁边,一个高个儿,四十几岁的店员插嘴道:"当然,他昨天下午来过这里。"啊!我一下掉进了兴奋的漩涡。我在心中骂自己:为什么昨天下午没来这儿呢?我和拉什迪失之交臂!

我到伦敦后第二天,就曾向英国学术院负责海外交流的珍妮·文森小姐提出见见拉什迪的要求。但文森小姐告诉我,她曾和拉什迪书信联系过,但拉什迪没有回信。因为大家都知道的安全原因,拉什迪是很难见一个素不相识的人的。可是上天本来已经把一个与拉什迪邂逅相遇的机会赐给了我,但是我当时却坐在SOAS的图书馆里做笔记,错过了这个机会!不过拿到了拉什迪的亲笔签名本,这已经令我大喜过望了。我掏出钱夹,买下了五本拉什迪的亲笔签名之作。这将是我此次英国之行最好的纪念品之一。书店电脑打出总金额是三十六点九五英镑,相当于人民币五百多元,超过了我在国内的半个月工资。但是我毫不犹豫,付出了我到英国后最大的一笔开支。于是这一天成了我在伦敦度过的最奢华的一天。但它也是我在伦敦淘书中最充满惊喜的一天。

四　伦敦的书价贵吗？

这是每一个可能到伦敦来的爱书者都会提出的问题。逛了几天书店，我有了自己的答案。初次走进查林克罗斯路上有名的福伊尔斯书店，我一眼就看到新书架上有拉什迪的新作《她脚下的土地》。打开扉页，书上分明印着十八英镑的价格。相当于人民币二百四十元左右。福伊尔斯书店卖书在价格上毫不含糊，写了一百就是一百，卖你没商量。十八个英镑，我的钱包里还有这笔钱，但那是英国学术院给我的生活费，交通、电话费。按这几天的花钱速度，我的经济是百分之百的要闹赤字的，而且没有人会给你填这个窟窿。我感叹：哇，书价好贵！但是就在对面的"书箱书店"里，我却看到印度当代作家维克拉姆·赛思的《称心郎》，厚达一千四百多页，只要三点九五英镑；印刷非常精美、全新、平装本的俄国作家列·托尔斯泰的不朽名著《战争与和平》，只要令人难以相信的一个英镑！一个英镑在伦敦可以买什么呢？一磅苹果，或者一个中等个的鲜桃！我又不由得感叹：哇，书价好便宜哟！再一看，全新的狄更斯的《双城记》《大卫·科波菲尔》，哈代的《还乡》《德伯家的苔丝》，福楼拜的《包法利夫人》……无数崭新的世界名著，统统是：一个英镑一本！全新，没有一点儿折皱或污点。一个英镑！我看到自己早年译过的哈代的《林地居民》，也是一个英镑，便买了一本，算是对我青春岁月的纪念。但别的，统统没有敢买，是怕带不回国。因为我心中牢记着一个数字：我们中国民航的行李限重是二十公斤，超重后的收费标准大约是一公斤二百五十八元！于是，我每天徜徉书店之中的时候都在小心地搜索、权衡。在伦敦淘书，是一个充满喜悦也充满痛苦的过程。因为，你要不断学会舍弃！

(选自《中华读书报》，一九九九年七月十四日)

也记伦敦淘书

张海晏

偶读邹海仑《伦敦淘书小记》一文（《中华读书报》七月十四日），唤起了我对伦敦的回忆。笔者曾于一九九二年与一九九七年两上英伦，作为访问学者在伦敦大学亚非学院（SOAS）学习一年有余。作为一介书生，虽然到哪都是看书、教书、买书、收藏书、复印书、写书或译书，但在这里有关书的故事，却别有意义，差堪回味。

一

SOAS是英国最大的东方学研究中心，在欧洲极负盛名。据说，尊敬的老舍先生当年曾在此任低级教员lector，并曾给校方写信，抱怨因工资微薄而无法到欧洲大陆旅游云云，此信校方至今珍藏。英国当红华人女作家张荣，即《虹——三个女人的故事》的作者,也曾在此打杂,现在每以在此任教的经历为荣。

SOAS图书馆是英国最大的东方学专业的图书馆,藏书一百万册以上,阅览室座位六百余个。图书馆一般从早九点一直开到晚八点半,图书开架,配以电脑与复印机供读者自己检索或复印,煞是方便。除了有关东方学的著作,该馆地下层藏有相当数量的西方哲学、社会学、伦理学、政治学和经济学等类理论著作,我常在此查阅。

谈到SOAS图书馆的复印,我的印象是五便士一张,而不是邹文所说五十便士。我曾在此复印过数千张的资料。不过,近年来在SOAS图书馆复印有了某些限制,按有关版权规定,一本书只许复印十分之一以内的篇幅。当然,一般情况下也无人追究,尽管英国人办事一向认真。

二

走在伦敦街头你会发现这里的书店多,而进了书店你便马上发现这里的书价高。英国书店的学术著作一般都要一二十镑甚或三四十镑一本,相当于人民币二三百到五六百元,即我半个月到一个月的薪水。当时,看着书店里一本本印制精美、装潢考究的图书,心里头一次如此强烈地涌动起对钱的渴望和对我等读书人窘境的感叹。然而,拿着英国学术院的高额奖学金，时间一长，便忘了自己是谁，开始无所顾忌地选购起图书来。说"无所顾忌"，其实也不尽然。我在英国买书在价钱上还是有所选择的，我买得最多的便是邹文提到的物美价廉的"华兹华斯古典"（Wordsworth Classics）丛书，此套丛书差不多囊括了西方当代以前的所有文学名著，为软皮精装袖珍本，价钱如邹文所说系一镑一本，有的书店是九十余便士一本。此套丛书究竟有多少本不得而知，但数量一定不少，我自己就选购了约五十本，其中有塞万提斯的《堂·吉诃德》（*Don Quixote*）、欧·亨利的《百篇短篇小说》（*O. Henry—100 Selected Stories*）和劳伦斯的《恋爱中的女人》（*Women in Love*）等。当然，这套丛书中有的在我国已有了同样的英文版本，如我去年在伦敦买的托尔斯泰的《战争与和平》（*War and Peace*），便于今年春天在北师大图书馆前的书市看到同样的英文本。总之，一镑一本的世界名著，这对于月薪一两千镑的英国同行来说简直太便宜了，他们在伦敦买这样一本书，差不多相当于我们在夏日北京买一根冰棍。

除了这套文学丛书，英国的其他文学著作也较学术著作便宜，如我买的《现代英国短篇小说》（*Modern British Short Stories*）、《英文短篇小说》（*English Short Stories*）、《海明威作品精华》（*The Essential Hemingway*）和《安徒生童话全集》（*Hans Christian Andersen—The Complete Fairy Tales*）、《格林童话全集》（*The Brothers Grimm—The Complete Fairy Tales*），也

都在五镑左右一本。

在伦敦，我买的最贵也是最得意的一本书，算是牛津出版社出版的《思想的伴侣》(*The Oxford Companion to the Mind*)，精装大三十二开，八百五十页，价钱三十二点五镑。此书是世界上一部权威性的哲学辞典，此前曾有多名中外学者向我推荐，对于思想史专业的我能买得此书真可谓如获至宝。买书的当晚，我便在书的扉页签上自己的尊姓大名及购书的地点时间。这样做，半是为了纪念，半是怕自己反悔退书。因为按规定，凡在伦敦商店购买的商品，一个月之内都可退换。当然，在回国后使用中，我发现此书偏重于心理学和心灵哲学，于哲学的其他分支多有缺略，又多少平添了几许缺憾。说来也巧，一九九七年我再赴伦敦，在 Charing Cross（查林克罗斯）大道一家书店的地下室里，花二十二点五镑购得原价三十五镑的《哲学的伴侣》(*The Oxford Companion to Philosophy*)，该书一千余页，所收辞条与我五年前买的那本《思想的伴侣》互为补充，堪称伴侣，合起来恰是一部完整的哲学思想大辞典。买得此书，着实使我高兴了一个月。然而，也只高兴了一个月。一个月后，伦敦又逢圣诞前后的削价期，即所谓"sale"，所有商品都大幅降价，在我买得《哲学的伴侣》的那家书店的邻门，我惊异地看到十镑一本的《哲学的伴侣》。

三

一年一度的sale（降价书市），的确是买书的最佳时机。这时的书价一般相当于平时的三分之二或二分之一。如我花三四镑买的亚里士多德的《尼各马科伦理学》(*The Nicomachean Ethics*)、柏拉图的《理想国》(*Republic*)、休谟的《人类理解研究及道德原理研究》(*Enquiries Concerning Human Understanding and Concerning the Principles of Morals*)和《人性论》(*A Treatise of Human Nature*)等等都是早有定论的哲学经典，学术价值自不待言。

除了这些公认的经典著作外，英版的当代学术著作大多有相当高的学术价值。在英国，学者出书或发表论文要经过专家评审委员会的严格把关，一般都要反复修改几易其稿才有可能出版，因而，英国学术著作或译著的质量一般来讲是有保证的。在sale期间，我亦买了不少当代学术或知识类著作，其中较得意的有：《世界编年史》(*Chronicle of the World—A Global View of History as it Happened*)，原价三十九点九五镑，这时只二十镑，此书硬皮精装十六开大开本，一千余页，三千余幅珍贵历史图片配以文字说明，从公元前三百五十万年至公元一九九五年的地球与人类的大事无不收入其中。又如二十世纪配图编年史《我们的时代》(*Our Time—The Illustrated History of the 20th Century*)，我以相当于原价三分之二的价格（二十镑）

买得，也是硬皮精装十六开大开本，七百余页，两千五百幅历史图片，纸张比《世界编年史》更为考究。再如配图七百余幅，大十六开本的《音乐百科全书》(*The Larouss Encyclopedia of Music*)，我用七点九九镑一本的较低价格买了两本，原价书上没存标明，因而降价幅度无由得知。我想，该书大概就是邹文所说的那本音乐大词典吧？

还有一本似值得一提，即我在一九九八年初以原价三分之二即二十镑买的《第二次世界大战》(*The Second World War*)。这本书是丘吉尔六卷本《二战回忆录》的缩略本，由丹尼斯·凯利（Denis Kelly）经由丘吉尔认可于一九五八年删减编辑完成，全书一千余页。对我来说，买得此书的意义不同寻常。因为早在一九九三年春，我曾在英国国家美术馆（National Gallery）附近的一条小巷子内的一家旧书店里，用三镑钱买了仅见的两卷厚厚的丘吉尔《二战回忆录》。回国前因行李严重超重，只得将这两本书送给了在英国的朋友。多年来，每念及此，便感遗憾。朋友归朋友，书归书；书像情人，是不宜让予他人的，哪怕是好友。现在好了，有了《第二次世界大战》也算了一心存多年的一个遗憾。此后一有闲暇，尤其是夜阑人静之时，常捧读这本用英语世界中最优美文字记述人类历史上最残酷战争的皇皇大作，再参之以同样是在伦敦sale期间低价买来的《丘吉尔历史图片》(*A Pictorial History of Winston Churchill*)，真乃妙不可言。有时捧读此书，战争风云与人间美丑激荡吾胸，心中蓦然间升腾起一股做伟人的冲动，或曰轻狂。这样美妙的精神体验绝不是区区几十镑钱可以轻易换来的。

四

除了新书，伦敦亦有一些卖旧书的地方。在Charing Cross大道两旁就有几家旧书店，但书价一般并不算低。如有一本有关足球历史的书，系集结了《泰晤士报》几十年来就每周世界足球的最新比赛与事件进行品评的文章，配以图片。我曾在旧书店里用九镑购得这样一本封皮已经破损的二手书。而在sale期间，有家书店只卖四点九九镑，且是崭新的。

在离英国国家美术馆不远处的小巷里，还有几家卖低价旧书的书店，这里的书一镑左右一本。除了上面提及的丘吉尔《二战回忆录》外，我又买到《狄更斯全集》(*Charles Dickens Complete Works*)等书，都是精装本。尚值得一提的是，我在此曾买到几本关于中国当代史的著作，其中一本名为《红色中国》(*Red China*)的书，书内附有不少历史图片。其中有几幅看上去就使我想起我们这一代人的境遇，好似民谚"出生就挨饿，上学就罢课，毕业就插队，回城待分配"的历史图解。这样的图片虽不能带来快乐的回忆，但其历史价值也是不能小觑的。

在 Charing Cross 大道一带，还有几处卖降价新旧图书的有几分神秘的所在。它们是在几家书店的地下层，楼梯口狭小隐蔽，木制楼梯陡峭，灯光昏暗得像幽灵，房间低矮阴潮，空气中不时泛起阵阵霉味。置身其中，好像回到狄更斯笔下十九世纪"雾都"伦敦的下层社会。然而，就是这样的地方，只要你耐下心来，仔细寻觅，往往有意想不到的惊喜。这里的书，十便士或二十便士一本的居多，也有些印制精美的新书几镑一本。我就曾在此买到大十六开本画册《印象派时代》(*The Age of the Impressionists*)、《英国名画集》(*The Great Paintings of England*) 和自然图片集《生物世界》(*The Living World*)、《动物观察》(*Animal Watching*)、《永不宁静的王国》(*The Restless Kingdom*) 等好书。还有一本系记录海明威生平的文字及图片册《欧内斯特》(*Ernest*)，收录了海明威自一八九九年出生那年到自杀前一年即一九六〇年的许多生活照片，并有文字叙述。其中，有两张照片与中国有关：一张是一九四一年二月海明威与其第三任妻子马莎·盖尔霍恩在夏威夷照于开往中国的轮船甲板上；另一张是同年四月海明威夫妇与国民党官员照于山城重庆。

顺便提一下，这条街也有个别书店的地下室专门经营黄色书刊，一不留神，便会误入其中。不过，这类地方在楼梯口都有"SEX"字样，小心便是。

五

谈到伦敦的图书市场,恐怕也是各种各样。如在SOAS附近的伦敦大学学生会大楼,每周五下午都有一个图书市场(Book Market)。这里卖的多是文学艺术与学术类新旧图书,价钱十镑以内的居多,如我买的"艺术世界"(World of Art)丛书中的两册、《哈代小说选》(*Thomas Hardy Selected Stories*)、威廉·巴伯的《经济思想史》(*A History of Economic Thought*)、弗兰克·帕金的《阶级的不平等与社会秩序》(*Class Inequality & Political Order*)和爱德华·博诺的《确定的未来》(*Future Positive*)和约瑟芬·弗莱彻的《境遇伦理学》(*Situation Ethics*)等,均淘于此。

此外,伦敦周末许多"露天市场"(Open Market)也卖书。如伦敦东部的利物浦大街(Liverpool Street)就有个这类市场,记得一个休息日早晨,我从所居住的罗素广场(Russell Square)出发去这个市场露天买书。为了省钱,我徒步而行,没有乘车。结果,中途迷了路。周末清晨,街上行人稀少,幸亏遇到一位露宿街头的老妪,她热情地给我指点迷津,临分手还祝我:"今天有个好运气。"那天,我的运气果然不错,在露天市场买到了几本廉价的好书。其中,用五十便士在一个摊位从一个小男孩那买到一本厚厚的有关动物的绘画集。小孩接到我付的那枚五十便士的硬币,赶快告诉不远处忙于生意的母亲,好像是请功的意思。英国人喜欢周末举家到市场上摆摊,卖些家里不用的物品和旧书刊什么的,这样做与其说是为了创收,不如说是增添生活情趣。

一九九八年春,我曾住在伦敦北部的芬切利大街(Finchley Road)。这里也有一个周末露天市场,亦卖旧书,但多是些言情、鬼怪、侦探和科幻方面的通俗小说。此外,这里还卖一些旧得泛黄的又厚又沉的书,像是马克思时代的遗物。这些书虽不一定有什么阅读价值,但也许有收藏价值。只是因为我对西方图书典籍的历史太过生疏,无法究竟其中奥秘,再加上这类城砖厚重的书会给我乘机托运带来极大的困难,所以,我没有为此支付什么时间和金钱。

(选自《中华读书报》,一九九九年八月十一日)

逛英伦书市有感

田森

来英之前,就听说英国书市甲天下,世界上最大的书店也在英国。这使我想起早在少年时代就读过的朱自清先生在《伦敦杂记》中写的逛伦敦旧书店的一些见闻,只是时间太久远了,记忆已日益模糊,但仍依稀记得他曾用浓墨描述过伦敦有那么一条街,书铺林立,是他经常的去处。抵英后也常想去书市好好逛逛,可手头上总有那么一些急切的事要处理,致使心愿难遂。

前几天一位朋友对我说,一个文化人来了伦敦,要是连书市也没有去过,等于没有来。这多少有点刺耳的话,促使我放下手头上的一些工作,决计先去逛逛书市。我的一位年轻有为的中国血统的英国朋友、伦敦著名的查宁阁图书馆馆长、国际图书馆协会委员康小姐答应亲自陪我去。去前她还特地为我送来了一批有关书市的网上资料,就中有一份材料上写道:"The

Charing Cross Road bookshops are one of reasons that people come to London."其意为："去查尔宁街看看那些书铺是人们来访伦敦的原因之一。"看到这里我不禁为之一震，原来伦敦书市的吸引力竟有那么大，于是第二天我便在康馆长的陪同下去了书市。

查尔宁街有爱书者天堂之称。这条街并不长，也不宽，但很繁华，称得上是伦敦的闹市，这里各类书店的确很多，隔不了几家便是一个，也有一个接着一个的。在这条路上还有两条小胡同，那里边的旧书店就更多了，几乎是一个接着一个。我们一连去了好几家，走得很慢，因为每家书铺都摆满了各式各样的书，令你目不暇接。有些书店外表上一点也不起眼，可千万不要以貌取店，我们正是在一家很旧的书铺的地下室里，发现了许多有价值的人文科学书籍，就中有社会学的、政治学的、法学的、犯罪学的，令人好不眼馋。这里你可以尽情地翻，爱买不买，都没有人管你，更不会嫌弃你。地下室有好几个书屋，连一个看管书的人都没有，待你挑好书后，自己上楼找账房先生去付款。虽说都是些旧书，但摆得整整齐齐，而且特意分门别类，你可以清楚地看到在书架上贴的那些工整醒目的小条子。其实，这条街上除了旧书铺而外，也有专营新书的书店，其中最有名的一家当推福伊尔书店（Foyle），这家书店今年刚好满一百周岁，藏书在七百万种以上，难怪它被称为当今世界最大的综合性书店，各种门类的书，各国的书在此均有售，我还特地去看了一下出售中文书的柜台。走进一楼大厅，人们很容易看到一个醒目的栏目，上书Cay interested"同性恋专栏"，摆了许许多多这方面的书籍，由此你也可以感受到英国的同性恋者已较前大为增加了。书店内还设有颇具规模的咖啡厅，可供读者就饮或在此交谈。这家书店原先也卖旧书，据说从去年开始才全部出售新书。他们经常为读者举办讲演会，请名家主讲，很受欢迎，也组织作者、读者午餐会之类的活动，旨在共同交流。这种活动已经开展了好几十年，备受消费者青睐。不过到这里来买书的人虽不算少，也不是很多。据说有人认为与其到这里来买自己要用的书，还不如到专业书店去买更方便一些。这条街上的专业书店是很发达的，应有尽有，艺术书店、音乐书店、体育书店、旅游书店、宗教书店、侦探读物书店等等，不一而足。特别引人注目的是，在这条街上还开设有一家欧洲最大的女性书店，取名为"银月"。月者，女性之代表也。从一九八四年开业至今已近二十年，生意做得不错。作者特光顾此店，尽管它陈列得很别致，但顾客不是很多。这条街由于地处伦敦繁华区，房价甚昂，而且据说还要上涨百分之八十左右，当我听到这消息时，真不知这些书店的老板可有能力去应付？聪明的康小姐从我的目光中一眼便看清了我的疑虑，立即解释说，政府为了保存这条名街的书市风貌，已对书店的租金采取优惠措施。看来，政府的这个决定是明智的。

这次书市之行，激发了我渴望再去的热情。于是第二天我自己又去了一趟，我本想找点对我眼前研究工作更有用的英国工人运动之类的书，可惜我落了空。我是个急性子人，但逛书市没有耐心是不行的，于是，我只好克制住自己的脾气，又一本一本地仔细翻阅着。正当我的失望感增长之际，书摊上的一本精装的镶金的绿皮书突然令我目光一亮，我情不自禁地几乎喊了出来："真好！"原来我发现了早在青年时代我就喜爱的著名英国女作家奥斯汀的名著 Pride and Prejudice（《傲慢与偏见》）。那份喜悦就甭提了，真是踏破铁鞋无觅处，得来全不费工夫！我当即把这本九成新的精装的名著买了下来，才用了一英镑，好不便宜。怪不得有人说逛旧书店就同淘金一样，得有耐性，也许去很多次毫无所获，也许顷刻间又会大有收获。那天除去奥斯汀的那本名著外，我还买到了另一本心理学方面的书，也只用了一镑钱。书市也看了，书也买到了两本，真是不虚此行。然而在回家的路上，一个思绪却在我脑海挥之难去：英国书市繁荣依旧，可光顾的人却不像过去人们说的那么多。为什么呢？

谁都知道，伦敦的交通拥挤不堪，在公共交通工具上很少能找到空位子，不少人始终都站立着，然而就在这些站立者中，仍有一些人聚精会神地看着书报。由此可见，英国的读书风气还是值得称道的。如此说来，书店的人不应当那么少啊！是的。书市远远谈不上冷清，但也不能说很热闹。我们又怎样解释这一现象呢？

我想，首先英国是一个互联网很发达的国家，可能不少人力求从网上获得各种读物，这恐怕是重要原因之一。其二，图书馆一直搞得很好，既然如今新书书价如此昂贵，不如充分利用十分方便的图书馆为好，反正只要在图书馆办一个卡后，便可能外借图书，且分文不取。其三，英国网上购书活动开展得很好，完全可以在网上购买书籍，不必再到书店去凑热闹。想来想去，还能有什么原因呢？看来，物质主义的猖獗，弄得不少人心态浮躁，以致顾不上读书，也是一个不容忽视的原因。行文至此，我蓦地想到了前几年四次访问俄罗斯的情景，应当说解体后的俄罗斯在相当长的时间内，人们的心态一直很浮躁。社会的动荡不安，对新生活的不适应，心灵的空虚，生活的没有着落，令俄罗斯人度过了极为艰难的时光。然而即使在这种背景下，俄国人依然渴求读书。你看，地下铁路车上到处可以看到不少人都在埋头阅读书报，其情景不减当年盛世时。那一幕又一幕读书的镜头，令我难忘。当时从我的脑际就不止一次掠过同一个念头："这样渴望知识的民族，是必定会复兴的！"看来，这两三年的实践正在逐渐证实我的这个想法。虽然，我并不以为书中自有黄金屋的说法是确切的，然而读书的确可以给人们带来勇气、理性和智慧。这精神食粮的作用是断不可小觑的。此刻我的思绪正越过大洋，越过高山峻岭回到祖国的怀抱，遥想今日之中国，多少人为了生活疲于奔命，多少人为了追求物质享受又在拼命,我们的社会既欣欣向荣,也不乏浮躁。为了祖国的兴旺发达,对不少人说来,该是下决心挤出时间认真地读些书,以充实自己,这对重振中华是具有深层次意义的。反思自己,作为一位学者,整天都在同书打交道,然而更多地认真地读一些书,做得还是很不够。逛书市归来后,我要下决心读更多的书,更认真地读书,这大概就是我伦敦书市之行的一个思想上的收获吧。

二〇〇三年二月十四日于伦敦泰晤士河畔
(选自香港《文汇报》,二〇〇三年三月三日)

旧书一条街
——伦敦淘书记

黑　马

出了香喷喷但油腻腻的唐人街就到了伦敦老城的查灵克罗斯街（Charing Cross Road），据说这里被视为伦敦的中心，以此为起点计算与英国其他地方的距离。这是一条典型的喧闹伦敦老街，狭窄的长街两边基本看不到新建筑，依旧是十九世纪风格的小门脸儿商店和餐馆酒吧（上面几层是居民住宅），与其说是商业街不如说是拍老电影的布景更确切。整个伦敦城里这样的老街比比皆是，总让你感到时光倒流。而我专门来这条街上"倒流"，不是为了排遣闲愁，而是为了特别实际的目的——逛旧书店，淘便宜书，趁着回国前几天的闲暇，我在伦敦住了五天，其中两天都消磨在查灵克罗斯街上了。

这条街上集中了伦敦的很多书店，而从莱斯特广场到特拉法格广场的那一段路上则集中了伦敦的旧书店，一家挨一家，人气颇旺。这些旧书店的确算得上伦敦的古董了，看那刷得绿不唧儿的门脸儿橱窗，听那丁东作响的清脆门铃儿，瞧那满橱窗里泛黄的旧书，还有门外摆列着的无人看管随人挑选的旧书，一股怀旧的情愫会温暖地涌上心头，脚步自然地被吸引过去。

别看是旧书店，这里的书和人绝不是破罐子破摔。这些小书店专业分工很细，有的店专门卖摄影书，有的专门卖绘画书，有的专门卖建筑书。那些普通的书店里，旧书也是严格地按照分类排列的，同类书里又严格按照作者的姓氏排列，所以很好找。有的书店还将书目输入电脑，读者可以报出书名或作者在电脑上查找。旧书店里最大的特点是空间紧促，书架通到屋顶，为此店里都备有梯子供读者爬上爬下，那种梯子不是什么铝合金的，而是纯木的厚重大梯子，很有些年头了，宽大结实，让一代一代人的手和脚磨得光滑锃亮，那是木头的自然光泽呢。还有，这些小本经营的旧书店里照样能刷信用卡，十分正规。唯一不正规的是店主和店员在这里可以大声说话，可以在营业时间里登梯爬高地整理书架上货撤货，很像在自己家里。但我喜欢这种进了人家家里挑东西的感觉。

据我观察，这些书店最赚钱的是那些古书，全是些布面硬壳的古典，书口都刷了金色，散发着一股股霉味。这些孤本古本很少有人光顾，但定价都很高。别的不说，就是二十世纪二十年代的劳伦斯早期版本都很贵，更不用说那些十八和十九世纪的古书了。这些书就像古董店里的玩意儿，可谓"半年不开张,开张吃半年"。

书店和一些顾客有固定的合作关系,时有大学者模样的人来店里和店主接洽,或是取预订的书或者是开出书单子,由店里去代为寻找,这些书店和社会上的人有广泛的联系,不定能从什么人那里找到客户需要的书。

我要淘的大都是劳伦斯及布鲁姆斯伯里文学圈子那批人的传记,近些年出的,定价都不算太高,五到十镑就能拿下的。初来乍到,也不懂怎样讨价还价,便采取低价书一律抹零头,高价书打对折的办法,一般都能顺利成交。最终花了百十镑,买了一大旅行包旧书,扛回了北京。天知道什么时候才会看,先买了再说。

除了这条街,大英博物馆所在的布鲁姆斯伯里街上也有几家旧书店,其中的亚非书店里也卖旧书。但那个地段书店里的书价要高于别处,估计是因为那边的客人多是些旅游者,来去匆匆的一次性客人多,生意好做。而一般旅游者没有淘旧书的习惯,不会专门打听光顾查灵克罗斯街这样的旧书一条街,这边书店里的顾客多是本地人和固定客户,回头客多,价钱就便宜些,也好讨价还价些。

相比之下,知识分子集中的地方如剑桥,书价最贵,但书的品质最高,最专业,比如《剑桥劳伦斯指南》,六点五镑,不还价,也不抹零头,没商量。他就知道你来这里并看上了这本书就肯定会买。而像林肯啦,诺丁汉和约克这类的小城市的旧书店里则可能以低价买到很高档的旧书，因为那里的"文化人儿"少，特别专业的书反倒卖不动，因此价格走低（沉甸甸的插图本名著《作家笔下的英国——文学中的地域风景》出价才四点八镑，还让我抹了零头，整四镑买下），一些实用的普通旧书如园艺类的，旅游类的和二手教科书反倒价格走高（如《英国的野花》死活砍不下价来，非八镑不卖，我也只好买）。

这样看来，伦敦是旧书的天堂了，这地方客流量大，三教九流的淘书者都有，薄利多销，书价倒趋于平均，书源也充足。那个写《知识分子》的保罗·约翰的大手笔插图本《英格兰、苏格兰和威尔士的大教堂》才四镑，布鲁姆斯伯里文人圈的女主人奥托琳·莫雷尔的传记也是四镑，城砖一样厚的《江青同志》历史照片很多，估计是绝版的，也十镑拿下了。我还在店门口无人看管的垃圾书堆里发现了一九五八年版的里查德·霍嘉特的名著《识字的用处》，据说是研究英国劳动阶级文化演变的最生动而权威的书，那书比我年纪还大，但看着比我还年轻，不知怎么沦为垃圾书了，捡个便宜，打对折，一镑到手。而如今八十高龄的霍嘉特新近出版的论文集则卖到了四十镑，明年再去它肯定降到五镑了。旧书摊就这么有意思。

听我的，如果去伦敦淘书，一定要去查灵克罗斯街哦。

剑桥一书贾

金耀基

剑桥之为一个举世闻名的学府，归根结底，是由于它的学生中出了无数的伟人。但剑桥之所以能成为一个代出奇葩异果的大学，则是靠无数人的心血与精神的培育。没有费雪（Fisher）这样风骨凌厉、高瞻远瞩的大学校长，与伊鲁斯玛士合力推动希腊文，剑桥就不会成为英国文艺复兴的新学重镇；没有尼维尔（Nevile）、巴罗（Barrow）及班得来（Bentley）这样气魄雄健、学识渊博的院长，剑桥就不会有像三一这样无与伦比的学院。没有麦斯威尔（Maxwell）、汤姆逊（Thompson）与卢特福（Rutherford）这样的科学教育家，剑桥就不会有被誉为"天才养成所"的开温第士实验室（自一九〇一至一九七三年这段时间中，单单这个实验室就培养了十六个诺贝尔奖得主，至于在那里工作而获诺贝尔奖的还不计在内），没有雷恩（Wren）、史葛德（Scott）及吉勃斯（Gibbs）这些巧夺天工的建筑家，剑桥也不会有那么多古意盎然、百看不厌的经典建筑……但是，剑桥是不完全靠这些杰出的大人物的巨掌支撑起来的，它还靠许多有名的及无名的小人物全心全意的贡献与服务。试想，没有园丁的修剪，哪能有四季碧绿、美如锦缎的草坪？没有院仆的敲撞，哪能有长年悠扬、诗意回荡的钟声？

剑桥人对创建者、杰出的校长、院长、堂（剑桥老师的特称）、伟大的"剑桥之子"，固然会用各种方式来感念与爱戴，而对不算伟大但却对剑桥有功的人也一样礼敬不减。廿六年前，一位白蒂小姐，负责大学打字室达半个世纪以上，她兢兢业业，任劳任怨，由少女而老妇，由豆蔻年华而青丝飘霜，剑桥人感谢她的贡献，使她成为剑城当地第一个获得荣誉博士学位的女子。十几年前，一个石匠，他以一生的心血磨刻在学院建筑的石头上，他的青春化作了石雕的片片灵气，剑桥人感念之余，也颁发给他同样的荣誉。去年"高不斯·克里斯蒂"学院为表示对一位老装书人孟斯先生的辛劳与功绩，特在他八十岁生日时，为他在该院著名的派克图书馆开了一个盛大的书展……这些都是充满人间温暖与尊严的故事。在这里，我特别要介绍的，则是剑桥一个平凡但又不平凡的书贾和他的书铺。

剑桥是一个标准的"大学城"，除了大学，剑城就无甚可观了。剑桥也是一个真正的书城。不错，剑桥也是花城鸟乡，但花有不香之日，鸟有不语的季节，唯独书香则终年不绝。剑桥大小几十个图书馆且暂时不去说了，单单书店就不能胜算，在"王者广场"附近，几乎无街无之，无巷无之。而在这许多书店当中，我最爱去光顾的则是一家叫"台维"（David）的。台维在爱德华小径中有两个不起眼的店铺，还有则是在剑城市集上与花摊、古物摊、水果摊为邻的一个小书摊。当我每次"进城"（实则只是穿过大学图书馆，穿过剑河，再穿过一二个古老的学院就到了，步行十分钟，骑单车则五分钟而已），我总禁不得在台维的书摊上逛一会，在书铺子里泡一阵，几乎每次总可买到一些喜欢的书。有时见到"不期遇而遇到"的好书时，快乐固不在话下，至于"踏破铁鞋无觅处，得来全不费工夫"，突然看到一本心中久想得到的书时，兴奋之情尤难言宣。上书铺，特别是去台维，几乎是我生活中不可或缺的一部分。妻与孩子把我去书铺比作"打猎"，的确，上书铺就像"打猎"，你不能预先知道会"猎"到什么，"猎"到多少。最妙的是在台维，伙计多半不知道他们有哪些书，而摆得又不"科学化"，所以你必须自己一书架，一房间地去"猎"，这就增加了"悬疑性"的刺激。其实，在台维猎书比打猎还要有意思，因为台维书多、书杂，它经常有上万册以上：有的是古书（七十五年以上），有的是旧书（二手货），有的是廉价新书（比正常书店至少便宜二三成），你不可能"身入宝山，空手而归"的。再则，你即使只看不买，一看几个钟头，你也不必担心有人"冷眼"相向，这在剑桥任何书店都没有的事，在台维则不必说了。还有,在台维,你经常会遇到熟悉的剑桥"堂",彼此交换"猎书心得",也是一乐。在台维久了,认识了两个店铺的掌柜伙计,一个叫韦伯斯德,一个叫凯邓。凯邓君沉默少语,常年口衔烟斗,多半只坐着看他的书。韦伯斯德(Webster)先生已七十多了,一头稀疏的白发,但他精神还蛮好的。看他抱着一堆堆的书上楼下楼,气不喘,脚步一点不蹒跚。日子久了,我们之间有了淡淡的友谊。在开始时,我埋头找社会学方面的书,他很和气地说:"先生,我能帮忙吗?"等我告知他我要的书后,他歉然说:"我们这里这方面的书很少,不知在社会学外,先生心中还要哪些特别的书呢?"以后,他知道我不是独沽社会学一味,知道我对历史、文学、教育都有兴趣,他就会时时帮我留意他认为我会喜欢的书,有时还会把它们搁置一边,等我去买。假如我看了不要,他也丝毫不以为忤。他这种态度不是对我一人如此,而是对每一个他熟悉了的顾客都如此。不!我应该说他是把顾客当作朋友看待的,讲话总是那么文绉绉的。

一次,我在台维看到一幅陈旧的画像,一个胖胖的老人,口含雪茄,唇上留下一撇胡子,挂着一丝善意的微笑,守着一个书摊子。"这是谁?"我问韦伯斯德先生。"他?他就是台维先生呀!我们铺子的创建人呀!""我怎么从未见过台维先生,他自己不来这个铺子的?""噢!他已经去世很久了!我四十年前来此时,他刚去世不久,缘悭一面!"说着,韦伯斯德先生从柜子后面取出了几张已经发黄的旧报纸和一本小书。"先生，你想知道台维先生的话，这本书和这些报纸会给你一些印象的。"报纸上刊登了台维先生去世的消息，以及一些纪念他的文字。那本书，小小的，印得很精致，一看名是：*David of Cambridge*（《剑桥的台维》），再看出版者，是剑桥大学出版部，我不禁有些讶异。随手一翻，里面的执笔者，有一二个是我熟悉的名字，都是剑桥的名"堂"。其中还包括Q先生及罗勃斯先生（S. C. Roberts）的悼念文。"Q"是剑大著名的英文教授Arthur Quiller Couch的"笔名"。他写了《剑桥讲演》《读书的艺术》等无数的书，是剑桥老辈文士中的鲁殿灵光。罗勃斯先生的书我看过好几本，他负责剑大出版部多年，曾任潘波罗克学院院长、剑大校长（vice chancellor，在剑大，此职虽称副校长，实际上是校长，校长只是名誉职），他是研究"约翰笙博士"的专家，他的《约翰笙的故事》就是上品小味。由这些执笔者，我立刻意会到台维先生一定有些异于普通书贾的地方。由于我有事在身，一时读不完，韦伯斯德先生就说："先生，你带回去看好了，看完了，还我就是！"

当我看完了《剑桥的台维》之后，我对这个剑桥书贾，油然起敬，觉得这样的书贾，不能不为之记！剑桥的书香，是靠像台维先生这样的人播送的，我们如要想建立文化的金殿，也需要像台维先生这样爱书、敬书，又喜欢把书的尊严、书的快乐带给别人的书贾！

葛士德飞·台维（Gustave David）先生，一八六〇年出生在巴黎。之后，随父母移居瑞士。当他十几岁的时候，他父亲决心定居英伦，先后在格兰顿及伦敦经营旧书业。一八九六年，台维有心无心地来到了剑桥。他一见到这个中古的大学城，就深深地爱上了。他便在周围学院林立的市集上摆了一个书摊，这一摆就摆上了四十年，直到他一九三六年十二月二十日去世的一天为止。

从他摆书摊的第一天起，剑桥的堂、学生、市民就慢慢被这个口含雪茄、留了一撇小胡子、面带善意的笑容的小书贾吸引住了。剑桥多的是爱书好书的读书人，而台维对书的品鉴别具慧眼，他更能捉摸剑桥读书人的胃口，因此他的书摊便成为剑桥文士驻足聚汇之点。渐渐地，他感到供不应求，就在市集旁边爱德华教堂的小径里开设了两个店铺。这两个店铺，尽管貌不惊人，但一进入小门，便是满架满屋的书，立刻成为爱书猎书者的乐园了。四十年里，不知多少剑桥的著名学人成为台维的店中客，并且成为台维先生的亲密书友。其中最脍炙人口的便是他与经济学大师凯因斯的莫逆之交。当凯因斯还是王家学院的大学生时，几乎无日不去台维买书。不止乎此，凯因斯还时常帮着拆开台维每周自伦敦拍卖所买回的一箱箱旧书哩！

台维先生之所以成为剑桥师生眷宠的书贾，不止是他店里书好、书多，更是他对书、对读书人的态度。他不止爱书，并且对书有一种敬意。人家说他只有在古书与好书堆里才会有真正的快乐。因为他爱书、敬书，所以他对爱书的读书人也有爱意敬意。他决不利用读书人"溺"书、"迷"书的心理"弱点"，而开高价钱。当他物色到一本你苦苦相思的书时，他只抽取蝇头小利，乐意地交到你手里。在他，书归爱书人，便是天机，便是造福。台维在伦敦拍卖所得到了"便宜"，他一定很"便宜"地转让给你，而绝不会讨你的"便宜"。就因为这种公平、坦荡荡、不刮读书人的荷包的态度，才使他在剑桥赢得了好名声，也因此，台维的店铺总是门庭若市，川流不息。而台维的书，五花八门，琳琅满目，真是山阴道上，目不暇给，随手翻览，都是益智开眼。剑桥唐巴逊先生说得好："逛台维是一种博雅教育。"

台维先生的书铺，星期四一律关门，因为星期四是他照例去伦敦拍卖所买书的日子。当天，他坐夜车返剑桥，星期五晚上便在爱德华教堂把买来的整箱的书一一拆开。据说，台维在世时，不论风雨，每天都会出现在市集的那个小书摊上，四十年如一日。总是那一撇胡子，那一缕袅袅的烟，还有那一丝善意的笑容。在一万五千个日子里，只是那撮胡子白了，那一缕袅袅的烟依然，那一丝善意的笑容依然！罗斯先生说得不假："台维已成为剑桥的一部分，像王家学院的礼拜堂一样，他是与剑桥分不开的。"

在第一次世界大战期间，学术之灯如风中残烛，在剑桥，台维先生决心使小小的火光保持不灭。那时，剑城几乎没有穿学袍的人在街上了，但他的书摊还是敞着，他的两个店铺还是开着。他使书显出了尊严。台维先生不是一个有学问的人，他没有学位，也没有写过书，但圣约翰书院的郭罗孚先生在《伦敦时报》上写着："台维是影响廿世纪第一年代剑桥人最深刻的少数人之一，他激发了无数人追求知识，他供给了百千人书的快乐！"剑桥的老师宿儒为了表扬他对剑桥的贡献，由耶稣学院院长葛莱先生、魏勃利先生及"Q"先生等，在三一学院的大食堂举行了一个盛大的午餐会，以台维先生为上宾。台维先生盛装前往。当老师宿儒对他大加表扬，为他举杯时，他感动得说不出话来。但他显然是快乐的，他把手中的酒一饮而尽，而嘴里含着的那根雪茄却动也未动！

台维先生的去世，在剑桥读书人心中投下了一片哀伤寂寞的影子。罗勃斯先生等为了纪念他，很破例地，以剑大出版部的名义为他出版了《剑桥的台维》！剑桥人是知道如何感念不是伟大但却对剑桥有功的人的！

我生也晚，没有亲眼看到那一撇胡子，那一缕袅袅的烟，那一丝善意的笑容。但是，透过《剑桥的台维》，透过韦伯斯德和凯邓二位掌柜伙计，我似乎仍能依稀看到台维先生的风采！

一九三六年，剑桥"堂""Q"先生在《剑桥评论》的纪念文中说："原台维建立的书铺，长开剑桥的市集上。那是他个人的，却又奇怪的是大学的！"

转眼又是一个四十年了，Q先生的愿望没有落空！"台维"依然开在剑桥的市集上，还是那样的不起眼，但也还是那样的有吸引力！不错，像王家学院的礼拜堂一样，"台维"与剑桥是不能分开的。

（选自《剑桥与海德堡——欧游语丝》，辽宁教育出版社一九九五年三月版）

淘书剑桥

张和龙

一 书的大赦！

刚来剑桥时，住在米尔路（Mill Road）附近，闲暇时总爱往书店里钻，而且去得最多的是"大赦书店"（Books for Amnesty）。一开始并不理解为什么叫"为大赦卖书"，后来才搞清楚：它是大赦国际组织经营的一家旧书店。书店里的职员基本上是志愿人员，他们每周抽出一定时间为书店义务工作。书店的旧书大多来自捐赠，其收入主要用于大赦国际的人权事业。该书店收藏的图书以人文社科类为主，数量大，种类多，而且价格比其他旧书店要低很多。利维斯的《伟大的传统》（*The Great Tradition*），标价二英镑，赶快买吧！特里·伊格尔顿的《格格不入》（*Against the Grain*），一点五英镑，买！马修·阿诺德的《文化与无政府状态》（*Culture and Anarchy*）和马尔柯姆·布莱德伯里的《不，不是布鲁姆斯伯里》(*No, Not Bloomsbury*)，二点五英镑，买！时间不长，便带着嗜书者的窃喜满载而归了。

此外，书店还设有一个特价区（Bargain Sale），所有图书（主要以平装本小说为主）均五十便士一册。而且每逢月底，书店会有一次"清仓"行动，其他区域滞销的旧书都要被清理到特价区去。因此，这个时候是淘书的最好时机。我是花了很长时间才发现这个规律的。此后，书店的名称在我心里就有了另一层的含义："书的大赦！"因为一旦"清仓"了，一些受价格囚禁的旧书便走出牢笼，获得自由了！当然，时间不长，一些"自由人士"便成了我的"俘虏"。当代英国作家，如艾丽斯·默多克、马格丽特·德莱布尔、多丽丝·莱辛、戴维·洛奇等人的大多数作品均被我在此"俘获"。五十便士，人民币六块钱！连身边一位英国顾客也不禁感叹："50p？！Unbelievable！"（五十便士！简直难以置信！）

二 行善与白送

说起价格低廉，恐怕要数慈善商店和跳蚤市场上的旧书为最。米尔路上就有一间慈善商店，名字叫"救世军商店"（Salvation Army Shop）。店里的商品全部来自捐赠，附近居民将家中不需要的物品送到这家商店，工作人员经过简单处理，并根据物品的新旧程度标出极低的价格,然后摆上货架出售,该店的所有收入均用于慈善事业。商店内有好几排货架,专门出售旧书,其价格非常便宜,一册书往往只需要二十或三十便士。看中了,赶紧买吧。于是平生第一次体验到:买书也是行善!

剑桥有两个周日跳蚤市场,都位于城北的弥尔顿路(Milton Road)上。跳蚤市场俗称"卡布"(Car Boot Sale),其实是两个较大的停车场。剑桥或剑桥外的居民将家中废弃的各种物品,用自己的小车拉到此处,以"跳楼"的价格处理。零乱的一堆东西中经常会夹杂一些图书,其价格低得让你心跳!一册《剑桥简史》,二十便士,赶快"买"归己有!马丁·艾米斯的《伦敦原野》,十便士!《包法利夫人》英译本,十便士!《堂吉诃德》英译本,十便士!买!买!买!最让我高兴的是,巴恩斯的小说《英格兰,英格兰》精装本,原来身价十六英镑,现在也是十便士!若按最高汇率计算,十便士折合人民币约一块二毛钱,简直是白送!买!买它没商量!尽管这本书的平装本早已被我"俘获"。

三 书香、咖啡香

米尔路上的另外两家旧书店也很有特色。一家是布朗尼(Browne's)书店,另一家是咖啡书屋(Coffee Books)。同时经营旧书和新书的布朗尼书店,门外始终放着一个低矮的小书架,上面几本滞销的旧书均标价五十便士以吸引顾客。书店的旧书其实并不"旧",均是近几年出版发行的,一转手流落在此,价格便急转而下,大多数"旧"书在三到五英镑之间,如厚厚一册《女权主义和后女权主义批评词典》(*The Icon Critical Dictionary of Feminism and Postfeminism*)仅售五英镑。此外,书店每天都有部分新书特价优惠,如奈保尔的新作《半生》,洛奇的新作《思考》和巴恩斯的新作《爱情,等等》都曾半价出售过。破费三点五英镑,也就是说一册旧书的价格,买上一册刚出版的名家新作,闻一闻熟悉的新书墨香,心里说不出有多么的惬意!

走出布朗尼书店,转身向左,迎着咖啡的香味向前,不到五分钟便来到"咖啡书屋"了。"咖啡书屋"算得上是剑桥的一处景观。走进书屋,面积不大的店堂中央摆着沙发和桌椅,正面的柜台上出售咖啡等各种饮品,而左右两面的墙壁上是巨大的书架,书架上满是小说和人文类旧书。旧书既是商品,也是装饰,徜徉在书架前,耳边是轻柔的音乐和窃窃私语,鼻中吸入的是浓浓的咖啡香味。疲倦的时候,要一杯咖啡或英式传统奶茶,取一册图书展卷在手,然后偎依在舒适的沙发中,边品茗边阅读,真正享受一番域外淘书的乐趣。该书屋也是剑桥各种社团活动的场所,如剑桥围棋协会经常在此聚会下棋,会长马修先生还将自己刚出版的围棋著作放在店中出售。笔者在书屋有一个重要收获,即淘得英语界"恶评"的《灵山》的英译本,花银子三镑。

四 买个纪念

出售珍本善本图书的戴维书店(G. David Books)也是我常去的地方。书店位于著名的国王学院(King's College)对面的弄堂中。该书店一八九六年就在剑桥开店,屈指一算,已经有一百多年的历史了。书店里有一间很大的内室,专门出售珍本和第一版图书,但价格不菲,一册劳伦斯或沃尔芙的小说第一版(The First Edition)开价五十镑,是新书的数倍。一套狄更斯全集,一九一五版,精装本,共二十二册,标价一百三十镑;皮佩斯日记,十二卷,精装本,一百八十镑。不过该书店的其他区域也有价格便宜的图书出售,如一套小开本狄更斯全集,精装本,共三十六册,仅售三十镑;带有精美插图的《哥特式绘画》,一镑;《百年孤独》英译本,一镑。此外,笔者还以每册一至二镑的价格购得不少当代英国小说名作,如马丁·艾米斯的《时间之箭》,布莱德伯里的《兑换率》,麦克尤恩的《时间里的孩子》等等。不过,看到拉什迪《子夜诞生的孩子》时,心中颇不是滋味。两年前我在上海某书店已经买过一册,花人民币八十元!现在标价一镑,唉,买吧,也算是买个纪念。

此外，市政厅（Guildhall）和渔夫厅（Fisher Hall）经常举办旧书书市，很像上海的文庙书市。市政厅紧挨市中心露天市场（Open Market），渔夫厅（Fisher Hall）位于剑桥市中心图书馆后面，离市政厅很近，仅数步之遥。市政厅的书市一年一到两次，而渔夫厅则在每月的第二个周二举办残本书市（Missing Book Fair）。每逢书市，书商们从全英各地赶来，同时也带来了各种各样的珍本孤本图书。不过，有些图书的价格令人咋舌，如薄薄一册Sylvia Plath的诗集竟标价六十英镑。书市期间，要一册书市信息，或英格兰旧书店指南，按图索骥，可以轻松找到我所需要的图书。书展结束的时候还可以上网查询，网上购书。

五 最大的旧书店藏身桥下

剑桥小城，大半年生活下来，本以为旧书店尽皆逛遍，心中再无牵挂。这一日恰逢周二，前脚走出中心图书馆，后脚便跨入渔夫厅的残本书市，在一堆广告之中猛然瞥见"The Largest Secondhand Bookshop in Cambridge"（剑桥最大的旧书店），定睛一看，果然是一家深藏不露的旧书店。第二天打点行装，吃完早饭便匆忙出发。书店虽然位于古城东郊，远离市中心热闹场所，但骑车不用半个小时，便到达目的地了。书店藏身铁路立交桥的下面，两百平米大小的空间，堆满了各种古旧图书。号称"最大",并非虚言。一进店门,店主热情相迎,并将我引到我所需要的书架前。当我暗想如此偏僻场所、生意肯定清淡时,店主似乎早已摸透了我的心思:"书店生意不错!几年前,剑桥旧书店有好几十家,你看,现在只剩下几家了。"

书店以文史学术书籍为主,有第一版图书,也有平装本图书。文学类分诗歌、戏剧、小说、文学批评,小说又分精装第一版,平装本,并且以作家首字母顺序排列。书店还特地为莎士比亚、狄更斯、斯各特、奥斯丁等名家设置专属区域,书店之大,由此可见。图书的价格高低不等,一册当代作家访谈录《作家们在工作》(*Writers at Work*)(收有纳博科夫、阿普代克、博吉斯、奥登等人的访谈),仅二镑;一册奈保尔《大河湾》精装第一版,三十镑。店主介绍说,书店还设有网站,并开办电话和网上订购业务。昨天他刚给澳大利亚一顾客寄去精装本图书两册,邮费四镑。

六 过瘾!过瘾!

剑桥有很多新书店,其中最著名的要数三一学院(Trinity College)斜对面的海佛斯书店(Heffers)、市中心锡德尼大街(Sidney Street)上的水石书店(Waterstone)和市场大街上的博德斯书店(Borders)了。前两家书店在迷你小城剑桥还有多处分店。在国内的时候嫌书贵,觉得书价如火箭般往上蹿,其实这儿的新书更贵,而且也是"芝麻开花节节高"!学术书籍价格往往高达四五十英镑,精装本小说在二十镑左右,即使是平装本小说,最低的也要七八英镑。每次路过这几家书店,总要进去转悠一下,但往往是只看不买。要买新书,我会去锡德尼大街上的GP书店(Galloway and Porter)。

GP书店是一家新书特价商店,经常有"破损"新书出售。所谓"破损",其实只是捆扎时留下的一点凹痕,或翻阅时留下来的不显眼的污痕罢了,或根本就没有破损。平装本小说,如拜厄特的《占有:一个罗曼司》,奥克里的《饥饿之路》,阿特伍德的《盲刺客》《别名艾丽斯》等当代名作均二至三镑一本。书店的二楼有人文社科类图书,有十镑左右一册的,也有五镑左右一册的,价格比同类书店明显低出很多。这家书店还经常在近郊的书库进行特价售书,所有平装本小说均每册一镑!最令人激动的是,书店搞了几次学术书籍特价展销:所有新书,无论大小厚薄精装平装,均每册两镑!什么《现代性的后果》《文化研究读本》《乔伊斯在美国》《贝克特与文学的终结》《美国性史》等等图书,原价总在三十镑左右,现在一律两镑。平时购买一册新书的价钱,特价时可以买上十本二十本。每次买完书,提着沉甸甸的背包走出书库时,总要对着剑桥的蓝天白云大喊:过瘾!过瘾!

(选自《中华读书报》,二〇〇四年八月四日)

书城断忆

洪作稼

从伦敦出发,一直向西行,穿过英格兰,便是威尔士的中部。在威尔士中部与英格兰交界之处,有一个被称为海伊的小城,这是欧洲最著名的古旧书市场。

这座小城依山傍水,风景秀美,毗邻布里肯·比肯斯国家公园,是典型的英国丘陵地貌,而且草木葱茏,土肥水美,非常适合于放牧。在英国工业革命时期,这里曾经是大名鼎鼎的法兰绒纺织业的发祥地。但是近半个多世纪以来,随着英国纺织业的萎缩和衰退,此地再无畴昔风光,并一度沦为仅能提供羊毛的畜牧中心。为了谋求生路,在五十年代末期,本地居民开始经营旧书业,这纯粹是为了摆脱困窘的生活环境。斗转星移,到了六十年代中期,经营旧书者日众,更由于此地空置的旧式作坊,工厂厂房,和大量的仓库租金便宜,为搁置旧书提供了便利的条件,使散居各地惨淡经营的旧书商到此重辟蹊径，三十多年来，同行业内取长补短，不断生发，终于结出硕大无朋的果实来。

一脚踏进海伊小城，迎头便是一个大型路标，"书城"两个大字赫然在目。抬眼望去，五六家书店形制迥异的招牌便映入眼帘，在古香古色的建筑衬托之下，极富韵致。我仿佛闻到了油墨的香味，急不可待地一头走进"电影院书店"内，顾名思义，这是由一家老式的废弃的电影院改装成的书店，有着宽敞的院落和停车坪。在书店进口之处的草坪上，矗立着一个用玻璃制作的小型金字塔，自下而上，置满了图书，从远处望去，不啻是一个书塔。塔的两侧，摆放了数十个一人多高的书柜，书柜的外部，包着薄铁皮，一律漆成黑色，书柜共分六层，塞满了旧书，并无分类，杂沓无章，皆为硬皮本精装书。书柜内的搁板上标明：一英镑可购十本，五英镑可购六十本。信手取过一本大十六开精装本《第二次世界大战空战史》，全书二百幅插图，各种类型的飞机性能介绍，空中实战，航空基地，尤其是英军轰炸德累斯顿的大幅照片，让人目不暇给，资料极为详尽，是五十年代出版的纪念"二战"十周年的大型丛书，仅售十便士。

在阳光充足的时候，你可以一边躺在草地上晒太阳，一边细细翻检挑选来的书籍，陶醉在书的海洋里，看看有没有你所喜爱而又值得收藏的书。在薄暮时分，收市之际，你可以看到店员们将书柜一一上板关合,这时书柜便成了大书箱,放眼望去,一排排黑黝黝的书箱排在金字塔旁边,似乎成了守塔的卫士。这里最大的特点是无人监管,无人盘查,无人收费,全凭寻书者自觉付钱,只在院中置一投币箱,选好书后,投币即可,也无包装可言,这就是被英国人称道的"露天售书市场"。听着树上鸟儿啁啾,一辆辆的汽车轻轻滑过,发出像流水一般轻柔的响声,我也情不自禁地离开了书柜,信步踏上台阶,走向店内。

一进店内,立刻给人紧迫之感,迎门放置一张巨大无比的长条形柜台,供收款和咨询两用,台面上错落有致地摆满了各种图书广告,包括店内各门类的图书布局一览;城内各种专营书店的指南;近期珍本、孤本书拍卖目录;各书店自行编纂的新收购的图书目录。举凡售书信息,应有尽有,供顾客随意选用。在台面的另一端,放有两台计算机,供读者咨询,城内所有书店的藏书都能检索,但是查询者太多,需要排队等候。

在柜台四周仅可容身的通道旁,一排排的大型书架直抵天花板,布满了整个场地。目光所及,发现皆是处理的"新书"。所谓"新书",是指超过销售周期而未卖出的书籍。一般说来,除非是热门图书或畅销书,一本新出版的书籍,在书店摆放的周期大约是三个月,随即拿下处理。因为新书出版前的一个月内,已经通过各种广告途径进行邮购征订,或者是在"图书俱乐部"内预订,这两种销售方式都可以享受优惠价格,最高可打30%的折扣。新书抵达书店之前，估计已售出泰半。有的图书可能还是多次的再版书，三个月之后，实无摆在书架上的必要。最重要的是英国书店的店面非常有限，出版业又异常发达，仅在伦敦一地，就有六百余家出版社，还有以伦敦、纽约、多伦多、悉尼为基地的跨国出版公司，由于财大气粗，经常用狂轰滥炸般的推销方式，各种类型的书店也只能以缩短销售周期，扩大销售渠道来应付。这也使购书者往往与所需之书失之交臂，转而投向专门经营处理书的书店去淘金。

这个书店的处理书，大多是五年内出版的新书，售价不菲，以五折为多。在传记类的书架上，我看到了韩素音著的《周恩来》，依次排列的还有《戈尔巴乔夫评传》；英国的出版商《马克斯韦尔的最后岁月》；英国前首相《撒切尔夫人自传》；描写IBM计算机公司的奠基人《托马斯·瓦特森与IBM计算机公司》。也有刚刚出版的文学家传记《福格纳传》和《伍尔芙传》。译自意大利的传记则有《莫拉维亚传》，译自法文的传记有《马拉美传》和《德拉克罗亚传》。上述诸书，皆五英镑一本。

在艺术类的图书中，我看到了前年才出版的英国著名指挥家伯恩斯坦传，皇皇巨著，售价十英镑，男高音歌唱家帕瓦罗蒂传和帕瓦罗蒂演出剧照选，均售二英镑。牛津艺术史丛书，一九九七年新编本，共计四种，有《巴洛克时代的艺术》《一七〇〇——一八三〇年欧洲艺术》《南美洲艺术》《中国艺术史》。布面精装，每本十英镑。《中国艺术史》的封面是选用明代的院画画家商喜所绘制的《关羽擒将图》中关羽的形象，我们从中也可以窥视到西方人士对于中国绘画的审美情趣。但是，亦有踏虚揖影之人，因为我居然找到了一本普林斯顿大学出版社出版的《八大山人》，一九九五年版，精装，布面，带套封，装帧质朴可爱。此书图文并茂，特别是某些画卷的局部放大插图，确能开豁眼目，不仅使人看到画家运笔的轻重缓急，还能深入细微地领略到墨色浓淡干湿的艺术效果来，体会到画家因寄慨无端而洗脱中正平和之态，别开天地的沉郁悲愤之情。

或许是这间书店有充裕的空间，因而有许多种图书存量在百本以上，例如牛津大学出版社新版的《简明音乐辞典》、《简明歌剧辞典》占据了整整一书架，美国著名的黑人女高音歌唱家，以擅演威尔第歌剧的普莱斯传记，摆在书架的顶端，大约有数十本之多。约翰·卡尔德出版公司出版的大型歌剧史丛书也是叠架盈箱，我拣出一本《第二帝国时期的歌剧》，发现主要是论述一八五〇———八七〇年法国歌剧的演出情况，太冷僻，所以无人问津。最多的是奥尼巴斯·普雷斯出版公司所出版的简装本世界著名作曲家传记，因为这套丛书插图太多，以致成本居高不下，没有起到普及本的作用，每本传记大都在一百五十页左右，原价为八点九五英镑，现售五英镑一本。我选了两种，《理查·斯特劳斯传》和《马勒传》。

最令人注目的应该是绘画类图书，其收集之全，品种之多，较之伦敦最著名的专营美术作品的书店也不逊色。我约略地看了看，发现自八十年代起至九十年代末出版的各种绘画艺术大师的作品集，从古希腊的雕塑到当代涌现出的名家专集，选集，应有尽有。价格以十英镑为准，依书籍的质量向上浮动。就印刷质量而言，以维多利亚时代的画家和拉斐尔前派的画家作品最为讲究，这是一些被称为"咖啡桌出版物"的代表作。专供茶余饭后欣赏所用，不仅印刷精美，无懈可击，而且开本极大，是出版商有意为之的杰作。因为上述两种绘画作品，文学性极强，多取材于神话传奇故事，场面恢宏，色彩鲜艳明快，极富感官刺激，所以选购者极多，有的顾客甚至选择二三十种以上。

这里还有轻易碰不到的画册和书籍，诸如毕加索为《变形记》所作的钢笔画插图；《蓝色时期作品全集》，所选作品达三千二百余种。居斯塔夫·多雷为《神曲》《卡门》《堂吉诃德》所作的插图合集；马蒂斯的剪纸艺术，克里姆特为贝多芬纪念馆所作的大型壁画，尤以德国画家克林该尔所作《勃拉姆斯》组画为我所仅见，不禁喜出望外，这套组画从五十年代起，就一直作为德国录音公司出版勃拉姆斯作品全集的唱片封面，我自己收藏的唱片有限，一直不能窥其全豹，这次相逢，真慰平生之愿。《现代建筑艺术大观》，十卷本，亦足傲人，其中有一卷专门论述现代建筑与古建筑相衔接的设计艺术，着实让人爱不释手，全书所选五十幅图录，均为傍依古建筑所建的现代建筑物，其新旧两种建筑风格相互之融合观照，真有出尘之想，实非我辈所能梦见，此书不单卖，只能割舍，我轻轻地抚摸着这套丛书的书脊，想起了在德国包豪斯档案馆所见到的设计箴言："一切有创造性的作品都是相互依存的。"

在现代艺术的画集中，我挑选了两种，其一是美国近代画派"垃圾箱派"的画集《革命的黑帮》，所选作品以插图、版画、漫画为主，兼及油画。多是描绘劳苦大众的日常生活场景，某些作品可以看到法国现实主义画家杜米埃的影子。另一种则是法国画家劳尔·杜非的水彩画作品集。杜非擅长水彩画，他喜欢用一种简洁得不能再简洁的艺术手法，来描绘地中海沿岸的海滨风光，与中国古代的没骨山水画有异曲同工之妙，令人心驰神往。

在宗教类的图书中，掺杂有一些印度佛教，藏传佛教的书籍，不足为奇，但是最多的竟然是有关"风水"的著作。据说在伦敦已经有以看风水为业的洋人了，文化传播有时候会开出意想不到的花朵来。然而，"风水"一旦被划归到宗教的领域内，则立刻就牵涉到信仰问题。时下，在世纪末的欧洲，除了毒品之外，邪教尤其令人难以容忍，避之唯恐不及。难怪一对夫妇在翻看风水书籍时，断断续续地传来"邪教"的字眼，在欧洲，"风水"将向何处去？

处理的"新书"仅占这间书店的一小部分，这间书店最大特色是所藏旧书十分宽泛，共计二十五个门类，包括理、工、农、医、天文地理、文学艺术、历史哲学，皆有收藏。通常有二十万种图书可供选择，售价从五十便士至五千英镑不等。其所藏通俗小说八千余种，售价最低，最贵者仅三英镑。而企鹅出版社所出版的简装本古典及现代文学名著丛书，仅售一英镑。囊括了历代不同版次的文学作品，其收集之广，根本不可能逐一翻阅。

在这间书店的二楼，为了顾客能够进行珍本及孤本书的交易，设有一间"福兰西斯·爱德华珍本、孤本书专销店"。专销店辟有四个展室，随时都有逾千种的图书陈列展出，供顾客浏览。书籍的鉴定、展销、拍卖是依靠代理商和收藏者相互协商解决的。每逢周日，"珍、孤本书收藏者俱乐部"在这里举行讲演会和交流会，顾客们可以根据自己的兴趣前来旁听，参与鉴定，评估，作价等一系列业务，代理商亦介绍顾客与收藏者晤谈，所以拍卖会的透明度很高，信誉极好。为了使新的拍卖古籍能及时和顾客见面，这个专销店每年要编纂出三十余种目录，供读者订阅，顾客可根据目录委托代理商进行一切商业活动。

出于好奇，我问店员所能收购到的古籍上限是什么年代？他干脆利落地说："我们只经营自一八五五年以来出版的旧书，即使收集到更早的书籍，我们也会转给伦敦、巴黎的大拍卖行，我们和它们的联系十分紧密，它们也会把相关的顾客推荐给我们。"说着便递给我一期古籍目录，"我们是在有限度的范围内经营古籍业务的。"目录上方，印着醒目的粗体字："我们经营自一八五五年出版的珍本和孤本书。"手中这份目录，载明一八七〇年出版的插图本《世界史纲》，共计十卷，售价一千英镑；英国诗人布莱克的诗歌选集，一九〇五年版，带插图，售价一百六十英镑。英国诗人罗赛蒂的诗歌选，一九二〇年版，售价六十英镑。

我一边看着书目，一边把自己的疑问提了出来："如果买的古、珍本书十年后发生自然损毁由谁负责？"我的提问并非杞人忧天，因为欧洲印书用纸，很多是用明矾做填料的纸浆制成的，这种纸张含有大量残存的酸，所以在七十五至一百年内会自然损坏而无法修补。目前英国各地图书馆每年报废的书籍、期刊、报纸数量十分可观，呼吁人们捐款帮助国家把资料辑入光盘。店员的回答极风趣，他摇头晃脑地笑着说："这是图书馆面临的难题，因为我们收购的书，很大部分都已超过了这个时限，品位好的书，用纸自然讲究，根本不存在这种现象。就算碰到这种情况，我们也不负责，道理很简单，你买回一件瓷器，没到家就打碎了，总不能让拍卖行还钱吧？"我说："自然破损与人为损坏不是一个概念。"店员又说："那你可以进行技术处理，只要你不怕花钱。"店员的回答无论如何也不能让我释疑，但也只好如此。

屈指算来，我在这间书店足足待了三个时辰，为了能详尽地一睹"书城"风貌，匆匆走出店门。

（选自《读书》，一九九九年第十二期）

票友的代价
——诺丁汉淘书记

黑马

研究劳伦斯,纯属"票友",没有公费图书可依傍,全靠自费买书。这口嗜好可是要花我那点可怜见的外币体己才能维持着。而国外的书价贵得令人咋舌,要买书只能指望旧书店了。于是一有到英语国家的机会,安顿下来后的第一件事就是打听旧书店,狂奔而去。每次买一摞,再从邮局走海运寄回国,乐此不疲。

劳伦斯的全套小说各种版本我都有,唯独没买到他的戏剧集,据说已经绝版,原因是人们对他的戏剧估价不高,他的戏剧集销售不旺。我以前也从来不读他的戏剧,一是受了这种观念的影响,二是出于实际,不敢贸然翻译他的戏剧,怕翻了没人出版,枉费了我那点宝贵的业余时间。

这次来诺丁汉大学读劳伦斯学,有机会看了两部根据他的剧本拍的电影,感到自己以前错过了多么宝贵的金矿!《寡妇霍罗伊德》实在是一部写实与心理剧的杰作。《儿媳妇》更是独树一帜的英国矿工生活剧。这两部话剧浓郁的生活气息,特别是底层百姓泼辣鲜活的戏剧对白,全英国的作家里没有第二个人能写得出。

可这些年他的戏剧居然一直被埋没,究其原因全怨劳伦斯自己——因为他的小说名气过大,折了他戏剧的"阳寿"。看来一个人才华不能横溢,结果居然是"自"相残杀,自己的小说灭了自己的戏剧。

赶紧读他的剧本!一读才发现,那电影根本不是改编,而是实打实照着他的话剧剧本拍的。从方言俚语的角度看劳伦斯对矿工生活的挖掘,其实读他的剧本比读他的小说更有直感和质感。劳伦斯的戏剧天分实在了得!于是赶紧奔旧书店,寻找劳伦斯的剧本。诺丁汉城外的这家十九世纪的老民宅里的旧书店散发着霉味,老板骨瘦如柴,但两只眼睛炯炯放光,让我感觉是进了狄更斯笔下的老古玩店。但来此淘书的人络绎不绝,大家登梯爬高地寻找着自己要的书,廉价成摞地抱走,很是快活。这里的生意气氛估计是叫附近的小商店嫉妒的,尽管成交额可能并不大。

英国的新书便宜的在十几镑左右,贵的要上二十镑到四十镑(一镑是十二元人民币)。大学里教师开课,开出书单子,学生们一般是先到图书馆借,或者复印。实在不行才去买。如果不是急用的专业书,一般都是到旧书店买。每本两镑到五镑左右，有的学生用完了还可以再出售给旧书店。就这个价格，折合成人民币也几十元了。到了这里生活的最大诀窍是忘掉汇率，把一英镑当一块人民币花，就觉得自己特别有钱！

我如愿以偿，终于寻到了一部劳伦斯戏剧集！店家开价二十五镑，号称绝版，必须高价。经过讨价还价，结果让我十二镑拿下了，捧着回家，像白捡的。讨价还价的理由居然是：劳伦斯的戏剧集没什么人看，反正摆在书架上也没人买，何不低价出手换成英镑落个心里踏实？我这么喜欢劳伦斯戏剧的外国人，能大老远地来英国买这书，估计百年不遇，卖吧。

那可是六十年代出版的精装本，这本书出版时我还穿着开裆裤在大杂院里疯跑呢，哪里知道自己长大了会阴差阳错学英文并吃上了劳伦斯？这书转来转去让我四十年后跑到英国买到了手，实在是好缘分。看着那书上泛黄的页码，心中生出莫名的感动，觉得那就是我四十年光阴的流逝，它就该属于我。买下，然后不远万里带回中国去。说不定国内哪个剧团要上演劳伦斯的戏剧，我当仁不让要做剧本的翻译！

我还在旧书店淘到几部著名的劳伦斯传记和评论集，都是三镑左右拿下的。连最新版的权威评传《已婚男人》都让我八镑拿下了。这么便宜，生怕老板反悔，便迅速地蹿出书店逃之夭夭，像做了什么亏心事。

回家坐定咂摸,估计老板是不会亏的,再精明的客人也精不过店家,何况我一介痴书生?再一算,这几本"旧书本儿"折合人民币已经快五百元了,加上运费,估计要一千元了。当这票友真是劳民伤财,但就是乐在其中。谁没个嗜好呢?

巴黎的旧书摊

陆侃如

了一写信来,问我可曾享过巴黎的艳福。不错,巴黎是个以风流浪漫著称的都市;而且正如凤举先生所说,那些香艳地方的主顾,大都是法国以外的人。可惜我对此向来是外行。虽然夜深归寓时,从所谓Numêro rouge旁边经过,耳畔也常飘来一声轻软的Viens, joli garcon!可是我也只有加紧往前走,没有T. C.那么大胆地去问津。大概是"他生未卜此生休"了。

然而巴黎也自有它可留恋处。使我留恋的,既不是徐志摩所谓"鲜艳的肉",也不是叔存先生所赏识的自Notre-Dame以至Champs-Eysées一带的景色,而是拉丁区的书铺。

所谓拉丁区者,是指Seine河南岸,St. Michel大街两旁,现在的第五第六两区。这一带学校林立,而书铺也集中在此。有规模较大的Hachette与Larousse,有专卖科学书的Masson,

有专卖社会科学书的Alcan，有专卖左倾书的Eidition S. I.，还有以八折九折来专拉中国学生做主雇的Sieard和Rodstein，以及专卖巴黎大学讲义的……或专卖裸体照片的……书铺，形形色色，无一不有。

我所最喜欢走的，还不是这些书铺，而是旧书摊。拉丁区中旧书摊之最大者，当推Gibert。我在巴黎这两三年中，眼看着它门面一天一天地扩大。在St. Michel街上它就有四个门面。每逢下午散课后，总是挤满了学生模样的人。夜深了，一切商铺都打烊了，它还与咖啡店一样的灯火辉煌。唯其因为规模大，所以虽常去，而且它那个书架上放着什么我几乎可以记得，然而我对它并没很深的感情。因为我到旧书摊的目的，一半固然在买书，一半也是想找人谈天。Gibert的伙计有工夫和人谈天吗？所以我比较的更喜欢像Sous la lampe那样的小书摊。

我住的街名Echaudé是巴黎的老街道之一。如果到Carnavalet博物馆去看一看二百年前的巴黎地图，便知道现在的热闹街道如St. Michel及St. Germain等，当时是没有的。但Echandé及St. Andre des Arts等小街却早已有了。这些街上，小古董铺及小旧书摊特别多。我开窗一望，便可瞧见四五家书摊。稍远便是Sous la lampe。这原是望舒的熟铺子。他到里昂去后，写信托我去找一部陶渊明诗的法译本。这是我和这家老板认识之始。从他的语音及头发看来，决不是法国本国人。然他却比法国人更和善，更健谈。附近几家旧书摊老板的声音笑貌，我就在梦寐中也可描摹出来，而Sous la lampe的主人尤其使我难忘。

巴黎女子职业虽普及，但旧书摊中很少女掌柜。只有Luxernbourg公园附近一家名为Bouguinerie du Chat者，是一个老太太开的。门面小极了，真只够容一只Chat，然而颇多好书，而且这位老太太也极懂事，极可亲，不像法国一班老婆子之可厌。又如参议院前边的Matarasso，除老板外还有个年轻女郎在。那位老板颇不老实，但那位小姐却天真得多。他家常有难得的书，而我又不喜欢那位老板，所以常等他不在时，去和那位女主人接洽。这样却舒服得多。如果了一定要打听我的艳福，就拿这件事来充数罢。自然，比起W. L.在巴黎时的故事来，这真是启明先生所谓"小巫之尤"，然而在我也就算是"最高纪录"了。

拉丁区的旧书摊，大半是在Seine河岸上，东起植物园，西至拿破仑墓，河岸上原有石栏，高约三尺，卖旧书者做了几只木箱，安在石栏上。白天开箱陈列，晚上关箱加锁，而箱子是始终安在那边不移动的。这个四五里的长蛇阵般的旧书摊，是巴黎著名风景之一。其中年老者，常常与十九世纪知名文士有很深的友谊。他们娓娓不倦地和你谈这个人的轶事，或给你看那个人的手迹。每当风和日丽时，在河边上散散步，谈谈天，买买书，真是乱世中唯一乐事！

这是就平时说，但另外还有几个卖旧书的节气。最重要者当推从圣诞节连上新年的一个月，其次是七月中法国国庆时，而五月初的"书节"又次之。到那时，St. Michel街旁安搭彩棚，棚内是一切杂耍，而临时的旧书摊占其半。"书节"并没杂耍，但各书店不论新旧照例对于买满二十法郎的顾客加送赠品。这些时候，大概是拉丁区中最热闹的时节了。

旧书摊中所卖的，大都是文学史学方面的书，科学书较少，也有带卖旧邮票或古钱者。旧书较新书自然便宜得多，例如一部Balzac的全集，新者至少须一千法郎，但我买的一部旧的却不到二百法郎。便宜的程度各家并不一致。Guizot的《法国史》，价自五十法郎至一百五十法郎不等。我却偶然遇到一部只值二三十法郎，装订还是很讲究的。有时新书一经转卖，也可便宜许多，如Larousse六厚册的《二十世纪字典》，那是现存法文字典中之最佳者。去年年底才出齐，自然难在旧书摊上找。但是价实在太贵了（几乎等于一部毛边纸《四部丛刊》的预约价），我便托几家熟铺子去尝试找找看。不到几星期，居然找到一个人愿意出售，卖价只有原来的一半。

我乱买旧书的结果，不但自己手头常常弄得很拮据，而且还贻害别人。第一受累的是房东。他原来给我一架四层的书橱，后来他又给我添了一架八层的。然而还是不够，我也不好意思再破费他了，便捡一部分放在床底下。因此又妨害了茶房，每天他来收拾房子时感到非常的不方便。最后还有沅君。

每逢她在家煮菜,派我上街买面包时,我一溜烟又拐到旧书摊里去了,恨得沅君直叫:A bas Les bouguins!

一九三四年六月十五日于巴黎
(选自《人间世》,一九三四年八月第十期)

巴黎的书摊

戴望舒

在滞留巴黎的时候，在羁旅之情中可以算做我的赏心乐事的有两件：一是看画，二是访书。在索居无聊的下午或傍晚，我总出去，把我迟迟的时间消磨在各画廊中和河沿上的。关于前者，我想在另一篇短文中说及，这里，我只想来谈一谈访书的情趣。

其实，说是"访书"，还不如说在河沿上走走或在街头巷尾的各旧书铺进出而已。我没有要觅什么奇书孤本的蓄心，再说，现在已不是在两个铜元一本的木匣里翻出一本 *Patissier Francois* 的时候了。我之所以这样做，无非为了自己的癖好，就是摩挲观赏一回空手而返，私心也是很满足的，况且薄暮的赛纳河又是这样地窈窕多姿！

我寄寓的地方是 Rue del'Echaudé，走到赛纳河边的书摊，只须沿着赛纳路步行约摸三分钟就到了。但是我不大抄这近路，这样走的时候，赛纳路上的那些画廊总会把我的脚步牵住的，再说，我有一个从头看到尾的癖，我宁可兜远路顺着约可伯路，大学路一直走到巴克路，然后从巴克路走到王桥头。

赛纳河左岸的书摊，便是从那里开始的，从那里到加路赛尔桥，可以算是书摊的第一个地带，虽然位置在巴黎的贵族的第七区，却一点也找不出冠盖气味来。在这一地带的书摊，大约可以分这几类：第一是卖廉价的新书的，大都是各书店出清的底货，价钱的确公道，只是要你会还价，例如旧书铺里卖到五六百法郎的勒纳尔（J. Renard）的《日记》，在那里你只须花二百法郎光景就可以买到，而且是崭新的。我的加梭所译的赛尔房德思的《模范小说》，整批的《欧罗巴杂志丛书》，便都是从那儿买来的。这一类书在别处也有，只是没有这一带集中吧。其次是卖英文书的，这大概和附近的外交部或奥莱昂车站多少有点关系吧。可是这些英文书的买主却并不多，所以花两三个法郎从那些冷清清的摊子里把一本初版本的《万牲园里的一个人》带回寓所去，这种机会，也是常有的。第三是卖地道的古版书的，十七世纪的白羊皮面书，十八世纪饰花的皮脊书等等，都小心地盛在玻璃的书框里，上了锁，不能任意地翻看。其他价值较次的古书，则杂乱地在木匣中堆积着，对着这一大堆你挨我挤着的古老的东西，真不知道如何下手。这种书摊前比较热闹一点，买书大多数是中年人或老人。这些书摊上的书，如果书摊主是知道值钱的，你便会被他敲了去，如果他不识货，你便占了便宜来。我曾经从那一带的一位很精明的书摊老板手里，花了五个法郎买到一本一七六五年初版本的Du Laurens的 *Imirce*，至今犹有得意之色：第一因为 *Imirce* 是一部干禁书，其次这价钱实在太便宜也。第四类是卖淫书的，这种书摊在这一带上只有一两个，而所谓淫书者，实际也仅仅是表面的，骨子里并没有什么了不得，大都是现代人的东西，写来骗骗人的。记得靠近王桥的第一家书摊就是这一类的，老板娘是一个四五十岁的老婆，当我有一回逗留了一下的时候，她就把我当作好主顾而怂恿我买，使我留下极坏的印象，以后就敬而远之了。其实那些地道的"珍秘"的书，如果你不愿出大价钱，还是要费力气角角落落去寻的，我曾在一家犹太人开的破货店里一大堆废书中，翻到过一本原文的Cleland的 *Fanny Hill*，只出了一个法郎买回来，真是想不到的事。

从加路赛尔到新桥，可以算是书摊的第二个地带。在这一带对面的美术学校和钱币局的影响是显著的。在这里，书摊老板是兼卖版画图片的，有时小小书摊上挂得满目琳琅，原张的蚀雕，从书本上拆下的插图，戏院的招贴，花卉鸟兽人物的彩图，地图，风景片，大大小小各色俱全，反而把书列居次位了。在这些书摊上，我们是难得碰到什么值得一翻的书的，书都破旧不堪，满是灰尘，而且有一大部分是无用的教科书，展览会和画商拍卖的目录。此外，在这一带我们还可以发现两个专卖旧钱币纹章等而不卖书的摊子，夹在书摊中间，作一个很特别的点缀。这些卖画卖钱币的摊子，我总是望望然而去之的，（记得有一天一位法国朋友拉着我在这些钱币摊子前逗留了长久，他看得津津有味，我却委实十分难受，以后到河沿上走，总不愿和别人一道了。）然而在这一带却也有一两个很好的书摊子，一个摊子是一个老年人摆的，并不是他的书特别比别人丰富，却是他为人特别和气，和他交易，成功的回数居多。我有一本高克多（Coclcau）亲笔签字赠给诗人费尔囊・提华尔（Fer nand Diwoire）的 *Le Grund Ecurt*，便是从他那儿以极廉的价钱买来的，而我在加里马尔书店买的高克多亲笔签名赠给诗人法尔格（Fargue）的初版本 *Opera*，却使我花了七十法郎。但是我相信这是他错给我的，因为书是用蜡纸包封着，他没有拆开来看一看；看见那献辞的时候，他也许不会这样便宜卖给我。另一个摊子是一个青年人摆的，书的选择颇精，大都是现代作品的初版和善本，所以常常得到我的光顾。我只知道这青年人的名字叫昂德莱，因为他的同行们这样称呼他，人很圆滑，自言和各书店很熟，可以弄得到价廉物美的后门货，如果顾客指定要什么书，他都可以设法。可是我请他弄一部《纪德全集》，他始终没有给我办到。

可以划在第三地带的是从新桥经过圣米式尔场到小桥这一段。这一段是赛纳河左岸书摊中最繁荣的一段。在这一带，书摊比较都整齐一点，而且方面也多一点，太太们家里没事想到这里来找几本小说消闲，也有；学生们贪便宜想到这里来买教科书参考书，也有；文艺爱好者到这里来寻几本新出版的书，也有；学者们要研究书，藏书家要善本书，猎奇者要珍秘书，都可以在这一带获得满意而回。在这一带，书价是要比他处高一些，然而总比到旧书铺里去买便宜。健吾兄觅了长久才在圣米式尔大场的一家旧书店中觅到了一部《龚果尔日记》，花了六百法郎喜欣欣地捧了回去，以为便宜万分，可是在不久之后我就在这一带的一个书摊上发现了同样的一部，而装订却考究得多，索价就只要二百五十法郎，使他悔之不及。可是这种事是可遇而不可求的，跑跑旧书摊的人第一不要抱什么一定的目的，第二要有闲暇有耐心，翻得有劲儿便多翻翻，翻倦了便看看街头熙来攘往的行人，看看旁边赛纳河静静的逝水，否则跑得腿酸汗流，眼花神倦，还是一场没结果回去。话又说远了，还是来说这一带的书摊吧。我说这一带的书较别带为贵，也不是胡说的，例如整套的 *Echanges* 杂志，在第一地带中买只须十五个法郎，这里却一定要二十个，少一个不卖；当时新出版原价是二十四法郎的 Celine 的 *Voyage au boutde Ianuit*，在那里买也非十八法郎不可，竟只等于原价的七五折。这些情形有时会令人生气，可是为了要读，也不得不买回去。价格最高的是靠近圣米式尔场的那两个专卖教科书参考书的摊子。学生们为了要用，也不得不硬了头皮去买，总比买新书便宜点。我从来没有做过这些摊子的主顾，反之他们倒做过我的主顾。因为我用不着的参考书，在穷极无聊的时候总是拿去卖给他们的。这里，我要说一句公平话：他们所给的价钱的确比季倍尔书店高一点。这一带专卖近代善本书的摊子只有一个，在过了圣米式尔场不远快到小桥的地方。摊主是一个不大开口的中年人，价钱也不算顶贵，只是他一开口你就莫想还价：就是答应你也还是相差有限的，所以看着他陈列着的《泊鲁思特全集》，插图的《天方夜谭》全译本，Chirico 插图的阿保里奈尔的 *Calligrammes*，也只好眼红而已。在这一带，诗集似乎比别处多一些，名家的诗集花四五个法郎就可以买一册回去，至于较新一点的诗人的集子，你只要到一法郎或甚至五十生丁的木匣里去找就是了。我的那本仅印百册的 Jean Gris 插图的 Rewerdy 的《沉睡的古琴集》，超现实主义诗人 Gui Rosey 的《三十年战争集》等等，便都是从这些廉价的木匣子里翻了来的。还有，我忘记说了，这一带还有一两个专卖乐谱的书铺，只是对于此道我是门外汉，从来没有去领教过吧。

从小桥到须里桥那一段，可以算是河沿书摊的第四地带，也就是最后的地带。从这里起，书摊便渐渐地趋于冷落了。在近小桥的一带，你还可以找到一点你所需要的东西。例如有一个摊就有大批 N. R. F. 和 Crassct 出版的书，可是那位老板娘讨价却实在太狠，定价十五法郎的书总要讨你十二三个法郎，而且又往往要自以为在行，凡是她心目中的现代大作家，如摩里向克，摩洛阿，爱眉（Ayme）等，就要敲你一笔竹杠，一点也不肯让价；反之，像拉尔波、茹昂陀、拉第该、阿郎等优秀作家的作品,她倒肯廉价卖给你。从小桥一带再走过去,便每况愈下了。起先是虽然没有什么好书,但总还能维持河沿书摊的尊严的摊子,以后呢,卖破旧不堪的通俗小说杂志的也有了,卖陈旧的教科书和一无用处的废纸的也有了,快到须里桥那一带,竟连卖破铜烂铁、旧摆设、假古董的也有了;而那些摊子的主人呢,他们的样子和那在下面赛纳河岸上喝劣酒、钓鱼或睡午觉的街头巡阅使(Clochard),简直就没有什么大两样。到了这个时候,巴黎左岸书摊的气运已经尽了,你腿也走乏了,你的眼睛也看倦了,如果你袋中尚有余钱,你便可以到圣日耳曼大街口的小咖啡店里去坐一会儿,喝一杯儿热热的浓浓的咖啡,然后把你沿路的收获打开来,预先摩挲一遍,否则如果你已倾了囊那么你就走上须里桥去,倚着桥栏,俯看那满载着古愁并饱和着圣母祠的钟声的,赛纳河的悠悠的流水,然后在华灯初上之中,闲步缓缓归去,倒也是一个经济而又有诗情的办法。

说到这里,我所说的都是赛纳河左岸的书摊,至于右岸的呢,虽则有从新桥到沙德莱场,从沙德莱场到市政厅附近这两段,可是因为传统的关系,因为所处的地位的关系,也因为货色的关系,它们都没有左岸的重要,只在走完了左岸书摊尚有余兴的时候或从卢佛尔(Louwre)出来的时候,我才顺便去走走,虽然间有所获,如查拉的 *L'homme approximatif* 或卢梭(Henri Rousseau)的画集,但这是极其偶然的事;通常,我不是空手而归,便是被那街上的鱼虫花鸟店所吸引了过去。所以,原意去"访书"而结果买了一头红头雀回来,也是有过的事。

(选自《戴望舒经典作品选》,当代世界出版社二〇〇四年九月版)

塞纳河畔的旧书摊

卢岚

巴黎的旧书摊以前我逛得很多,到我自认老巴黎,便不太热心跑去那些外国游客晃来晃去的地方。但为了解些情况,我最近一连跑了两趟。

第一趟我坐着公共汽车沿着塞纳河岸走,在卢浮宫前两个站下车。我蜷缩在大衣里,逆着深冬的寒风穿过一道桥,拐向左边。我知道打从这里开始,一直到卢浮宫,再往下到巴黎圣母院一带的塞纳河段,是旧书摊的天下。我随便走向一个摊档,一眼便看见打开了盖的木头箱子,里面有条不紊地摆满了有关拿破仑的书籍:《拿破仑最后的日子》《拿破仑秘史》《拿破仑和女明星》《拿破仑在滑铁卢》等等。已经明摆着,这个摊位的主题是拿破仑。那时女摊主向我走来,我开口问道:"太太,我想知道一些有关旧书摊的情况,你可有两分钟时间给我聊聊?"

一听我这么说,她眼睛一翻,两边嘴角往下一瘪:"唔——唔——噢——……"

糟糕。一开始便打了个三更。是找错了对象还是……那时刚好有客人来到,我马上使出看家本领,灵巧地溜开了。远远地站到落尽了叶的梧桐树下,心想,我真笨,简直笨得要死。你拿起笔来,倒还记得个起承转合,这么个节骨眼上,又怎可以干脆利落到这个地步?

为重整旗鼓,我先沿着河堤散步。一路断断续续看见那些绿色的长条箱子,以一律的高矮和长度,整齐地像蚂蟥似的骑贴在河墙上。近桥的地段由于来往人多,摊位比较密集。河,桥,旧书摊,就这样紧紧地连结在一起。桥上的车辆行人,骑在河墙上的文化,像桥下的水流,川流不息,不舍昼夜。

这一带地方的沿河两岸,是巴黎最早具有城市面貌的区域。到十三世纪卢浮宫和巴黎大学的兴建,十四世纪巴黎圣母院的落成,历代皇室开始在这里落脚,巴黎的文化中心就这样形成了。而旧书摊是十六世纪末在这一带地方出现的,所以,旧书摊是在巴黎文明诞生后不久便开始存在了。

我边走边看,逐个摊位看下去,有的以历史书为主,有的以科技书为主,也有关于第三世界的书籍和资料的,林林总总,不一而足。其中一个摊位上贴着一张纸条,上头写着:"如阁下有旧书出售,请前来接洽。"

我随便看看下一个摊位,发现一群俏佳人纷纷向我微笑。

微笑总是使人受落的。顺步走近书摊一看,只见那些旧杂志封面上,是绮年玉貌时代的影星碧姬巴铎、依丽莎白泰莱、英格丽褒曼等。此外还有些帝王公侯,比如伊朗帝后的结婚照片、摩纳哥王妃格拉斯、年轻时代的英女王等等。一九五四年八月号的《巴黎竞赛》(Paris Match),则以法国女作家科列特的照片为封面。这是纪念她以八十一岁高龄逝世的特辑。显然,旧报纸杂志是这个摊档的主题。这些打从十九世纪末直到二十世纪五六十年代的报纸杂志当中,其中的《费加罗》(Figaro)、《她》(Elle)等一直存活到今天。《费加罗报》今年一月,举行了它的一百七十周年纪念活动。当年的《竞赛》杂志,变成了今天的《巴黎竞赛》,《看》(Vu)和《在那儿》(Voila)两份杂志合成了现在销量极大的《观点》(Point de vue)。其他的《佳人》(Femina)、《小报》(Le petit journal)、《当代法兰西》(Jours de France)、《世界一周》(Semaine du Monde)等早已经不存在了。

我拿起一本一九一二年七月十五日的《佳人》,这是一本妇女杂志,封面有两个打着小阳伞的妙龄女郎,她们是时装模特儿,一身轻飘飘的夏装。看看标价,不算贵,才四十个法郎。我向女摊主说先要这一本,再看看其他的。

女摊主十分和蔼,且显得乐业敬业,不断把其他报章杂志介绍给我。我说:"你这里的报章杂志真多,你怎么可能搜罗到这么多品种呀?"

她脸上蛮高兴的,说道:"没啥秘密,就像市面上其他货品,都有来源。"然后像拉家常,说开了。

比如有朋友或其他人要搬家,知道你要这些陈年宝贝,便给你挂个电话,让你把阁楼上或地下室里藏了一百年或数十年的书报杂志搬走。有的人不为搬迁,但因为老鼠麻雀打从破烂的窗户钻进来做窝,也必须处理这些东西。至于售价,一般不贵,只要双方同意,甚至可以是象征式的。但收回来以后,必须慢慢修补整理,按品种日期分类编号,把每一份报纸杂志的内容列出来,贴在封面上,每一份刊物都要用塑料袋装好,因为纸质已经变得很脆弱。经过一系列工夫后,才能摆到书摊上出售。

当然,更重要更规则的来源是旧货拍卖市场,这种市场巴黎和外省都有不少。巴黎的古董、古画、古董家俱拍卖行托奥(Drouot),也同样拍卖旧书报杂志。为了预先知道有什么品种、价格和不同物品的拍卖室,书商们往往必须预先看录影带或听录音带。

我随手拿了一份《小报》,它是一八九三年四月十五日星期六出版的,距离现在已经一百多年了。纸的颜色已经变成浅棕色,纸质松软脆弱。它的头版是一幅女人肖像画,名曰"依丽莎白夫人"。她头戴羽毛帽,身穿一袭艺术品似的华丽裙子,胸口开得低煞人。画像下面还注明原件藏在凡尔赛博物馆。看看标价,只售六十法郎,而当年售价是五个生丁。既然六十法郎可以使你回到一百多年前去,我对摊主说,这一份报纸我也要。她把我选中的书报放过一边。逐渐,法国人那种口若悬河的本色便流露出来了,也不尽因为我的"阴谋"或"阳谋"。

从她的谈话中,我知道旧书商最先出现的地点是在卢浮宫前面的"新桥",那是巴黎最古老的建于十六世纪的桥,它把陆地与塞纳河中的西岱岛(I'ile de la Cité)连接起来。最初在桥上出现的书商并没有固定的摊位,他们背着一个简单的箱子走到桥上,然后卸下来摆地摊。当时所出售的书籍,只是一些简单的识字读本和手抄本,因为印刷业才开始不久。他们当中也混杂着一些专门手抄人家作品的人,以及一些街头卖艺者,当时桥的两边还有几间小铺子。到路易十四,也就是"太阳王"时代,由于他们的营业妨碍交通更有碍观瞻,皇帝也经常打从那里经过,于是这伙人被驱逐出新桥,转到离卢浮宫不远的"皇家宫殿"(Palais Royale)的拱廊底下去营业。到那时候,这个行业已经存在了百多年历史了。

一七八九年大革命以后,那些摊位重新返回到塞纳河两岸,那时他们的箱子依然是机动的,每天晚上必须把它们带回家。直到拿破仑第三的"第二帝国"时代,那些装书的箱子才开始固定在两岸的河墙上。所谓固定,只是在箱子下面装上四条很长的铁条,把箱子骑在河墙上,钉子是绝对禁止使用的。箱子固定后,晚上加上一把锁,就不用带回家了。

这个独特行业的队伍不断扩大,政府开始对他们立法管理。比如，每个摊位的标准长度只限于十公尺；它不能像普通商业铺位那样，可以招租或顶让。如果你想成为塞纳河上的书商，你必须向巴黎市政府提出申请，然后由市政府任命。从申请到正式被任命，一般要等三年到四年时间。在拿破仑第一和第三时代，摊位一般留给伤残士兵或老兵，使那些曾经为国效劳的人生活有着落。

第二次世界大战德国人占领期间，有关部门曾经考虑把旧书摊取消，虽然没有付诸实现，但每个摊位的长度却由十公尺减至八公尺。

目前塞纳河上总共有二百四十八个旧书摊，但有些摊位空着，每天也不是所有摊位都开箱做生意。作为这些旧书商，生活相当清贫，收入达不到最低的入息水平（目前法国最低工资是五千法郎）。但工作时间比较自由，可以按自己的生活节奏来决定。天气较好，假期或旅游旺季时候，工作时间相对延长。外国游客和外省人是主要顾客，巴黎人也有些，但不多，就那么几个熟客。

记得有一次，我跟一位法国朋友谈起旧书摊。据他说，战前你还可以指望侥幸发现一些珍本，比如雨果的《悲惨世界》的初版，拉马丁的诗集等等。但现在旧书商都非常专业化，不会让珍本随便漏到买家手里。所以，你逛旧书摊时，最好不要异想天开。

这些肩负着某种文化使命的书商，他们的财路主要是做游客生意，出售旧地图、海报、明星照片、旧照片、邮票等等，作为巴黎的纪念品，都有它们的特色，不可能在其他地方找到。但这些物品并非都是原件，有一部分是由专门的部门生产的。你看那些邮票，邮戳都完完整整正正中中地打在邮票上，便可知其中奥秘。旧照片当然也是重新冲印的。另一条财路是秘密出售禁书，但生意额不大。六十年代之前，出售的主要是色情书籍，比如萨德（D. A. F. Sade，一七四〇至一八一四）的作品，由于里面有性变态的描写，被列为禁书。萨德原来出身贵族，法国大革命前被捕入狱，监禁在巴士底狱。巴士底被攻陷前一天，这位侯爵被解到萨朗东。他入狱并非为色情书，案件与银钱有关。但六十年代以后，色情书都解禁了，在这方面无生意可做，转而出售其他禁书，如希特勒的《我的奋斗》以及一些反犹太人，反阿尔及利亚人，反吉卜赛人的书籍。因为这些书涉及种族间的敏感问题或感情问题，一般书店都不敢出售。而旧书商也不会公开把它们摆到书摊上。但如果你知道门路，可以私底下请他们给你找，价格也不太贵，薄薄一本大概一百多法郎。

这些情况当然不好向他们求证。我只问摊主有否一些关于旧书摊的书籍或资料，她说没有见过，但可以给我找找看。后来再来，她依然说没有。从她递给我的名片上知道她芳名马莲娜，她说她父亲是电影导演。

我第二次上旧书摊的时候，适逢法国前总统密特朗逝世。

今回书摊上新出现了一列以他的照片做封面的旧杂志。那时他的私人医生居布雷,刚好出了一本关于他在任期间的健康情况的书,名为《大秘密》。但在密特朗家属的干预底下,法庭判决禁止出售。我问马莲娜有否这本书,她说没有。但我从报章上知道,旧书摊上的确可以找得到。

踯躅在这巴黎的闹市中,尽管街道上车声隆隆,来往过客中也有带着无线电话的,一切都散发着应有的时代气息。但当你看着那些发黄的纸页,尘封的书报杂志,来自另一个时代的图片,还有那些简单的木头箱子,你还是嗅到了另一个世纪的味道,使你乍忘现代。那些衣着老土的旧书商,他们入息低微,却自甘清贫淡泊,且谦谦书生,喜欢跟顾客谈画家塞尚、科罗或诗人缪塞、魏尔伦。举止形迹恬然怡然,总透出几分超然风度。这门职业的使命是什么?他们恐怕会不时自问。这些在风中雨中大气中的"雕像",就是需要一种使命感。但我相信他们一早已经找到了,如果他们自己也糊里糊涂,还有谁可以给他们指点迷津呢?

一九九六年一月二十六日,巴黎
(选自香港《大公报》,一九九六年五月二十、二十一日)

纽约的旧书铺

梁实秋

我所看见的在中国号称"大"的图书馆，有的还不如纽约下城十四街的旧书铺。纽约的旧书铺是极引诱人的一种去处，假如我现在想再到纽约去，旧书铺是我所要首先去流连的地方。

有钱的人大半不买书，买书的人大半没有多少钱。旧书铺里可以用最低的价钱买到最好的书。我用三块五角钱买到一部Jewett的《柏拉图全集》，用一块钱买到第三版的《亚里士多德之诗与艺术的学说》，就是最著名的那个Butcher的译本——这是我买便宜书之最高的纪录。

罗斯丹的戏剧全集，英文译本，有两大厚本，定价想来是不便宜。有一次我陪着一位朋友去逛旧书铺，在一家看到全集的第一册，在那一家又看到全集的第二册，我们便不动声色地用五角钱买了第一册，又用五角钱买了第二册。用同样的方法我们在三家书铺又拼凑起一部品内罗戏剧全集。后来我们又想如法炮制拼凑一部易卜生全集，无奈工作太伟大了，没有能成功。

别以为买旧书是容易事。第一，你的两条腿就受不了，串过十几家书铺以后，至少也要三四个钟头，则两腿谋革命矣。饿了的时候，十四街有的是卖"热狗"的，腊肠似的鲜红的一条肠子夹在两瓣面包里，再涂上一些芥末，颇有异味。再看看你两只手，可不得了，至少有一分多厚的灰尘。然后你左手挟着一包，右手提着一包，在地底电车里东冲西撞地踉跄而归。

书铺老板比买书的人精明。什么样的书有什么样的行市，你不用想骗他。并且买书的时候还要仔细，有时候买到家来便可发现版次的不对，或竟脱落了几十页。遇到合意的书不能立刻就买，因为顶痛心的事无过于买妥之后走到别家价钱还要便宜；也不能不立刻就买，因为才一回头的工夫，手长的就许先抢去了。这里面颇有一番心机。

在中国买英文书，价钱太贵还在其次，简直的就买不到。因此我时常地忆起纽约的旧书铺。

（选自《新月》，一九二八年十月第一卷第八期）

曼哈顿书店一景

王强

对于爱书之人，书店是上帝赐给他们的一片福地。

对于爱书之人，书店是四季都有花开，都有果结的园子。

对于爱书之人，书店是一场宴席，总是飘逸着诱人的芳香。

有事没事总喜欢上那儿逛逛。那里流连久了，便觉着书店自有书店的风景。而这风景在经意与不经意之中却也会令你浮想不断，像是在读一本颇耐琢磨的书。就说说书店布书这个现象吧。

我很喜欢曼哈顿一一六街附近哥大（Columbia University）校门旁的自家书店。店大而敞亮，除浏览那几架哥大自版书籍专架，我大半儿时候要站在摆满了著名的"罗亨古典丛书"（Loeb Classics）的架子前。轻轻翻开赫西俄德、荷马、柏拉图、亚里士多德、西塞罗、普里尼、希罗多德、普鲁塔赫……总觉着一双双深澈的眼睛在古老的文字背后投射着威严的目光。这无声的凝视使我感到痛楚，我仿佛清晰地看到，在人类知识与智慧的瀚海边，我不过是一粒细柔的沙子。当然，有时，一面面鲜红色或翠绿色的纸套封一下子会化作了坚硬的碑石，不朽地屹立在架上，屹立在眼前，心里又觉着幸福，这幸福分明在于尽情领略着生命永恒的奇伟。

一天，不知被什么驱动着，闲步到"虚构作品"栏前。在狄更斯众多著作的下方，一本黑封面粉红色书题的小册子吸引住了我。是Foucault的什么，心正诧异这位福柯先生何时像他的同乡萨特那样写出过什么可以毫无争议地被冠之为"虚构作品"的小说之类，急翻目录，细读文字，方知这原来是和传统的虚构观念风马牛不相及的东西——《福柯访谈录》，不折不扣的实录文字！刚要抱怨布书人的粗枝大叶，却恍然之际似乎悟出了什么。或许，也仅仅是或许，若是福柯先生本人屈尊在这店里工作，让他自己在众多类别的架子上为他自己的文字确定一席立足之地，他未尝不会开这个玩笑吧。

这位一生都在致力于人为制度的权力解构的大师，难道不会在书店传统布书分类"虚构"与"写实"的森严二分法里实践一下他为之追求的目标吗？让一直享有"真理"特权的"写实"的沉重体验体验只有"消遣、愉悦"身份的"虚构"的轻松，对于我们这个已经过于持重了的世界，未尝不是一剂良药。

想到这有趣的布书现象就免不了扯得远一点。

那是十几年前的一个暑期,我有机会到了内蒙古草原。一天,在一个相当僻远,四周几乎息了人烟的小镇,我走进一个简陋的、土坯盖就的方便小店。下午的阳光透过粗粗的窗纸照在仅有的几格橱架上。我的目光无意却终于惊讶地落在一处布满灰尘的书册上。在七八本唯一称得上是书册的书堆里(全是围棋、象棋谱、桥牌叫局之类),钱锺书先生的《围城》竟也懒洋洋躺在那儿!那个学期,从"中国现代文学史"课上刚刚听到过他,多少次试图从北大图书馆借来一读,总是望架兴叹。毕竟书少人多。而在北京要想购得一册亦非易事。与它在此不期而遇,自然喜不自禁,忙掸去灰蓝色纸面上的积尘,是人民文学版。也许正是因了《围棋》,我才幸运地得到了《围城》。《围棋》与《围城》之间相距何其远。不,又何其近!对着人生这场纷繁的大游戏,它们不都是同样性质的图谱和解法吗?

我至今不敢贸然断定店家老太太之所以进了一本《围城》是一种文化上的误解。但当老太太把它递给我的时候,不是明明询问我,希望向我推销她的棋谱、牌局之类吗?所谓文化的真实实在是个莫大的神秘。有时候,只有"误读"才会引你达到某个更加令人惊奇的"正解"上去。说不定,我们置身的这个古老世界有时非得像意大利小说家卡尔维诺(Calvino)笔下的那位倒悬于树上的武士一般,双目圆睁,屏息凝视而后宣告:这样看看,一切才看得分分明明!

美国博物学家约翰·巴罗有句话说得很好:在一片静止单调的风景里,流动的小溪就是生命。

栖身在如此现实性的生存的风景里,幸亏还有书店这样流动的小溪。

一九九五年　纽约
(选自《书之爱》,世界知识出版社二〇〇〇年一月版)

纽约求书记

梁治平

四月返国,七月间,由海路运回的书到了。

把书迎了回来。堆得满床满地,我就坐在书堆之中,随意翻检。那情形,很像是旧友重逢。

这些书,尽是在纽约、剑桥两地所得。游学七个月,购书二百余册,平均起来,至少日得一册。书与我之间关系的密切可以想见。事实上,我熟知所有这些书的故事,因我自己正是这些故事中的角色。虽然,以我所知的有限,要讲关于这些书的故事,自觉力不能逮,然而若只是作一角色的自述,却又不妨一试。求书的甘苦原是不分界域,凡读书人皆可以领略到的。

作为世界第一大都市,纽约是个充满机会的所在。书店及其种类的繁多自不待言,五花八门的经营形式才是它的特点。

在纽约期间,我住哥伦比亚大学学生公寓。这里虽然不是闹市，书店及常设的书摊却有十余处。书店有普通书店与旧书店之分，书摊亦有"桌摊"与"地摊"的不同，书贩中更有职业与业余的分别。至于书价，自定高低不同，未可一概而论。一般地说，旧书贱于新书，书摊书价低于书店书价。书摊之中，"地摊"最低。这是因为，地摊的经营者多是黑人、穷汉，他们并非职业书贾，既不懂书，更不爱书，不过是些不知从什么地方弄来几本书换零用钱的角儿。

跟这种人，大可以讨价还价。只是，在这些时常经营各色破烂的小摊上面，好书总是少数。它们落到了这些全无爱书之心的人手中，又总是被杂陈于流行读物和劣质印刷品之中，一般地易于污损。因此之故，求书于地摊，只可偶一为之。

哥大一带有新、旧书店约七家。它们不愧是职业者所经营的，图书排列整齐，门类也相对齐全，有的书店还出售颇有年头的珍本、善本。这些书店里面，令我受惠最多的是设在一二一街和一二二街之间，一爿专营旧书的小店。那里的书质量不差，标价却不高。此刻摆放在我案头的《爱默生文集》、《瓦尔登湖》（梭罗，兰登书屋现代文库本，一九三七年）、《法国革命随想录》（柏克，企鹅本，一九七三年）等不下二十册书，都是在这里购得的。这家店的老板兼伙计，一位中年男子，性情温和，彬彬有礼，熟谙书市行情。买他的书虽绝少还价的余地，却总是满心愉悦的。

哥大近旁可以一提的旧书店还有一家。这家店规模稍大，经营花样更多，颇见老板的创造力。其手法显见者有四，一是扩展营业于"门檐"（那"门檐"伸出数米至街面）之下；二是在邻街设"巡回"书摊；三是频繁改变门前图书的摆列次序；最后是每隔一段时间在门前"无偿图书"的招牌下面扔上一堆年代不早不晚，内容难以归类的旧书。这位老板显然是行家里手，经他处理的"无偿图书"，我在翻阅之后总是恭敬放还。初到纽约，我在此购得几部画册，事后颇有反悔之意。时间稍长，看破了老板的花架子，心下更不以为意。以后即使在它门前的廉价书堆里面披沙拣金，觅得几册佳作（不知它们如何逃过了老板的算计），也没有领情的意思。这可以算是买卖成而仁义不在的一例。

有人把读书人逛书店比之于女孩子逛商场，这种譬喻十分贴切。女孩子逛商店首先是出于爱好，买东西倒在其次。读书人的出入书肆也是如此。徜徉于书林之中，取架上图书随意检阅，且行且读，这样的乐趣，绝不亚于女孩子在服装超级市场检看比量时的欢悦。我相信，读书人经常置身书林，必定于身心有益，且不说，这一种有益的"运动"，还可以让人大开眼界呢。

纽约城最大的书店位于下城，名 Barnes Noble，建于十九世纪末，是家老字号的书店。一条大道贯通南北，将这家书店一分为二，西面的一半专营降价书。距此不远而稍南，有纽约最大的旧书店（名 Strand）。说是旧书店，其中也经营降价新书。我在那里买作纪念的两本书，一册马丁·布伯的自传《相遇》（一九七三年），一册《古代希腊的生活》（意大利，一九八六年），均是装帧精美的新书。

走进这一类巨型书店，每每自觉渺小。世上既已有了这么多的书，我们又何苦经年累月，伏案苦思，在这书海之中添加只如滴水的一册？一念及此，益觉劳作的无益。然而转念再想，倘写作只是人生的需要，又如果这种努力竟能够在另一些人心中引发共鸣，何乐而不为？再退一步，不谈写的得失，读的价值永不可磨灭。想到此，复又心平气静，放脚行来，慢慢欣赏。这种"看"法，与其说是"逛"书店，不如说是"泡"书店。"泡"，主要不是为了买书，或更经济地买书（这种地方无价可还），而在博览和观赏，虽然，最后总忍不住在"以为纪念"的名目下为自己买几本称心的好书。在 Barnes Noble 觅得一册柏拉图、奥勒留和爱比克泰德的合集（哈佛古典丛书，一九八〇年），仿革硬面精装，三边烫金，书背书面均以金线勾勒，典雅之至，可作艺术品来欣赏。自然，像这样买书，买这样的书，在我只有屈指可数的几次，但是因此得享的乐趣，却是无穷无尽的。

读书人似乎没有例外都喜藏书，虽然未必是要做藏书家。记得有人说过，以为既有图书馆可以利用，则私人收藏大可不必，这样的人或者是不读书的人，或者是假冒的读书人。此话对极。书与读书人之间，实在有种说不清的关系。本来，这几年我身上求书的热诚已不比刚刚走出书荒那会儿的狂热（那种渴求之情只有亲历那个时代的人才可以真正理解），然而来到这里，见闻所及，多少像是又一次走出书荒。再者，我的读书，多半出于一己的兴趣；"专业"之于我，饭碗而已，为"专业"而求书、读书，并不超过维持饭碗的需要之外。因此，赴美之后求书的热诚并不稍减，反倒是愈加高涨了。

在国内买书，除经常感叹书劣、书荒，近年又加上了对物价暴涨的惶恐不安。在美国，固然不敢放开了手来买书，但是至少不担心书荒。新书买不起，尽可以搜罗旧籍。只要是有心人，不愁得不到好书。在纽约，书店、书摊之外，图书的另一重要来源是书市。

教堂的贱卖，私人因迁居或清理房屋的处理旧物，都可能包括卖书一项，我统称之为书市。其方式是以广告公示于众，指定日期、地点售卖。这种地方所卖旧书，真正是纽约旧书市场上最最便宜的一类。还记得有一次邻近一所教堂图书馆售书，我和另一嗜书的朋友整日泡在里面，收获颇丰。这里的旧书，多数为人捐赠，名曰旧书，未必破旧，许多书不见有人读过的印迹，只是在架上放够了年头，新颜换了旧貌。我曾经花十五块钱购得一套一九五三年版、三十卷本的《美国百科全书》。在那上面，除了时光流逝遗下的痕迹之外，便什么都没有了。我并不怀疑那主人乃是笃学之士，然而即便在买书之时是为了读书，后来却因了种种缘故，令书摆在架上变为装饰的一种，在读书人也不是没有可能，况且，这只是一部当作资料使用的大书呢。

五个月的纽约之旅，正贯穿着一连串与书有关的故事，要把这些故事一一讲述出来，怕读者也要嫌我琐碎了。

此刻，过去的一切都已变得遥远，恍若梦境。那是些美丽温馨的梦。每一次重温旧梦，我都会觉得感动。忘不了那许多个夜晚，桌前灯下，将一本本新得的书来过目，一面翻阅序、跋、提要，一面抚平折角，拂去灰尘。买到精致讲究的新书，更要反复把玩、欣赏。那一刻，总是一天里最平和、丰富的时候，心满意足，别无他求。不容否认，那一刻的快乐常常包含了因节省也许只是几十美分却到手一部佳作的小小得意在内。现在想来，当时那份得意未免有几分滑稽可笑。将这许多书搬运过海，送到地球的另一面，不独费时，而且破财，仅运费一项，就不知又可以买多少书了。这些，当时怎么就"忘"了呢？

人说读书人"痴"，信然。

跟书店说再见

程步奎

下午没有课,也没有紧急的事要办,就乘了地铁,到中城第五街的思贵伯呢书店(Scribner Book Store),做一番最后的瞻仰。

这家经营了七十五年的老书店,因为租约到期,租金骤涨三倍,被迫关门大吉。其实在纽约,因租约到期被迫歇业的事,所在多有,不值得大惊小怪。我也从来不去赶那种"牺牲血本,清仓大减价",因为好东西早就挑走了,所剩的大半是卖不出去的货色。思贵伯呢书店关门减价,我更不必去赶那热闹,因为我从来就不去那里买书,那里也不大卖我喜欢的书。然而,我还是赶去了,不是为买书,而是为"瞻仰"。

这家书店我一共去过三回,却没有买过一本书,每次都是空手而出。朋友听了都叹为奇闻,好像看到号称减肥的人进了冰淇淋铺子,在里面混了半天,居然连个"小号"都没点,像在那里考验定力似的。说穿了，也就不怪了，因为我压根就不是去买书的，从来只是去"瞻仰"，何况这家书店经营的多是畅销书及文艺小说之类，虽有专门部门，却并不合我的兴趣。

第一次去思贵伯呢，是十多年前了。那时还在耶鲁读书，偶尔到纽约来逛逛，逛到洛克菲勒中心一带，正瞻仰完圣派崔克大教堂，沿着第五街南行，就一眼看到了这家书店。

书店的门楣上方，镶着一方宽约六呎的玻璃，工工整整用金漆拼出思贵伯呢几个字，雅致大方，还带着几分老式的矜持。玻璃上面是一道鎏金的横檩，一圈一圈的藻饰，细致却不繁琐，很有点古色古香的味道。横檩之上是个装饰性的檐角，正中是类似月桂叶的花环，围着一盏鎏金的阿拉丁神灯。从这个标帜，我立时就联想到，当年在台湾上大学时读海明威及费滋杰罗的小说，都是这家书店的版本。名编辑麦克斯威尔帕金斯（Maxwell E. Perkins）也就在这里主持了三四十年的编务，为战前的美国文学创作及文艺编务设立了极高的标准。

这样的书店，我当然要进去看看。

可是那天我却身不由己，因为是与一批中国同学来逛纽约，参观洛克菲勒中心、逛第五街，等会儿还要到唐人街去饱餐一顿，然后圆满结束纽约之行，打道回府，开两个钟头夜车，重返弥漫中古修道院气氛的耶鲁校园。他们知道我逛书店的本事，一进去就是三个钟头，别的事都忘了，那岂不大大扫兴？于是，便有好心人做出了妥协："你进去看看嘛，五分钟，我们在外面等。"

五分钟！五分钟看什么？看看书架？看看图书分类的标签？可是看到朋友一个个面带严霜，好像我就要犯了十恶不赦的罪行，若再不妥协就要和我不共戴天的模样，只好屈服："好，不逛，只进去瞻仰瞻仰。五分钟。"

推开门，迎面是个拱形的大厅，大约有两三层楼高，有点像规模较小的教堂，一排排暗褐色的硬木书架就像听道人礼拜的座次。一种特殊的宁静气氛弥漫室内，虽然说不上庄严肃穆，却和门外的车水马龙及熙攘人群，形成鲜明的对照。书店的后进是沿墙向两面分开的楼梯，引向二楼的回廊。楼梯及回廊的栏杆都是漆黑的锻铁，带有一种细腻却坚实的老纽约气派。因为二楼只有靠墙的回廊，就把当中的空间全让了出来，使得中央大厅显得特别辽阔，却又没有空空荡荡之感，大概和一盏盏从屋顶垂下来的圆柱形吊灯的设计有关。

看了五分钟，我就出来了。根本就没去看书，只看了书店，好像去看设计构图似的。朋友倒是对我赞不绝口，又是我"拿得起，放得下"，又是"舍鱼而取熊掌"，又是"牺牲小我完成大我，为人类做出更大的贡献"，听得我寒毛蠹立，深叹中国文化博大精深，应用自如。

后来我当然又去过思贵伯呢，而且是自己一个人去的。也不知道是不是第一印象种得太深了，我似乎对这家书店装潢及建筑设计的兴趣超过了陈列的图书，觉得从第五街走进这家书店，立时就能感到一股书香涌上来。奇怪的是，那书香却不属于嗅觉，倒是归于视觉牵动的联想。大概是因为这种兴趣与联想，进了这家书店，我带着几分逛骨董店的浏览心情，什么也不想买，好像一买就破坏了那种发思古幽情的趣味。

我第二次去，虽是一个人，却也逛得不久，只停留了一个小时左右。搞清楚了它卖的书，种类虽多，却和我关系不大。一般的文艺著作相当全，却在别处也买得到，用不着长途跋涉，专程来到纽约市区中心买。何况我喜欢逛的书店是旧书店，最大的乐趣是"踏破铁鞋无觅处，得来全不费工夫"的惊喜，在这里就完全阙如了。

此后我虽然有几次经过这家书店，不是有事在身，就是没有闲适的心情去逛，也就不曾再进过门。倒是有几次驻足路边，对书店的门面多看了几眼，总觉得思贵伯呢在第五街上摆出这个派头，还是相当赏心悦目的，因为它一点也不花哨，却也不像第凡内首饰店那样拒人千里之外。它只悠闲地站在路边，看人们为生活奔波、为赚钱奔波、为过年过节大包小包采购而奔波。它只静静站在那里，悠闲却颇带几分哲理。

我搬到纽约之后，也没上思贵伯呢去买过书，倒是有一次带几位中国的作家朋友去逛过，不是去看书，是看店面。这时我已知道书店的门面经过古迹保存会审定，正式当作文物古迹来保护了，店内的装潢设计却还没够上资格。这几位朋友大概对七十年的老店作为文物保护，不甚以为然，中国有五千年文化呢！这家店面的建筑晚在民国二年，何来"古迹"可言！但是，我想了半天，也没想出中国有哪一家书店是民国二年以前开张，一直没换过地址，又一直营业到今天的。

所以，思贵伯呢书店关门，我又去了。这是最后一趟，还是瞻仰，但若有好书，我也要买几本，总算也破费一次，留个纪念。

我到了书店，看到橱窗依旧，既没有"大减价"的招贴，也没有"本店租约到期，被迫停业，出清存货"那种纽约常见的横幅。只在两面大橱窗里整整齐齐陈列的图书下方，靠着书脊各放了一张白底蓝边的硬纸板，大约一呎半见方，上书："图书一律减价。"字迹一笔不苟，还是那种雅致大方又带古风的矜持。店门半开，大概算是即将歇业的征象吧。

进了店门，就发现是有变化了。二楼回廊上的书架已经全空，一楼后进的书架也已清理光了八九成。只剩两翼及当中的书架还堆满了书，却已不按种类来分，原来的分类标签都已取下，换成两种，一种上书"一律四折"，另一种是"一律八折"。买书的人虽不少，却并不算拥挤，更没有喧哗纷扰的情形。倒是不时听到低声的"对不起""劳驾"，因为有人要绕到你的左方或右方，挡了你找书的视线，或是请你偏偏身子好让他走过。这是纽约吗？没错，是古风优雅的纽约，可不是街头巷尾蛮横的纽约。可惜这种古风，又要随着思贵伯呢的关门，减去几分了。

我终于在思贵伯呢买了书，而且买了七八本之多。有几本是可要可不要的，但既然四折也就买了。倒是有两本，还真是要买的，居然就碰上了。一本是莫尔文（W. S. Merwin）的散文集，新出不久，我在别的书店没找到。另一本是乔伊思奥茨（Joyce Carol Oates）的诗选，也正是预备买的。高高兴兴拿到柜台去付款，才发现，好几本书原来已经削价，而打四折是削价之后再打四折。于是，一本原价十五元的专门书籍，因为已经削价成了一元，现在就只算四角。我一共付了二十元，提着一大袋书，走出店面。

临出门前，我转过身，带着几分虔诚的心情，从屋顶到每一个角落，做了一番最后的瞻仰。

伯克利的书店

喻丽清

在北加州一带,最有名气的三家书店,也就是在全美国读书界里知名度还算不小的,大概要数旧金山的"城市之光",门罗帕克的"开普勒"以及伯克利的"柯笛"。

旧金山的"城市之光",老板本人是诗人,偏爱诗集,也出版诗集。六十年代时,因为替金斯堡出版过一本"有问题"的诗集,上了联邦法庭,轰动一时。后来,因他的胜诉还连带取消了《查泰来夫人的情人》的禁书令,影响极大。这书店,如今还上了观光局的旅游手册。

门罗帕克的"开普勒",地处斯坦福大学附近的贵族区。以前纽约的大书商、出版社都以这里做批售的中心。伯克利的"柯笛"老板去世后,他的太太写了一本《柯笛之书》(也是书店店名),书里还提到每个星期天要开来回三个多小时的车由伯克利去门罗帕克批售书籍的事。

至于伯克利，它本来就是个大学城，这里的心脏就是伯克利加州大学，书店多当然不稀奇，在校园附近，就有不少旧书店。但最有名的，要算电报街上的"柯笛"（Cody's）。它是一九五六年开起来的，它虽是北加州第一家开始卖欧洲进口的日历和自制卡片、包书纸的书店（很多人想买下柯笛设计的十九世纪的木刻版画的包书纸，大量印制作为包礼物用纸来发行，他还不肯呢），但是它在全美国的声名，却是奠基于反越战那一阵子的"校园运动"时。当时的潮流就是anti-establishment（反权势，反偶像，反对有成就，等等），而柯笛一直就在反出版商以不同的折扣批书给学校，使校外的小书店无力竞争。如今，教科书也可以在校外买到，恐怕都是柯笛的功劳。不过，一九七七年转手后，柯笛书店已经形同一个小plaza（商场），书店外是花铺子，书店里设了简易餐馆，书的清高遂沾染了商气。倒是在北伯克利的"黑橡树书屋"（Black Oak），如今一枝独秀起来。

黑橡树书屋，它是新书旧书都卖的一家书店，只开了十一年，打出知名度的是它每星期书店里所举办的诗歌朗诵会。我跟书店老板Bob Brown聊过，问他怎么开始想到这个主意的。他说：十几年前，自己是伯克利的学生，一面念研究所，一面在现在电报街上的Moe's旧书店里打工。反正天生是book fanatics（书狂），做着做着就想自己开家可以自己做主的书店，于是就跟一个也在摩氏书店打工的同学合开了这家"黑橡树"。

所有成功的书店都莫不各有特色,两个学生开书店,基本顾客当然还是学生。学生们创作欲和发表欲一样的强烈,很喜欢到这书店里来朗诵作品是可以想见的。因此,不知不觉间,这种书与作者读者打成一片的气质就发展成了"黑橡树"的风格。如今,不限于是诗人了,很多有名的作家都来过,书店墙上满挂的照片就是那些来朗诵过作品的作家。我那个念文学系的小女儿,虽不是伯克利的学生,也来这家书店挤过好几回要瞻仰她喜欢的作家的庐山真面目。

前不久,还有一位墨西哥的女诗人来朗诵,这位老太太六十岁才出第一本诗集,以为今生就是"一书作者"而已,没想到,她现年八十,不但出了好几本诗集,还有了本英译的诗选在美出版。她的朗读会,自然令当晚的听众大受感动,对于邀请她来的"黑橡树"还会忘记吗?这就是"黑橡树"的独到之处。

"你现在举办的朗诵会有多少?每周一次?"

我以为每周一次是多的,你猜Bob怎么说?他说:"每周四五次。"不过,他也有感慨:"自从三年前'巴尼和诺倍尔'这家全美最老牌的书店由东部连锁侵略过来,我们的新书销售直线下跌。反正卖书永远是精神文化,跟商业利润好像不容易挂钩。"

有一天,经过"黑橡树",看见Bob站在书店出口的地方,低头正在检视别人拿来卖的旧书。我想到兰姆称他书架上那些旧书摊上得来的书籍为:"褴褛的老将",心中颇有所动。从前,书是"褴褛的老将",如今,小书店何尝不是"褴褛的老将"——如果坚持得下去,不被大的连锁书商所吞并的话。

"老将不死,他只是暂退而已。"在不合时宜的书与书店的身上,这句像阿Q才讲得出来的话,不知是否也能通用?

寄自美国

走马美国书市

亮 轩

这次有机会往美国跑一趟，自然不会错过他们的书店与图书馆。

我们的团体先到旧金山州立大学，那里的学生活动中心整个儿地由学生经营，包括有餐厅、书店、文具及运动用品部等等。不算大，但是其中书柜书摊的范围，比我在台湾所见任何书店为大。他们的书店又分作两部分，一部分是一般书籍，分门别类放在架子上，没有高到拿不到的。分类比我们的书店要来得细，不像我们这里常在"文学"项下塞上一切不是科学的书，诸如报道文学、小说、诗、评论、艺术创作、艺术思想等等。总共在三十种左右，以新书为主，老书占的比例很少。新书的价钱不便宜，又无廉价部，这与我们这里专以廉价来吸引学生不同。另一部分是教科书部，教科书并不限于教授指定要用的书，专业参考书也在其中，种类应当有千种左右，所占面积也很大，比一般性书籍占地范围大出三倍以上。教科书部的书价才贵得惊人，一本四十开的莎翁剧本，平装，也要十块美金左右。十元以内的书，好像只有旧书，所谓旧书真旧得不像样的也很少，大多保存得七八分新，约是新书的一半价钱，有的还要贵些。旧书书上贴一张"使用过"的签条，放在一起，就在同一本书"新书"的旁边，数量偶尔有比新书还要多的。我们这种学校访问团的人，到了"教科书部"就不能不仔细地看，也相当过瘾，譬如说广播电视部，可以买到分类极细的专业书，我买到一本专门讨论播音技巧的书，厚厚一册，也不便宜。这一部分的书不怕人家不买，事属专业，只要对上了，根本不会考虑价钱，只是想一想一本两三百页三十二开的平装书，在台北台币五十块可以买到，在美国要美金十五块，也不太甘心。

旧金山州立大学活动中心贩卖部只有一个入口，进门之前把东西放在旁边的箱子里，出来时再结账，书籍与其他东西一块儿买了再结，并不是图书部有图书部的账房。有的书封面有一点磨损，或者里面不太干净，我就拿去给他们看，他们毫不迟疑地会给我们打个折扣，好像便宜百分之十的样子。

不止是我们，美国人也嫌书贵，从西岸到东岸，我没看到生意很好的书店。买一本新书在他们看来，不是件小事。

伯克利大学的书店比较热闹些，这是因为有一批廉价书的关系。我在伯克利没有看到教科书部，是否另外还有书店未予查证。就"学校书店"而言,斯坦福大学的很具规模,分作楼上楼下两大部分,楼下是一般书,楼上是教科书。也兼卖唱片、录音带及一般文具体育用品。每层占地在四百坪以上,整个的经营管理十分科学化,以图为主的书平靠在架上,也有廉价专柜。因为地方大,分类分得更细,干净敞亮予人印象深刻。斯坦福是相当贵族化的学校,范围极大,在校区里不开车至少也要骑辆自行车才行。他们的廉价书柜中也可能有很好的书,我买了几本艺术思想方面的书,所谓廉价,顶多到原书的对折,不要以为对折就怎么样,他们新书的价钱极狠,卖掉一本就可赚得五本似的。有的疑团是到纽约才稍稍弄清楚的。

纽约确实是购书者的天堂,书店又多又大,种类多,许多书打起折扣真不含糊,可以便宜到原价的十分之一以下。我在纽约买了七八十公斤的书,一点也不觉得贵。

纽约的大书店都在第五街附近,我在纽约一个星期多,书店只逛了三家,不是不想多逛,而是书店太大,书太多,整整半天,看不了多少,人家到五点就要下班,只得出去,明天再来。我不知道我去的是不是纽约最大的书店,不过我的目的不是在观光而是买书,最大不最大也就不要紧了。我去的次数较多的是Barns and Noble,其次是Scribner与Double clay,驰名世界的Mcgraw-Hill居然没时间去,只有待诸来日了。

在这里不必一家一家分开说,只记个大略的印象。前面提到的第一家,相当大,一层在五六百坪的样子。共两层,合计千坪以上，在纽约实在不简单。我之所以屡次光临，是因为他们的廉价书真过瘾。廉得干干脆脆，这边大字标明九毛九分的书，可以有数千种，随你挑；那边两毛五分，也可以有数千种。照价钱标示得清清楚楚，里头应有尽有，从食谱到哲学，从工具书到消闲书，有时间的话慢慢找，一定可以以一顿饭的价钱，买到足够读半个月的好书。但这些特廉部分，卖的大部分是小说，也就是读过便丢的那一种书，如果不是这种而依然价廉的话，便是书套子掉了的书，对于真正读书的人一点影响都没有。要从这些书里找出自己要的书也很辛苦，他们并不仔细地分类，只是一排一排插在那里，店员随时来整理，比我们这儿把所有"风渍书"像破衣服般的乱堆，还是要好得多。地下室是稍微好一点的书，也有廉价摊子，但不像上面廉到卖纸的程度。在这里很容易发现几年前畅销一时价钱不便宜的书，现在可以以三分之一或一半的价钱买到。如《美国的鸟类》，菊版八开大小，厚达千页，彩色描绘十分精细，当年风行一时，定价是八十元左右，现在三十元就能买到了。尼克松水门案的发现者写的那本《末日》，原价十几二十块，现在堆得齐腰那么高，十几叠，一本一块，急着把这本书赶出去似的。艺术类的书很有意思，有一本埃及古物的展览目录，事过境迁，我在洛杉矶盖提博物馆买来时还是特廉，四块多钱，原价十几块，到了纽约，变成一块钱。艺术类折扣打到七八折就不容易了，这类书成套的不少，买来价钱大不说，带起来也麻烦。而且有的书还在继续出,买得不齐也没意思。台北这方面的书印得跟他们差不多,除非特别精致的,否则在台北买也可以了。我的问题是有些书已经买过中文翻印本了,所以这方面兴趣原来很高的书,买的居然很少。

自然科学的书比艺术书便宜,在一套从生态学角度看人类未来的书,全部十册,彩色图片每一页都有,总价不会超过台币一千五百元,而原价每一册便要美金十五元以上。我当然高高兴兴地买回来。这方面的书相当齐全,猫狗鸡鸭或史前恐龙,从单细胞一直到哺乳类,往地球到外太空,应有尽有,成套的也可以,单本也可以。图文并茂,价廉物美。这方面的书还能达到通俗的要求,不让人觉得有何专业性,文字也十分简洁。

我在纽约时正逢毕加索回顾展,这也是我到纽约的重要理由。书商不会错过这个大好的机会,连超级市场也卖毕加索的各种画册,四处张挂打折扣的海报,卖Poster的也有。精明的买书人都不赶这个热闹,静候热潮过去买更便宜的书。像我这样从老远的地方到纽约看展览的人非常多,展览场相当拥挤。要仔细看不可能,花几十块美金买书回去回味也不错,心态如此,花钱也就不在意了。老纽约的买书客就不会这么想,他们从从容容地等,总有一天等到便宜书。

有时间逛的人常能买到便宜东西,在纽约,同一本书,不同的书店可能会有不同的价钱,彼此参差不齐,所以一定要多逛。也有表面看来差不多，实际上差得很多的书，诸如《生物百科全书》，类此的名目，可以有好几十种，厚厚薄薄也不同，有的图片多，有的文字多，有的通俗，有的专业，因此想买的话就一定要用心对照，找出最合自己需要的。纽约书店另外还有一点好处，就是什么想得到想不到的书都有。我买了一本专论奴隶历史的书，还有一本专论花园设计历史的书，这些类书要在台湾找恐怕是缘木求鱼了。一个喜欢摄影的人，可以在此买到几百种关于摄影的书，订到几十种摄影的杂志。喜欢烹饪的人也可以买到几百种古今中外的彩色食谱。我曾见到诗集一部就包含千余种，一项文学批评二三百种，这还只谈批评理论，并未针对特定对象来批评。专精一门或偏好一门的读书朋友，到了纽约书肆，才是真正的如鱼得水了。

当然也有贵得令我咋舌的书，我看上一套三册伦布兰全集，标价数百元，实在买不起。一本日本浮世绘，也是菊版八开的样子，二百页上下，要三百元。这一类贵重得要命的书，有专栏陈列，打上灯光，让人觉得也许它们真值这个价钱。在纽约什么价钱的东西都有人买，邮购也很发达，有的有钱人闭着眼睛邮购一套又一套精致的书，他们自己却不读。若说只靠纽约的人来买书，我看他们维持不下去。许多小地方的人全靠邮购系统买书，邮购却不像我们会有真正的便宜价钱，他们邮购常常要花比较多的钱，要便宜，只有逛。

我知道确实有许多书只能邮购，别的办法都买不到。别看纽约的书店那么多,那么大,他们架上的书也经常地在换,三五年前的书就不太好找了,到底新书出版得太多太快。老书只有到图书馆中去找,他们的学校图书馆公共图书馆又多又方便,这方面没有问题。但不到图书馆借阅或影印,便只有向出版社邮购了。有时一部书长年地在出,出个七八年是常事,全套编完,还有外编,外编之外,还有 Year Book,让你愈陷愈深,不买也得买。我见到一套芝加哥出版的儿童百科全书,已经出了二十几年,真好。就是用这个办法套牢了不少客户,好在我买别的书已经把钱用得差不多了,否则也会被套牢。他们推销书有点像我们这"打歌"一样,不怕花钱,不嫌费事。不过这一类强"打"出来的书,狠捞一票了事,大多不到三年,就会变成九毛九分以内的廉价书。看廉价部的书,还真有几分逛名人墓园的味道。

书店用人不多,很安静,服务也很好。美国的生意人个个笑眯眯而富耐性,要想买什么的书而无头绪,他们都会帮忙找。大书店也有邮寄服务,利润算起来真小,确实是服务,包装保险邮递全都包括在内。他们的大书店进门是放顾客随身带的东西的地方,把东西寄存,他们会给一个牌子,然后有个入口,入口旁边有许多提篮,看中的书可以放篮中,选多了可以先结账寄存,然后再买。如果今天拿不动,过几天来也可以,只需先付三分之一的价钱,他们把书保管得好好儿等着,如果到时候没来拿,也可以凭据退钱。他们用袋子装书,争取时间，不像我们店员用包装纸包书。袋子无论是塑料的还是纸的，都非常结实，我第一次看到女店员把十几磅的书放到纸提袋里交给我，很不放心地问她靠得住靠不住，她给我的回答是露齿而笑。

美国的超级市场也都卖书，有的规模也不小，但多以随看随扔的小说或是杂志为主，还有就是儿童读物也很丰富。有的社区的超级市场不卖带有色情意味的书刊，有的州干脆立法不准公开发售，《花花公子》也不算什么不得了的色情，我到小岩城时才发现该州不能摆出来卖，要买要跟店员讲，店员从柜子底下拿出来卖，这样子生意不可能好。时报与新闻周刊到处有售，大多放在结账地方的前面，买好东西的人随手又抽一本放到推车里。放在那里也自有其道理，因为等算账时是选书选杂志最佳的时刻。

匆匆间我看不出美国的读书风气如何，只是从书肆情况而言，确信求知欲旺盛的人，一定会喜欢美国的书市场。有一点我很清楚，就是我确知在那些大书店里，尽管有数十万种书，我能读到的不及万分之一。还有，整个美国，除了唐人街之外，中文的书，几乎绝迹。

书店的橱窗

程丹梅

德国书店的橱窗里自然都是书,而且必须都是最新的书。

当然,最新的书不等于是最新版的书,也不是仅限于这一年发行的。它可以是十七世纪某个哲学家或者作家的书,也可以是二十世纪初某人的传记,但是,应该外表是新的,读者没有看见过的,或者新近印刷或再版的。如果,哪一家书店的橱窗里陈列了落着灰尘的书或者是橱窗几年不变内容和形式,那么人们会以为这是一家破产的书店,路过的人不会有任何兴趣进去瞧一瞧,更别说去驻足观赏了。因为这种破败的样子连旧书店都称不上。

究竟橱窗内的书多长时间换一次内容,各个书店有各个书店的规律和想法。所以看橱窗也能判断出都有什么样的人来光顾该书店。比如在汉堡大学附近的海涅书店,经常出现的除了一些传记小说以外,还有一些理论的著作,一眼看去就知道它的大部分顾客是学生。书的摆放时间也长短不等但最长也不能超过一个月。靠近汉堡港的一家名叫劳伦斯的书店，几乎每个星期更换一次橱窗里的书。不久前，我路过那家书店时，看见里面并排摆着前德国总理施密特的回忆录和现联邦总理科尔的一本自传，除了书的精装之外，它们还毫不掩饰地贴有价格标签，是六十多和五十多马克不等。没人会以价格来论断这两个政治家著作的价值。比较起来，似乎人们对于老政治家的回忆更热衷一些。等过一个星期我再去时，已经换另外一些人的书了，醒目的如以色列前总理拉宾夫人的回忆《继续走他的路》，与其并列的是拉宾孙女的一本写祖父的书；这两本书不久前刚刚在德国出版发行，为此，拉宾夫人和拉宾的孙女都被请到德国出席首发式并进行了巡回朗诵。拉宾夫人在汉堡的朗诵会是在著名的Thalia剧场里，为此，电视上的采访很多。也正因如此，书店便趁此机会赶紧在橱窗里陈列，无疑，这是销售的好机会。不过，据说，很多书店的橱窗是常年被一些出版社花钱租来的，以摆该出版社的最新产品。

设计独特的橱窗对于德国人来说似乎尤为重要。谁都知道，德国的商店营业时间很短，大多从早上九点到晚上六点，有的百货公司改到了八点，但是，星期六只开门半天，而星期日商店不允许开门，名曰是为了真正的休息。这样，久而久之，吃过晚饭爱散步的人就有了"逛橱窗族"。他们沿着大街的每一个橱窗驻足观看，有滋有味地品评着这家的商品和那家的区别。不莱梅利滋姆河畔的一家书店，就很会做这方面的广告，它很注意橱窗内的摆设，更讲究夜晚橱窗里的灯光效果。因为该书店老板信奉德国绿党，所以，据当地人说，他的书店有时不太考虑大众的热点，倒是总向人们推荐一些带有绿党主张色彩的书。不过，因为营业额的问题，据说老板现在也相应地改变了不少。

德国书店众多在世界上是有名的，在汉堡一个叫阿托纳的老城区中心，就聚集着四五家书店，彼此橱窗的竞争让人眼花缭乱。在一个叫"阿托纳书亭"的书店橱窗里，我看到了一本标着所有书中最高价七十八马克的《中国》的画册，它以无尽的长城为背景，介绍了中国这个广袤无边而充满传奇的各地风景和地理概况；而紧挨着这个书店的另一家ABC书店则是以销售袖珍本和平装本为主的书店，似乎像成心竞争似的，它的橱窗里也摆放着一本红彤彤画面的书《长城那方》，书的封面是中国秦始皇兵马俑的宏伟照片，因为其规格的大小，它竟然也是这个橱窗里的最高价二十九马克。

春天到了的时候，德国书店的橱窗还会更加地向花花绿绿的颜色发展，那时，对象里就有了包括家有花园的人们，陈列书的一部分多了以花卉为内容的种植科技书或画册；与此同时，旅行又一次成为人们的热点，橱窗里也不例外地出现了各国旅游景点、地图以及最佳旅行路线等导游书。

旧书店大体与一般的书店没有太大区别，所不同的是，他们除了橱窗里摆放的书都有着销价的标明很吸引读者外,还有一些专业方面的、或者不容易看到的书。而这些书也不尽然都是旧的或是没人买的,有些有价值的老书能让人有一种踏破铁鞋无觅处得来全不费工夫的快乐,比如,有一本已故英国甲壳虫乐队主唱列农的绘画集出现在一家旧书店的橱窗里。这惹得不少甲壳虫乐队迷们前去问津,让他们快乐的是,这本原来没有被人发现的画册原价是五十五马克,现在则降价到了二十马克,所以去买的人也毫不犹豫地掏钱购得。

有一家书店的老板曾这么对我说:"橱窗就像人的脸,您说,我能让自己满面灰尘吗?"

(选自《中华读书报》,一九九七年六月二十五日)

俄罗斯访书录

马海甸

十月九日

一觉醒来,匆匆用毕早饭,便置身VDNKH地铁站的书摊旁。所谓书摊,应叫作书亭,莫斯科的严寒天气,使得书摊主人不得不龟缩于三面围板、唯余一面小窗的亭子之中,一以避风,二以取暖。读者取书,只能俯下身子,透过小窗指指戳戳。荒疏了三十余年的口语,还能派上用场,很顺利地拿到六卷集的《海明威小说选》及三卷集的《马明——西比利亚克文集》。间关万里而来,我还不至于蠢到要买海明威俄译本的程度,所以只翻了翻就算。初到一个地方,我有买上一部书以志纪念的习惯,加以看摊的老太太攀上爬下地为我找书,交易不成,心里老大过意不去,于是买了《拜伦诗选》,二万九千卢布,合四十来块港币。我对拜伦早已兴味索然,既然没有更好的书可买，此书书品亦不恶，姑存以纪念吧。什么时候对拜伦的爱好复炽了，这册俄译还有用。

上午参观克里姆林宫和古姆商场，我都有点心神不属，一心惦挂那片该死的"кнцтц"（俄文"书"）。友人介绍，此店新开张，规模甚大，又是开架的，就在古姆商场附近云云。这一"附近"，累我跑遍了"旧城区"（所谓"旧城区"，俄文原文为"кцмачцгороз"，如直译的话，应作"中国城"或"唐人街"，何以如此军枢要地，竟容异族聚居？这里必有一段掌故，故录以备考）。一面在坑坑洼洼，布满秋水的鹅卵石路磕碰着，一面念叨着"кнцтц"，如此蹀躞逾一小时，终于废然而去。

十月十日

是日参观阿尔巴特街。此街多见诸俄国和苏联的文学名著，而尤以雷巴科夫的长篇小说《阿尔巴特街的儿女》最负时誉。一下车，就冒雨冲到二十八号，该书店据说在莫斯科首屈一指。入得门来，四下一看，哪有什么书店！摸黑爬上二楼，是卖照相机的，旁边则是花店，只好仍下楼，原来书店僻处一隅，仅十来平方米。后来朋友告诉我，才知道偌大的书店，早被硬生生地"切割"成多家小店铺。俄国书业不景气早有所闻，但不景气如斯，就有点非始料所及。书店卖的多是俄译美国流行小说。托尔斯泰娅的小说也混迹其间。这位走红俄国的当代小说家，风头已全然盖过了乃祖A.托尔斯泰（他的三部曲《彼得大帝》也重版了）。但是，吸引我的是另一排书：《纳博科夫诗选》《白银时代诗选》，都是我亟欲一读的。兴奋之余有点忘乎所以，竟用汉语请售货员小姐取书；待看到那位漂亮的售货员小姐一脸惶然的神色，才恍然大悟，我人在莫斯科，而不是在香港或北京！

十月十二日

今晚就要离开莫斯科赴圣彼得堡，但到手的书就那么几本，实在有点不甘心！来到"苏联人民经济成就展览馆"旧址，也顾不得凭吊旧迹，抚古伤今，找了两间书亭，便细细地翻寻。先是买到谢维里阿宁和布留索夫的诗集，继而觅得六卷集的《契诃夫文集》（书价十万卢布，合百余元港币）和八卷集的《维索茨基文集》（书价二十七万卢布，合三百元港币）。我在书亭旁徘徊了半小时，数次欲去而复回，卒狠下决心，买契诃夫！事实证明，这是我此行犯的最大错误。舍维索茨基不买是对的，我读诗，喜欢带书卷气的诗人，维氏是民间歌手，创作虽在苏联传诵一时，但我缺乏当地人民的那种切身感受，体味不出他的好处。要是连契诃夫都不买才更明智，这枚苦果，我是到圣彼得堡后才尝到它的涩味。当然，这是后话了。

十月十三日

车子在涅夫斯基大道行走。一眼瞥见了"кнцтц"和"смарнекнцтц"（旧书）的字样，心脏怦怦然跳将起来。也顾不得欣赏街道尽头旧俄海军总部那幢别致的建筑了，赶紧央司机停车。司机说："给你十五分钟。"便把车开到列宁图书馆附近的林阴道停下。天哪，从列宁图书馆到书店，少说也有四百米，我顾不得讨价还价，拔腿就跑。穿过两条人行隧道，以百米冲刺的速度疾走。冲进书店里早已喘作一团。书店分两层，规模不小，靠近门口的两个专柜，陈列着俄国思想家尤其曾被苏联当局悬为厉禁的宗教思想家著作，哲学家兼诗人索罗维耶夫的著作是否在其中，我已无暇顾及，径奔二楼而去。二楼专卖文学书，各式各样的诗集文集令我为之眼花缭乱。使我微感失望的是，没有有关阿赫玛托娃的论著，而茨维塔耶娃研究显然成为显学。刚要请售货员取书，蓦地发现，交钱的柜台排着一条少说也有二三十人的长队。难怪，今天是星期天，而我的购书计划也势必因之而落空。

快快地离开书店，时间已差不多，只好小跑着回去。途经人行隧道时，脚步却不由自主地停下来，书摊上摆的（附带说一句，莫斯科的书亭，已不复见于圣彼得堡，而代之以货真价实的书摊），赫然是四卷集的《曼德尔施塔姆文集》。这书我朝思暮想，已不止数载，但欲购无从，不图见于冷摊中！仅此一书，已不负此行。

十月十四日

今天是我在圣彼得堡的最后一天，下午同行者或乘游艇游涅瓦河，或到涅夫斯基修道院，我的目标简单而明确：旧书店。旧书店分两部分，一为出售古书古画（偶有时人之作，油画中有一幅苏共前总书记勃列日涅夫的肖像），标价动辄过亿，非吾等穷措人所可觊觎。一为出售旧书，售价极便宜。令我眼前一亮的是《布罗茨基文集》，这书本是新书，由于四缺其二（即散文部分），遂沦落到旧书店折价出售。我要读的刚好是布氏的俄文诗作，散文不读也罢，遂决然购之。诗集专柜中，有插图本《布洛克文集》（七卷）、《维雅切斯拉夫·伊凡诺夫诗选》（二卷）、《布留索夫文集》（二卷）、《普希金全集》（十卷）、《莱蒙托夫文集》（四卷）、《茹科夫斯基诗选》（二卷），等等。这时候，我不能不冷静下来，掂量掂量自己的行箧了。行箧已满，已购的书不能退换，更不能扔掉（书架上有一套《契诃夫全集》在向我扮鬼脸），那就挑重要的买吧。白银时代的诗作是我近来阅读的重点，这方面的书当然不能漏掉，于是，普希金（读大学时，我曾逐字抄录过《普希金全集》的一、二卷）、茹科夫斯基、叶甫图申科的诗集，还有德法诗人的俄译本，只好统统忍痛舍弃。

计价、取书完毕，已是薄暮时分，我慢慢地朝冬宫的方向踱去。人生难得圆满，好不容易接近圆梦的当口，却又因这样或那样的缘故交臂失之。我只能这样安慰自己：明年再到这儿来，也许就能圆梦了。

（选自《中华读书报》，一九九七年十二月十七日）

莫斯科购书记

谢天振

对于喜欢买书的人来说,莫斯科如果算不上购书天堂的话,那么至少也是当今世界上购书的最好去处之一。

初到莫斯科,莫斯科立即给我一个"三多"的印象:一是兑换外币点多——在热闹的商业街上,兑换外币的点几乎比比皆是,每走几步就可看见一个;二是销售鲜花的摊点多——在莫斯科,几乎所有地铁站的里里外外,出售鲜花的摊点是必不可少的一道风景线;三就是书摊书店多——莫斯科比较像样的书店至少在三五十家以上,至于大大小小的书摊那就多得难以胜数了,光是在我下榻的莫斯科大学的主楼里,各种各样的书摊就有十几个之多,而在几个主要的书市街道上,诸如库兹涅佐夫桥大街、特维尔斯卡亚大街等,一个个的书摊简直多到绵延不绝的地步。不仅如此,在和平大街的运动场,每逢周末还都有两天书市,其占地面积几倍于上海的文汇书展,书籍爱好者们冒着零下几十度的严寒,排着长长的队伍买票入场购书。一张门票要一千卢布(约等于一元五角人民币),不能算便宜,但每星期却仍然有许多人赶来买书,这一方面固然说明俄罗斯人中爱书者甚众,但另一方面也说明在那里有书可买,有书值得买。

事实也确是如此,我在俄罗斯访学的那段时间里,莫斯科大学里的书摊天天都要去转一转自不待言,即使是市中心的几家大书店,如位于新阿尔巴特街上的"书之家"和位于特维尔斯卡亚大街的莫斯科书店,我每星期也都非得去"报到"一下不可。三个月下来,我买的书就已经超过一百本了,而这还是自己不断提醒自己"不能多买,否则行李要超重"的结果。

在莫斯科能买到这么多的书,首先要归功于俄罗斯的书价比较便宜。就在去俄罗斯之前不久,我正好去了趟加拿大和美国。在多伦多大学附近的一家学术书店里也发现不少好书,至少有十来本书值得买回来,但那里的书价实在太贵。我左算右算,最后只买了三本翻译理论方面的著作(因这类书国内太少)。然而,即使这区区三本书(每本都只有二百多页)也已经花掉了我将近一百加元的钱(约相当于五百元人民币)。莫斯科则不然,俄罗斯的书,一般性的小说或诗集,大约二三美元即可买厚厚一本,且都是精装的。我买了一本最新版的《契诃夫传》(将近四百页),只花了二万卢布,不到四美元,还算是比较贵的。一本《金瓶梅》的俄译本,七百六十多页,也只二万五卢布，不到五美元。学术书贵一些，如上下两册的《俄罗斯翻译文学史》，约六百页，标价七万卢布，将近十四美元，但开本比我们国内的大三十二开本要大。

其次，俄罗斯书的品种多，推出新书的速度快，所以每次到书店或书摊去，我都能发现我感兴趣的新书。譬如，我买到《克里姆林宫的子女》（描写历任克宫权贵们的子女情况）之后不久，又发现了《克里姆林宫的媳妇》《克里姆林宫的谋士》等书。我买了一套上下册的《二十世纪俄罗斯文学史》后，很快又买到另一本与《十八、十九世纪俄罗斯文学史》配套的《二十世纪俄罗斯文学史》。两本《二十世纪俄罗斯文学史》虽然书名相同，但各具特色，并不雷同。

再次，俄罗斯的图书中有不少中国出版界较少涉及甚至尚属阙如的选题，令人爱不释手。譬如，心理学方面的图书，从教科书性质的《心理学概论》《心理学基础》，到《实用心理学》《趣味心理学》，再到各种各样的心理自测题集，林林总总，摆满了各个书店书摊。再如，文化学理论方面的书，尽管我国学术界已经注意到这一领域，但迄今还未推出什么有影响的书，而在俄罗斯，《文化学概论》之类的书已经有五六种之多。此外，像巴赫金研究的专著和文集、洛特曼文集等，在国际上都很有影响，但在我国出版界还介绍得不多。

这里，我想讲几句有关莫斯科书摊的话。未去俄罗斯之前，有人告诉我，买书可到书摊上去买，我还不信。因为在我的概念中，书摊上出售的无非是些畅销书、通俗读物，甚至一些下三流的作品。到了莫斯科后，才知并非如此。在莫斯科成百上千的书摊中，光卖畅销书的书摊倒并不多见，倒是发现不少"档次"很高的书摊。如有的书摊专卖外语工具书，从常用的英语、法语、德语等，到一些少数语种，如意大利语、希腊语、希伯来语等；有的书摊专卖政治类或法律类读物，还有的书摊专卖心理学图书，等等。至于设在大学或研究机构内的书摊，其"档次"就更高了，出售的全是高品位的学术书。如设在经济研究所里的书摊，卖的全是经济学方面的书，设在莫斯科大学里的书摊，卖的就都是与大学专业有关的书。

马路上的书摊大多卖的是新书，倒是在莫斯科大学里有几个专售旧书的书摊（以及两家旧书店）。其中有一个旧书摊出售的都是文艺学、文学史、美学、哲学理论等方面的旧书，摊主很懂行，书价特别贵。一本十几年前出版的韦勒克的《文学理论》俄译本旧书，索价二十几美元，且不肯降价。但其他几个书摊，价钱倒还公道，如亚非学院楼下的一个旧书摊，汇集了不少中、日、印、越以及阿拉伯等国的俄译典籍旧书，诸如中国古代的山水诗集，老子、庄子的俄译本，等等，开价和新书差不多。只有一本题为《中国色情文化》的书例外。那本书其实是一本学术研究性质的书，因为标题比较刺激，再加上里面附好多幅中国和日本的春宫画，摊主以为奇货可居，开价十二万卢布（约等于二十几美元）。但直到我离开俄罗斯，那本书仍然静静地躺在那里，无人问津。

在莫斯科购书，也会碰到令人遗憾的事。一次，友人带我去逛一家学术书店。我们好不容易乘了半个多小时车赶到那里，不料书店大门紧闭，门上挂一块牌子，上书：十四点至十五点午饭时间。我看一下手表，十四点还刚过没几分钟呢。我看看友人，他则用眼色指示我看那边几个刚从书店里被"赶出来"的俄罗斯顾客，他们一个个若无其事地站在那里等候。显然，他们早就见怪不怪了。

记马德里的书市

戴望舒

无匹的散文家阿索林,曾经在一篇短文中,将法国的书店和西班牙的书店,作了一个比较。他说:

"在法兰西,差不多一切书店都可以自由地进去,行人可以披览书籍而并不引起书贾的不安;书贾很明白,书籍的爱好者不必常常要购买,而他之走进书店去,目的也并不是为了买书;可是,在翻阅之下,偶然有一部书引起了他的兴趣,他就买了它去。在西班牙呢,那些书店都是像神圣的圣体龛子那样严封密闭着的,而一个陌生人走进书店里去,摩挲书籍,翻阅一会儿,然后又从来路而去这等的事,那简直是荒诞不经,闻所未闻的。"

阿索林对于他本国书店的批评,未免过分严格一点。法国的书店也尽有严封密闭的,而西班牙的书店,可以进出无人过问,翻看随你的,却也不在少数。如果阿索林先生愿意,我是很可以列举出巴黎和马德里的书店的字号来作证的。

公正地说，法国的书贾对于顾客的心理研究得更深切一点。他们知道，常常来翻翻看看的人，临了总会买一两本回去的，如果这次不买，那么也许是因为他对于那本书的作者还陌生，也许他觉得版本不够好，也许他身边没有带够钱，也许是他根本只是到书店来消磨一刻空闲的时间。而对于这些人，最好的办法是不理不睬，由他去翻看一个饱。如果殷勤招待，问长问短，那就反而招致他们的麻烦，因而以后就不敢常常来了。

的确，我们走进一家书店去，并不像那些学期开始时抄好书单的学生一样，先有了成见要买什么书的。我们看看某个或某个作家是不是有新书出版；我们看看那已在报上刊出广告来的某一本书，内容是否和书评符合；我们把某一部书的版本，和我们已有的同一部书的版本作一比较；或仅仅是我们约了一位朋友在三点钟会面，而现在只是两点半。走进一家书店去，在我们就像别的人们踏进一家咖啡店一样，其目的并不在喝一杯苦水也。因此我们最怕主人的殷勤。第一，他分散了你的注意力，使你不得不想出话去应付他；其次，他会使你警悟到一种歉意，觉得这样非买一部书不可。这样，你全部的闲情逸致就给他们一扫而尽了。你感到受人注意着，监视着，感到担着一种义务，负着一笔必须偿付的债了。

西班牙的书店之所以受阿索林的责备，其原因是不明顾客的心理。他们大都是过分殷勤讨好。他们的态度是绝对没有恶意的,然而对于顾客所发生的效果,却适得其反。记得一九三四年在马德里的时候,一天闲着没事,到最大的爱斯·巴沙加尔贝书店去浏览,一进门就受到殷勤的店员招待,陪着走来走去,问长问短,介绍这部推荐那部,不但不给一点空闲,连自由也没有了。自然不好意思不买,结果选购了一本廉价的奥尔德加伊加赛德的小书,满身不舒服地辞了出来。自此以后,就不敢再踏进门槛去了。

在文艺复兴书店也遇到类似的情形,可是那次却是硬着头皮一本也不买走出来的。而在马德里我买书最多的地方,却反而是对于主顾并不殷勤招待的圣倍拿陀大街的迦尔西亚书店,王子街的倍尔特朗书店,特别是:"书市"。

"书市"是在农工商部对面的小路沿墙一带。从太阳门出发,经过加雷达思街,沿着阿多恰街走过去,走到南火车站附近,在左面,我们碰到了那农工商部,而在这黑黝黝的建筑的对面小路口,我们就看到了几个黑墨写着的字:LA FERIA DE LOS LIBROS,那意思就是书市。在往时,据说这传统书市是在农工商部对面的那一条宽阔的林阴道上的,而我在马德里的时候,它却的确移到小路上去了。

这传统的书市是在每年的九月下旬开始,十月底结束的。在这些秋高气爽的日子,到书市中去漫走一下,寻寻,翻翻,看看那些古旧的书,褪了色的版画,各色各样的印刷品,大概也可以算是人生的一乐吧。书市的规模并不大,一列木板盖搭的、肮脏、杂乱的小屋,一共有十来间。其中也有一两家兼卖古董的,但到底卖书的还是占着极大的多数。而使人更感到可爱的,便是我们可以随便翻看那些书籍而不必负起任何购买的义务。

新出版的诗文集和小说是和羊皮或小牛皮封面的古本杂放在一起。当你看见圣女戴蕾沙的《居室》和共产主义诗人阿尔倍谛的诗集对立着,古代法典《七部》和《马德里卖淫业调查》并排着的时候,你一定会失笑吧。然而那迷人之处,却正存在于这种杂乱和不伦不类之处。把书籍分门别类,排列得整整齐齐,是会使人不敢随便抽看的,为的是怕捣乱了人家固有的秩序;如果本来就这样乱七八糟,我们就毫无顾忌了。再说,如果你能够从这一大堆的混乱之中发现出一部正是你所踏破铁鞋无觅处的书来,那是怎样大的喜悦啊!这里,我们就仿佛置身于巴黎赛纳河岸了。

书价便宜是那里最大的长处。我的阿耶拉全集,阿索林,乌拿莫诺·巴罗哈,瓦列英克朗,米罗等现代作家的小说和散文集,洛尔迦,阿尔倍谛,季兰,沙里舒思等当代诗人的诗集,都是从那里陆续买得的。我现在也还记得那第三间木舍的被人叫作华尼多大叔的须眉皆白的店主。我记得他,因为他的书籍的丰富,他的态度的和易,特别是因为那个在书城中,张大了青色忧悒的眼睛望着远方的云树的,他的美丽的孙女儿。

我在马德里的大部分闲暇的时间，甚至在发生革命，街头枪声四起的时间，都是在书市的故纸堆里消磨了的，在傍晚，听着南火车站的汽笛声，踏着疲倦的步子，臂间挟着厚厚的已绝版的赛哈道的《赛房德思辞典》或是薄薄的阿尔多拉季雷的签字本诗集，慢慢地踱回寓所去，这种乐趣恐怕是很少有人能够领略的吧。

然而十月在不知不觉之中快流尽了。树叶子开始凋零，夹衣在风中也感到微寒了。马德里的残秋是忧郁的，有几天简直不想闲逛了。接着，有一天你打叠起精神，再踱到书市去，想看看有什么合意的书，或仅仅看看那青色的忧悒的眼睛。可是，出乎意外地，那些木屋都已紧闭着了。小路显得更宽敞，更清冷，而在路上，凋零的残叶夹杂着纸片书页，给冷冷的风吹了过来，又吹了过去。

一九三四年

（选自《戴望舒名作欣赏》，中国和平出版社一九九三年六月版）

新加坡淘书记

方竟成

中午时分,已在新加坡创业十年有成的老朋友曙光兄,兴冲冲地驾车将我送到唐人街附近专售华文书的书城,要和我一起经历一番新加坡淘书乐趣。我知道他很忙,新近受聘于浙江省政府和新加坡政府,出任新加坡"浙江中心"主任,亦商亦"官",忙得不亦乐乎。于是,车一到书城,我便硬把他推回了车。

这个书城有点类似上海五角场的书城,一个店铺连着一个店铺,出售的大多是装饰精美的生活、科技、艺术、实用类的书,不少店铺没有开。在二楼一个展示工艺美术画的展厅,我遇到了一个热心的女主人,她的华语讲得很好。我询问道:这里有卖旧书的地方吗?

我不过随便问问。不料,她肯定地说,隔壁就有一家。我虽然没有细看她的展览,她还是起身陪我往那家旧书店走。

后来的事实证明，我这一感觉是肤浅的，好戏还在后头。

旧书店其实称"今古书画店"，约四五十平方米的店面，第一印象是上上下下、左左右右、高高低低都是书，有一种殷实之感。四周贴墙而立着高高的书柜，中间穿插着较低矮的书柜。我举头又低头，见大多是上世纪七八十年代中国出版的文史类、文学类的书籍，大多标价不菲。一部《中国文学史》，要几十块新币，相当于一百多块人民币。我认真浏览了一遍，基本上未见我所收藏的民国版或五十年代初的版本，却在一个书柜后的一个塑料袋里，发现了一本新加坡已故著名作家苗秀著作的老版本，好像是一九六一年初版的。还有几本相同时间其他内容的版本。一问，却答："那是不卖的。"我有点失望。

开店的几位老者，一看就知道是文化人，其中一名似乎是记者出身。他们似乎也感觉到我是文化人。虽未相互询问，却递过了一份刚出版的第二期《新加坡文艺报》送给我，我连连道谢，他们欢迎我再来，又介绍说对面还有一个商务印书馆门市部，可以去看看。

都说新加坡很美，美得像一个大花园，又说新加坡很小，国家、城市、首都一体，不过六百四十多平方公里，三百万人口。我从旧书店出来，自以为在这很美很小的地方，也许旧书店就仅此一家了，卖一些二三十年前的书。

我们在品尝了新加坡海鲜，尤其是一种头小、腹圆，像一个大苹果状的苹果鱼之后，漫步到新加坡体育中心附近一个超级市场一侧的杂货店。

同行在一大堆五光十色的玩具中，发现了挂着、摊着的一大堆书，他喊了我。不抱希望的我，突然眼睛一亮，在一大堆摊开的各式华文书籍中，一眼挑出了一本《艾青研究与访问记》。金华人在远隔重洋的新加坡，找到了研究、访问金华籍诗坛泰斗的书，喜悦之情可想而知。

一看，是一九八一年七月艺术出版社的初版本，著者：周洪兴。

我一边翻阅，一边说：这书有价值，但我已有了，是周洪兴送我的签名本。同行戴先生一把接过书，他说，在中学教书时，从事过文学创作，研究过艾青、冯雪峰、吴晗等金华文化人，对他们都十分崇敬，在异国他乡买到这本书太有意思了。

这时曙光兄也叫了起来：这边还有呢！

在两排竖式的书柜里，竟排放着几百本老版本的文学期刊和书籍。同行的吴旭涌校长已从中抽出一本五十多年前在香港出版的郑振铎编著的《中国文学纲要》下册，我也找到了一本中册，为了成全他，我将我挑出的这本，让给他了，但我们始终未能找出上册。

我一本一本淘着，不断使我眼前一亮。这些封面和书面发黄的老版本，都是上世纪四十至五十年代的较有价值的社科类图书，似应出自某有相当品位的藏书家。我找出的有：一九四七年三月由商务印书馆出版，新加坡分馆和吉隆坡支馆发行的，选编苏洵与二子苏轼、苏辙代表作四十篇的《三苏集》；一九五六年八月由香港文学出版社初版，收入叶圣陶《稻草人》等名篇三十二篇，印数仅二千五百册的《叶绍钧选集》；一九七八年八月，由新加坡写作协会出版，胜友书店发行的新加坡《文学半年刊》的创刊号。

我感到欣喜的是，居然又找到了有关金华籍著名文化人的著作，是用半透明的书纸包得很好的一本由香港现代书店一九五二年八月初版的曹聚仁编的《现代文艺手册》。我终于验证了自己的判断，这本书版权页前面一角，有一个写得挺艺术的"吴"字，这无疑是藏书者留下的标记。

我们一共挑了十多本老版本，结账时才确认那"特价一元"的告示是真的。这真是意外惊喜！我打算询问一下店主这批老版本的来源，再询问一下新加坡可还有其他可买老版本的地方。曙光兄说：这是商家秘密，恐怕问不出。但我还是抱着一丝希望问了，结果店主幽默地说："这是绝版书啰？你这一问可说是'绝处逢生'啰！"他在一张小纸片上，歪歪斜斜又落落大方地用中文写了一个地址，又说在九王爷对面。

我一看，见写的是"实龙岗超级市场"，便问曙光兄。曙光兄说：这可是很远。离你住的乌节路的文华大酒店，有近一个小时的路程，出租车来回大约要五十元新币。次日，我还是利用洽谈工作之余，下决心去了一趟实龙岗。不过不是坐的士，而是乘巴士。

这个购物中心中央是一直达四层大约一百五十平方米见方的天井，一、二、三层四周都是各式店铺，四层似乎是美容美发中心。天井底层的平面摆着几个服装、工艺品、香水的摊位，商品价格都很便宜。乌节路上最有名的义安城里要卖几十元新币的香水，这里似乎只卖几元新币，当然可能还有品牌、包装的原因。

我终于找到了那个几十米长的书摊。

没有看见摊主，只看见了一大堆新书之中的一大叠发黄的老版本，我已伸手"过滤"起来。难以相信的是，第一本就是我在国内久觅未遇的文化供应社印行，陈立德发行的一九四八年八月新一版的艾青诗集《黎明的通知》！这本《黎明的通知》品相不错，直排，内文一百一十八页，收入艾青《高粱》《黎明的通知》《向太阳》等诗作三十三篇。我发现最后一页背后，又有一个很艺术的，粗粗黑笔写的"吴"！

我的心情一下子高涨起来，默诵着《黎明的通知》中的开篇："为了我的祈愿／诗人啊，／你起来吧，"又在书堆中寻觅，竟又是艾青的诗集《黑鳗》！封面上那一艘红与黑分明，帆布徐徐高扬的远洋木船，十分动人。这是一九五五年作家出版社的版本。我一翻最后页，又是一个"吴"！

我不断找出了令人心动的老版本，犹如回到了姜德明笔下的五六十年代中国书店淘旧书的情景。不一会儿，已找出一大叠，有民国版本鲁迅、巴金著作，有汝龙翻译的契诃夫小说《校长集》，有民国早期版本的《倪焕之》，有上海士林书店一九四八年十二月初版，只印一千册，思慕作的《战后日本问题》。更有趣的是，昨晚未能找出的郑振铎《中国文学纲要》上册，也在这里找到了。书价与昨晚一样，一律特价一元新币一本。

　　书摊主是位长得很秀气的少妇，一问，才知道昨晚的店主是他的先生。是他的先生存心将我荐到这一般人不会来的书摊。再一问，少妇说出了这批书的来历，是他先生一位姓吴的朋友因为搬家而出售这批藏书的。至于这吴先生是文人？是记者？是政要？是商人？是学者？只有留待以后考证了。

　　我久久为这新加坡淘书奇遇激动着。

二〇〇三年元旦

在牛津

陈原

牛津大学是在牛津镇里。大学的建筑物据说是从十二世纪开始陆续修建的。这些经院建筑很有点修道院的味道。到处都是草坪,随时都可以看到伟人的塑像,古色古香的屋顶,烟囱或窗户,而建筑物的外墙却多已斑斑驳驳,活像被废弃的古堡——据说这是因为英伦多雾,潮湿而少阳光,再加上现代化学品的污染,所以这里的外墙显得格外的古意盎然。特别是到黄昏时分,一抹斜阳,照在这些古建筑上更显得幽静。某夜在牛津大学圣约翰学院夜宴,有点"发思古之幽情"。点着蜡烛,古色古香,厨师捧着烤好了的全羊出示客人,仿佛进入了史各脱小说中所描写的场面。而起立致祝酒词的则是一位现代物理学的教授,古今汇合,不能不引起许多遐想。

镇中心宽街四十八到五十一号是世界有名的布莱克威尔书店(B. H. Blackwell Ltd.)。这家书店多年前我曾经同它打过交道，早已耳熟得很了，"逛"了一个上午，果然名不虚传。——到伦敦时人家说最大的书店是"弗伊尔斯"（Foyles）书店；可是一到牛津，牛津人说，不，最大的书店在我们这里。我也懒得去考证谁是最大的书店，总之，朋友们说，到了牛津而不去"逛"这家书店，等于你没到牛津。难怪前首相希思也说，他每次回牛津都必到这书店来，可见这家书店在这个大学城的文化生活中有着怎样的影响了。

到这家书店门口，忽然又觉得它并不"宏伟"。三层楼加上半层阁楼的旧房子，三开间的旧店铺，这就是主要的门市部（在另外一条街还有音乐、珍本、儿童等专业门市部）。可是一进门，则里面甚为宽敞，高高低低，上上下下，分门别类，到处陈列的书籍都任人取阅。这家书店创办于一八七九年，从个人办的小书铺发展到今日雇用几百职工，装备电子计算机的大企业。主人说，他们库存十七万种书，邮购特别发达，全球都有它的读者。英国近年每年出新书三万种，重版约一万种，品种是很多的，至于它的门市是否有十七万种之多，那就只好相信主人的介绍了。书是按学科分类陈列的，所有书架上的书，都可以伸手抽得出来。来看书的人不少，挑选到合意的书，便拿到柜台去付款。你在这里可以无忧无虑地翻检查阅，在某种意义上说，比图书馆还方便。资本家开的书店全部开架，任人翻看，这一点对我们是一种"刺激"。我拿到一份推广品，头一页印的一段话，更使我有点惊讶。它写道：

当你到

布莱克威尔书店时:

谁也不会来问你打算做什么。你爱上哪里去,便到哪里去;你爱抽看哪本书,便抽看哪本书;简而言之,你可以随心所欲地翻阅。

本店职工只有在你需要的时候前来为你服务;但除非你叫他们,否则他们绝不干扰你。你来买书也好,或者仅仅到此翻看也好,都一样受到欢迎。这种服务方式是布莱克威尔书店九十多年来保持的传统。

你说这几句话写得多漂亮。我觉得也相当恳切。我特别喜欢其中一句话:"你来买书也好,或者仅仅到此翻看也好,都一样受到欢迎。"——我认为这才叫作书店。据我在这里"逛"了一两小时的观察,这句话他们是做到了的。这里那里都是顾客,或者更准确地说,这里那里都站满了翻看的人,不知他或她是来"买书"的或仅仅是来"翻看"的。环境是那么恬静、安静、寂静,没有说话声,更没有职工或者读者的高谈阔论,谁也不来找你麻烦,确实没有人嫌你老站在那里看书。无怪乎很多英国学人认为"逛"书店是一种享受,一种文化享受。逛书店不一定要买书,这种"哲学"是很文明的"哲学",书店不单纯是做买卖的——它同时,或者更重要的,是传播知识的场所。

这家书店靠了电子装备在终端机荧光屏上，可以找到任何一种当代出版物的资料——作者，出版者，开本，定价，是否售缺，是否修订重版，只要一按电钮，发出指令，所需要的情报就出现在荧光屏上。主人说，这里存储了六十万种书的准确资料，随便你问当代的哪一种书，几秒钟就能获得答案。不过如果一本书的资料没有储存进去，可就问不出来了。

在陈列书籍的铺面上，有一个直径约一尺的地球仪似的东西在转动着：这是电子监测仪。承主人盛情，邀我们到控制室去看荧光屏，原来靠了这个电子仪器，店面的情况到处都可以受"监视"。自然就产生了一连串问题：偷书的人多吗？靠这个仪器抓贼吗？主人笑着说，这不过是"威慑"力量，其实是拿来吓唬人的。按英国法律规定，偷书者当场被抓，初犯罚款二十镑到二百镑（二百镑约等于当地最低的月薪），再犯则坐牢云云。英国是个"法"治国家，什么都有一大堆"法"的。不过丢书据说也是常有的事，"法"治也没法杜绝偷书，但是羊毛出自羊身上，资本家也并不因为偶有丢书而把书架封起来不让人看的，这是他们"明智"的地方，也许以为这样才可以多赚钱。

洛城访书记

姜德明

一家小书店

去年十一月下旬我到了美国加州的洛杉矶，当地人有的已经开始筹备过圣诞节了。不过在这里迎接圣诞老人，似乎有点煞风景。因为在我的印象中，那位可爱的老头，背着重重的礼品袋，总是在冰天雪地中披着雪花而来。这里的冬天却草地青青，绿叶葱葱，阳光艳丽，鲜花盛开。老人身上那件镶着白绒边的红袍子，显得分外臃肿了！

在儿子家里住下来，闲居无事，便先看他和儿媳书架上的那些书，主要是海外出版的文史方面的中文书。他们有自己的专业，与我的兴趣不完全一致，文艺书并不多，一周之后我就无书可读了。读小学的孙女也有一架书，她说那是她个人的文化角。我能翻翻的，似乎只有那几本精装的动物摄影画册。看中文报纸倒挺方便，每天中午都是我到房外的信箱去取报纸和信件。一份《侨报》，一份《新民晚报》。最有意思的是，由于时差的关系，上海市民下午才能看到当天的《新民晚报》，我们在美国当天中午就看到了。若是去超级市场买菜的话，门前总有五六种华文报纸摆在那里，白送的，你可以随便拿。报纸不赔钱，卖的是广告。可是也不能整天读报呀！那样不知会把你引领到一个怎样云山雾罩的世界去。本来活得就够累的了，何必到此另生枝节，再自寻纷扰。

还是到书店走走吧。

洛杉矶，加上附近与墨西哥为邻的圣地亚哥市，号称有华人六十万，华文书店又何止我去的六七家。可惜凡是到过洛城的人都知道，此地有异于美国别的大城市，街市很分散，更多的是静寂的别墅山庄，所以初到洛城的人有进入乡村的感觉，要想寻找书市一条街就更难乎其难了。

我住的是亚凯迪亚市，最近的一家书店是世界书局。如果走路去的话，大约要十五分钟。有时与家里人一起去超级市场，因为书店邻近那里，他们进去购物，我就钻进书店看书。最后再由小孙女叫上我，一起乘车回家。当然，我也独来独往过，可以在书店多泡点时间。

书店只有一间门面，典型的小书店，里面却很深。旁边是服装店、药店和出租华文录像带的铺子，还有一家卖鸡鸭熟肉的店。女店主是台湾来的，身体瘦瘦的很精干。她跟每天来买报的主顾很熟，不断与来人打招呼，虽然只是五毛钱的交易，也不会忘记说声谢谢。进了门左边是新书架，政治人物方面的书较多，有陈立夫回忆录之类；文艺书经常变动，回忆林语堂的专集放了些日子，又换上林海音的散文新著。右边是新到的香港、台湾杂志，尤其是各种画报最显眼，文艺方面的则有台湾出版的《联合文学》、香港出版的《大成》杂志等。书籍也全部来自港台，大体可分三大类：一是严肃的文史著作，包括一些名人回忆录；二是侦探、武侠、言情小说；三是医药和食谱等书。书价较高，一般一二百页的小册子，总要美金十元左右，一折合人民币，我辈便不敢问津了。想不到老来重演了少年时站在书店里看蹭书的经历，幸亏女店主没有白眼相视，同时证明我这老朽的站功还不赖。

我翻看了无名氏（卜乃夫）在九十年代出版的好几本书。初看《塔外的女人》，我还以为是他早年的成名作《塔里的女人》呢。我藏有后者抗战胜利后的沪版本，粉红色的封面，叶浅予先生设计。细看方知不是"塔里"而是"塔外"。书里还有摄影插页，作者已年过七旬却不显老。又浏览了上下两册的《塔里·塔外·女人》，共七十二篇，全是散文，共六百余页。其中我比较感兴趣的是《蔷薇内幕——谁是"塔里的女人"》，这涉及他成名之作的生活原型。从大处说是想了解生活与文学的关系，小而言之可以满足窥探人物秘密的心理。老夫亦未能免俗。另一篇抒情散文《梦北平》，是我前些年为三联书店编的《北京乎》（一九一九年至一九四九年）散文选集所漏收的一篇。这些书印制精美，表现出进入九十年代以来台湾印刷业的进步。书中不少插页是彩色的，作者的伴侣是台湾的一位少女。

无名氏留在杭州三十九年，受到了不公正的待遇，听说他扫过大街，早就放下笔不再创作了。"四人帮"倒台以后，政策落实，他才能离开大陆。他到台湾以后，重又拾笔创作，这是令人高兴的。同时他发表了不少演说，自然都是关于大陆生活的一些不愉快的事，难免有些过分的话。对于一个精神上长期受过压抑的人来说，这是可以理解的。他的这本演说集，或者说访问谈话录，不是一部文艺作品，近于政治议论，我就不及细看，也没有兴趣了。听说如今大陆的书摊上已经有无名氏的书卖，除了旧作"塔里"的，也有新作"塔外"的，深感自己孤陋寡闻了。

尽管女店主并不歧视我这个光看不买的主顾，我到底还是在这里先后买了两本书。一本是八十年代台湾传记文学出版社再版的王云五著《谈往事》。我看重的还是作者在商务印书馆当老板的那段生活，诸如书中追忆高梦旦、蔡元培、朱经农、张菊生、吴稚晖等人的题目都很吸引人，亦具有近代文化史的价值。后来他弃文从政了，一直当上台湾地区行政管理机构的副院长，本书所收的《放闱记》和《挂冠记》，便是他从政的记录。不论你是否爱看，世人若想全面认识这位商务印书馆的元老，还是非看不可的。是不是全然可信，那就要靠自己的眼光了。我所以先买了这本书，还有另外一个原因。这本大三十二开二百余页的书，定价四美元，是同类中较便宜的。女店主的生意经不错，承她把书装入塑料袋时跟我说："这本书是十年前的老定价啦！你真会挑书。"

另一本书是台湾皇冠出版社出版的张爱玲全集之一——《对照记——看老照相簿》，一九九四年六月的初版本。这家出版社是平鑫涛、琼瑶夫妇创办的，此书印制之精出人意料，不仅黑白照片清晰，底衬图案及书眉书口亦为彩色装饰。特别是一书在手，等于保存了女作家的一本私人相册，迎合了读者的某种购书心理，不知这是作家还是出版家的创意。作者为照片写的文字当然不是技术性的说明，而是传记史料。后面又附散文六篇，是作者编全集时漏收的旧作。看来主要是上海的陈子善君挖掘出来的，其中我欣赏的那篇《被窝》亦在内。这是一篇极短的散文，观察得那么细致，你我他在生活中都曾经历或感受过，却从来没有想到还可以写成文章，更没有看到别人写过这类题材。从被窝铺盖的方法和颜色的不同，讲到中外国民性的差异，那么灵透、自然，读后怎能不感到新鲜、愉悦？她的文字富于幻想："……听见隐隐的两声鸡叫，天快亮了，越急越睡不着。我最怕听鸡叫。'明日白露，光阴往来'，那是夜。在黎明的鸡啼里，却是有去无来，有去无来，凄凄地，急急地，淡了下去；没有影子——影子至少还有点颜色。鸡叫得渐渐多起来，东一处，西一处，却又好些，不那么虚无了。我想，如果把鸡鸣画出来，画面上应当有赭红的天，画幅很长很长，卷起来，一路打开，全是天，悠悠无尽。……"此书定价不低，一百二十四页要美金九元五角。这是我快要回国了，最后一次去逛这家书店时，才决心破费那张十元的美金。还是那位女店主，她在致谢和打包时又说："这本书好便宜啦，我没有给你加税呢！"

此话不假，因为我在别处的书店见过此书，有的卖十一元美金，有的卖十二元。我虽然来美国的时间不长，倒也长了一点见识，尽管商店里都是明码标价，你也得货比三家。薄薄一本小书，不也可以省两三元吗？

一九九五年五月

买廉价书

这次在洛杉矶，本想买一点港台五六十年代出版的文史书，结果连七十年代出版的书也不见，更别说台静农、黎烈文、冰莹、叶灵凤、曹聚仁、徐訏的个人专集，希望完全落空了。书店老板说，除了畅销书以外，平时进货每种不过十几册，我们怎么能积压资金，存放卖不出去的书呢？所以满架不是琼瑶，便是林清玄，连八十年代出版的书都不多。这也反映了海外华人的读书风气，至少是求新图快，不想沉醉于老作家门下。

新出版的书太贵,想买也舍不得,只好寻找廉价书。这里习惯有别,不称廉价书,叫清仓书、风渍书、折扣书。这种书往往放在不引人注意的角落里,数量不多,几十册而已。说是风渍书,其实书品都不错,既未受潮,亦未残损,不过是不易出手的积压书而已。这当中说不定倒有人弃我取的版本,一切全靠书缘了。

当然,也有某家书局的书大部分是打折扣的。如利文书局,凡是大陆出版的医学和自然科学书一律折价出售,港台出版的文史书却不打折扣。长青书局总店的风渍书只摆了一个小书架,一律两美元一册。三联书店的清仓书,无论大部头的学术书,还是有关美容的小册子,一律一美元一本。这对我辈来说,自然是个好消息。

我最先买的是一本折价书。那天去逛东方书店,见有两架五折的书。我买了一本一九八〇年十一月台湾九歌出版社出版的《大姐·小姐》,原价五元,五折后两元五角。这本书的封面不伦不类,俗劣不堪,一位洋女人正浓妆艳抹地在喝咖啡,书名亦带点商业气。为什么还要买它?这是公孙嬿的一本散文集,主要是他六十年代到七十年代的作品。公孙嬿即查显琳,一九四一年北京辅仁大学文苑社出版过他的诗集《上元灯》,蓝皮纸面精装,似乎没有平装本。当时他与后来也到了台湾的女作家张秀亚,都在辅大读书,并一起编《辅仁文苑》。一九四三年他逃出沦陷区,奔赴大后方,从军抗日。不想到了台湾以后，驻守金门炮兵阵地，当了指挥官。七十年代初，曾任台湾地区驻美首席武官。台湾文界称他为军中作家，大陆研究北平沦陷区文学史的人，也经常提到他的名字。本书共收散文三十五篇，其中《蜈蚣鸡》等即写守岛的生活。前些年，忘记在什么书里看到他写的一篇离别华盛顿的散文，很是伤感。那是美国与我国建交后，台湾地区驻美人员降旗撤退。作者写出了一行人等的矛盾、失落和无可奈何的心情。此类题材的散文并不多见，所以给我留下的印象很深。

我在三联书店挑选了几本清仓书。

一本是余光中的文艺评论集《掌上雨》，一九八三年五月台湾时报文化出版公司出版。其中论战的文字围绕着三个主题：文白之争、现代画和现代诗。这些问题如今在台湾也不一定都事过境迁了，对于我们也许正在经历中。我是抱着开卷有益的精神携它归来的。

第二本是马幼垣著《中国小说史集稿》，是时报文化公司一九八〇年六月出版的。我对书中的《大连旧藏本小说的下落》、《金赛研究所内的小说禁书》、《评李辉英的〈中国小说史〉》《戴望舒的小说研究和〈俗文学〉副刊》《台湾的外销书与内销书》等篇目非常感兴趣。此书大开本，厚达三百多页，何以作清仓书处理，不解。

第三本书也是时报版的大开本书，一九八四年六月出版的《熊十力与刘静窗论学书简》。刘氏于六十年代初在上海逝世，生前曾与熊十力先生讨论学术，存有往返信件数十通。时当熊先生正在写作《原儒》《体用论》前后。"文革"当中，这束颇具文献价值的信件藏在阁楼的一个旧帽盒子里，有幸保存了下来。一九七八年，刘氏后人刘述先（著有《朱子哲学思想的发展与完成》）自海外来沪探亲，先由其弟初步整理，继由他携之海外，并撰有长文《先父刘静窗先生与熊十力先生晚岁通信论学与交游的经过》，连同原函一起公之于世。

熊与刘通信论学八年，谈得投机时熊先生想终老刘家，谈得不投机时则怒言斥责，甚至要绝交，如信中说："吾写此信，望勿答，答亦不收，亦请勿再来。"其实都是为了评价孟子而意见不合，事后便一笑置之了。熊先生易喜易怒，真性情中人。刘逝世后，熊先生亲临刘家致哀，全家人都深为感动。此书是从未发表过的文字，又附相片及手迹数十幅也很珍贵，何以清仓处理，仍不解。

第四本书是香港中文大学卢玮銮女士编选的散文合集《香港的忧郁》，一九八三年十二月香港华风书局出版。一见此书，喜出望外，因为这书的副题是"一九二五年至一九四一年间文人笔下的香港"。作者有鲁迅、巴金、闻一多、田汉、郭沫若、徐迟、许地山、穆时英、杨朔、萧乾、袁水拍、柳存仁等，并以楼适夷的一篇散文作为书名。卢女士一名小思，也是散文家。作为香港新文学史料的研究者，她不愧是权威，由她来编选这书是再合适不过的了。全书四十八篇，绝大部分是散文，也有几首诗。她说:"除极少数几篇,其余多是不常见或不易见的,因为它们多刊在当年报纸或杂志中。"其中的甘苦,我深有体会,因为八十年代我曾为三联书店编过一部《北京乎》,是一九一九年至一九四九年作家写北京的散文选集。翻检资料,吃尽了苦头。我想,我们要做的正是这类无先例可循的工作,如果都是书中现成的东西,何必多此一举。从某种意义上讲,编书是痴人干的事业,又不是随便抓个人就能干得出来的。为此,我对小思女士的劳动极表尊重。她的设计完全为了方便他人,并为后人着想,为名为利的聪明人是不屑一顾的。

我抱了这四本书去交款。收款台的小姐说:"这些书太便宜了,要加税的。"我说:"可以。"税款很低,我一共给了她一张五元的钞票,她还找回我几角硬币。道谢之后,她又欢迎我下次再来挑书。我问她:"下次还有新的清仓书吗?"

她摇摇头说:"没有啦!哪能有那么多清仓书!"

一九九五年五月

在兰登书屋分店

姜德明

据说美国全国的旧书店有两千余家。一到洛杉矶,我便向当地人打听:此地有没有华文旧书店?回答是绝无一家。外文旧书店最闻名的则在好莱坞的日落大街,本想去感受一下那诱人的氛围,终因自己不懂外文而却步了。

其实在美国若想寻觅旧书还有几处可去,这也是我的目见所及。

一是跳蚤市场上的私人书摊。这里大部分是家藏的个人用书,数量不一定很多,往往有些不常见的好书,甚至是古本。当然,也有以专售旧书为业的。

二是周末的车棚小卖。因为是摆在自家门前的杂物小摊,也许只有零星的几册杂书。这次,我在洛城一家墨西哥人的车棚小摊上,曾经看到上下两册带有铜版线描插图的《一千零一夜》,是本世纪初的版本。这对爱书人来说,当然是个难得的机遇。我不藏外文书，也不想把天下的珍本尽归我有，所以连价钱也没有打听。

三是旧货店。美国的旧货店以家具为主，但五花八门，无奇不有，实在有点古董店的意味了。店家未必对旧书感兴趣，大概卖主坚持连家具等一次出清，买来即堆在了一边，定价低廉。有的甚至把旧书与笨重的大件器物放在地下室，任你下去翻弄，也无人看管。我想若是中文书该多好，坐在书堆中慢慢地翻拣，总会淘出几本稀见的版本吧。

四是大学校园里的书店。这里除了卖新版的教科书和参考书以外，也卖旧书。我在纽约州立大学分校的书店内，看到有几名大学生正在那里排队卖书。旧书部的书架上主要是课本，也有文学艺术书，如电影明星凯瑟琳·赫本的非洲游记等。书品不错，定价比原价低了近一半。当然，这里没有古本珍籍。

五是家庭拍卖和珍品市场的拍卖。所谓家庭拍卖，不过是宅内杂物一律标价出售。你进了宅门，凡是能够搬动和使用的大小物件，都标有价码，书房里的书也可以任意挑选。我在布法罗市进过一家住宅，不见主人，只见社区人员代办一切，看了心里不是个滋味，让人联想到这户主是不是破产了，或发生了什么意外。珍品市场的拍卖，当是古本珍品，也许只有一本两本，一般爱书人是买不起的。我没有亲临过现场。

没有寻访外文旧书，这次我却买过一套外文新书，进过一次兰登书屋的连锁店。两次都与我的小孙女有关系。我的孙女正读小学六年级。人们常说，美国学校不像中国，老师留给学生的作业并不多，可是我所见到的是，每天下午三点放学以后，小孙女随便从冰箱里取出点冷饮填填肚子，立刻伏在桌前写作业，常常是临吃晚饭时才罢手。我怀疑老师有责任，儿媳不怪老师，却怪女儿太慢。我总想帮助孙女，又插不上手。有两次她做功课时要查什么词典，还得临时到邻居家去借。为什么不自备一套呢？儿媳说那是大英百科全书的少年版，早就想买了，但一直没有抽出时间来，而且她办卡的那家批发店，也没有这套书。我帮助小孙女的机会来了，当即决定我来送她这份礼物。经向邻居打听，并向邻居借来了另一家批发店的卡。按说这卡是不能借的，因为每年办证时要交钱，持证可享受优惠。顺便说一句，美国这种批发商店的物品应有尽有，较大的还卖各式汽车。衣食住行用品无所不有，书籍和文具更不在话下了。

星期六，我们全家开车去买书。二十大本，装在一个纸箱里。正好有位店员经过这里，我们请他帮忙挑选，他很客气地说，你们来得正好，现在只有最后的两套了，还是买没有开过箱的那套吧，印刷质量没有问题的。他搬着箱子告诉我们，这种版本其实成年人用也足够了。

书籍摊上的录像带也不少，我看到美国童星秀兰·邓波儿的全套故事片，足有十几盒。问孙女要不要挑选一盒？她不要，因为三十年代的童星她不感兴趣，而她喜欢的当代演员我又十分陌生。结果她花十美元买了一盒《狮子王》的卡通片，听说是奥斯卡的得奖片。那套彩色插图的少年版大英百科全书花了二百来美元，比一般书店要节省二三十元。孙女很有礼貌："谢谢爷爷！"老伴摸着她的头说："不谢，不谢。"孙女转身又说："谢谢奶奶！"于是二老便像中了奖券头彩似的那么开心。

圣诞节前，孙女接到东部阿姨寄来的圣诞礼物，有寄她二十美元让她自己买书的，还有一位住在华盛顿的阿姨寄来兰登书屋的一张购书券，面值三十美元。阿姨们附言，她们近来太忙，实在无法脱身去书店，希望孙女自己去书店挑选。闻名世界的兰登书屋创办于本世纪二十年代，总店设在纽约，全美都有连锁店。距离我儿子家最近的亚凯迪亚市兰登书屋分店正好是专卖儿童读物的。

在一个僻静的小广场前，孙女领我进了这家占地不大的书店。像其他的店铺一样，门面虽小，房内进深却很深。进门的第一个感觉是地毯厚厚的，非常松软，让我不由得放缓了脚步。第二个感觉是尽管这里已经有五六位顾客，有位年轻的母亲还是带了婴儿来的，可是店内分外安静。那位母亲就坐在地毯上挑书。书店只有一位女店员，高高的身材，长长的头发，堪称美女。她埋首自己的工作，见我们进来莞尔一笑，再也没有看我们一眼，更不要说侧视或偷窥了。孙女直奔一个角落，那里都是纸面简装的长三十二开的小书，印制得倒也光彩夺目。她挑书,我看热闹,全听孙女的。她跟我交代,她存了一套丛书的零本,现在再来补购几册。选中的书就随手放在地上。我替她拿起来,她轻声说:"爷爷,何必捧着,你看,别人挑的书不都放在地上吗?"我一看,可也是,那松软的地毯一尘不染,放在地上又有何妨。选好五六本书,到柜台去付款。小孙女心算了一下对我说,还要找回两块多美金。那位漂亮的女店员果然找回她两块多美金,笑着冲我孙女说了一声谢谢。回家后我才明白,小孙女买的全是幽默读物。她父母跟我说,看了无害,但也没有太大的意思。小孙女是在美国长大的,生活习惯近于美国化了,性格开朗活泼,读新买来的书,常常情不自禁地一个人哈哈大笑,逗得一旁的我和老伴也跟着莫名其妙地乐不可支。

美国电视里有很多这类幽默节目,确实意思不大,无非奶油蛋糕拍到对方脸上的俗套。这使得本来就爱笑的美国人变得更加快活了。

我希望孙女读马克·吐温和杰克·伦敦的作品,她说读过了。她怕我不相信,还从书架上抽下了几本他们的书,其中就有《雪虎》和《乞丐皇帝》。我很高兴,劝她还是读世界名著好,不要光看流行的幽默故事。她满口的"OK"。过了几天,她从学校图书馆借来一部简装本的《安娜·卡列尼娜》,厚厚的一本,被她妈发现了。儿媳说:"你还太小,看不懂,明天还回去。"孙女回答:"爷爷说要多看世界名著,我们老师也不干涉。"儿媳说："老师应该管。这不是坏书，过几年你再看，好吗？"小孙女把书放回书包，又是连声的"OK"！

据美国传播媒体介绍，美国人越来越不爱读书了，去年全国出版的纸皮简装书比一九九二年减少了百分之十七。从统计数字上看，美国家庭的购书率亦下降了不少。因此教育界人士和家长们都怪罪电视节目夺走了人们读书的时间，连美国总统也出面呼吁制作影视节目的人要多为孩子们着想。可是，掌握制作大权的老板们不同意这种看法，公开与总统辩论。

对于一个临时做客的异域人来说，当然用不着多操心。不过不必辩论的是，那家我陪小孙女在圣诞节前去过的兰登书屋，新年伊始便关门大吉了。有人说美国的出版界正缓慢地复苏，也有人认为仍在继续滑坡。这倒让我联想到我们国内的情况，有消息说，我国文化生态失衡的现象严重，去年全国有六百多家书店一下子就"失踪"了，各大图书馆的藏书正以百万册的速度在递减，全国人均购书费仅几分钱。我不知道这是不是一种世界病，但愿不是！

更让我挂心的是，如果今年的圣诞节小孙女又收到阿姨们寄来的购书券，她该到什么地方去挑书呢？

一九九五年五月

内山书店小坐记

姜德明

内山嘉吉先生的面貌容易辨认，因为我们看惯了当年他同鲁迅先生等人并肩而立的那张照片。那是一九三一年八月他在上海同参加木刻讲习会的青年木刻家们的合影。鲁迅先生一袭长衫，内山嘉吉先生一套浅色的西装，戴着一副眼镜。

在东京会馆举行欢迎会的那天夜里，从五百多位日本来宾中，我一眼便认出了内山嘉吉先生。他仍然那么瘦，文质彬彬地站在大厅的一个角落里。那神态几乎同当年与鲁迅先生合影时一样，一副黑边眼镜里闪露着沉静的目光，只是头发花白了，手里多了一根手杖。

我朝内山嘉吉先生走去。

内山嘉吉先生感到一点意外，他连忙向我介绍了身旁的内山松藻夫人，还有他们的儿子内山篱君。内山嘉吉先生说："我年纪大了，现在内山书店的业务就由年轻人内山篱来承担了。"

内山篱君马上掏出一张名片递给我,果然上面印着这样的职衔:"株式会社内山书店代表取缔役社长"。接着他说:"父亲年迈,现在只担任内山书店的董事长,由我担任社长。请多关照。欢迎您在东京期间到我们书店去坐一坐。"内山篱君亦戴着一副黑边眼镜,看上去精明能干。

东京的内山书店已经成立四十八年了,那是一九三五年内山嘉吉先生因参加学生运动被学校当局驱逐以后,经他的兄长内山完造的支持而创建的。现址在东京书业的集中区神田街一带。它一向经销中国现代出版物,在日本读者当中享有威望。第二次世界大战中,美国飞机不断轰炸东京,内山嘉吉先生把家属疏散到冈山的乡下,独自一人看守着店内的四壁图书。当时的大轰炸是很残酷的,在严格的灯火管制下,内山嘉吉先生独守书丛,震耳的爆炸声和熊熊的火焰包围了他,他是下了决心准备与书同归于尽的。我一见到内山嘉吉先生,很自然地便联想到这件往事。

我告诉内山篱君,如果时间允许,我一定要去拜访内山书店。

内山嘉吉先生没有忘记中国木刻,他跟我说,近几年来几乎每年都在日本举行中国木刻展览会,有很多青年木刻家的名字都很陌生,这说明中国的木刻运动还在继续发展着。他为此而感到高兴。我又请教他对于现代中国木刻的观感,他稍稍想了一下说:"我认为贵国的木刻家注意了黑白版画的创作是正确的,前些年似乎套色木刻占了上风。"

内山嘉吉先生说,今年他很可能还要重访中国,上一次在北京碰见了木刻家黄新波先生。他说黄新波是一位有自己风格的版画家,从三十年代就被日本艺术界注意了,不幸他前几年病逝了。我对内山先生说,当年黄新波在上海时,经常到内山书店去翻画册,可是穷得连一本也买不起。内山嘉吉先生连连点头。

翻译小姐问我,是不是由她引我再去同别的朋友谈谈,我只好向内山一家告辞了。热情的内山松藻夫人鞠躬时一再嘱咐:"请您一定来我们书店看看。"

过了几天,我去神田街逛旧书店,虽然所余的时间不多了,我还是绕到神田街后面的神保町,找到了慕名已久的内山书店。

内山书店的门面不大,但玻璃门也是自动开关的。那天有小雨,门外搁雨伞的木架子插满了雨伞,证明店内读者之多。进得店来恍如置身国内的书店,感到分外亲切,因为这里经营的全部是中国书籍。我浏览一遍,国内新出版的文艺书籍占了主要部分,其中鲁迅和关于鲁迅研究的作品不少,不仅有北京各大出版社出版的,连四川、湖南、陕西的出版物也有。期刊杂志也很丰富,不仅有政治、文学的,还有关于中医和语言文字学的。细心的读者还会在书架上发现香港出版的一些进步书刊，例如我就在一排关于鲁迅的著作中，看到了香港张向天先生写的关于鲁迅的诗歌、书信、日记的研究札记，还有黄蒙田先生写的那两本鲁迅与美术的研究著作。此外还有《书谱》等大型杂志的合订本。

头发花白的内山松藻夫人端坐在柜台里。当年她同鲁迅先生也有交往。自从三十年代她同内山嘉吉先生结为夫妻以后，她为内山书店的事业，为介绍中国现代文化奉献了自己的青春。当她突然发现我以后，一定邀我到楼上小坐。她说内山篱君正在店内，稍后就过来。

小楼上的书以日文书居多，有中国出版的日文书，也有日本出版的介绍中国的书。靠窗的地方对面两排沙发，中间一个茶几。内山松藻夫人端来两杯清茶，让人想起当年内山完造先生在上海内山书店特设的供读者小憩的茶座。

内山篱君上楼来了，他先致歉，说刚才正与一位朋友商量合作出版一本关于张学良和杨虎城两位将军的书。这也可能与中国电影《西安事变》的问世有关。

我问主人日本读者对中国的什么书最感兴趣，内山松藻夫人说，卖的最多的书恐怕还是学习中国话的入门书。这些年日本人学习中国话的热潮始终不衰。

内山篱君问我对神田街书店的印象如何，我说，如果时间允许，我愿跑遍每一家旧书店。当然，我还补充说，只有在贵店才感到一种纯洁的气氛，因为在这里找不到那些看了令人心烦的色情书刊。主人笑了。

内山松藻夫人还向我打听了一些旧人的情况，并问了上海的近况。我知道夫人在上海住过多年，她很想念那个城市。当我辞别主人，并请她代向内山嘉吉先生问候时，夫人捧出一条印有"内山书店"字样的毛巾，外面的纸袋上还印有装饰花纹和"粗品"二字。夫人说："请您一定收下这个小小的纪念品。真有点不好意思，正如中国说的，千里送鹅毛，代表我们的一点心意吧。"

我表示感谢，并认为这个纪念物很有意义，每当我见到它，一定会想起在东京内山书店的小坐。夫人和内山篱君送我下楼，又送到门口。天上还飘着细雨，我怕那小小的纪念品被雨打湿，连忙把它放在西装内衣的口袋里。

一九八三年十一月

哈佛访书记

杨扬

哈佛访学一年,有许多难忘的事,其中之一就是买书。国内去的访问学者大都很珍惜在哈佛大学的学习机会。像我们这些做人文学术研究的,第一念头便是了解美国人文学术界的最新动态。所以,一般的去处,是参加各种学术活动,听各种学术报告,与国外同行交流;或者跑图书馆,查阅最新出版的各种学术著作。

但慢慢地,我的想法有所变化。毕竟新书,或者有学术创见的新书不可能大批量地出现,而且,作为人文学术大国,美国学术很难用一种价值标准来勾勒它的走向。与其花很多时间听报告,还不如留一点时间,搜集一些国内不易见到的图书资料。除了图书馆,我对书店情有独钟。最初是在哈佛广场周围的几家书店逛逛,慢慢地扩展到波士顿市中心的几家旧书店,另外像中心广场、波特广场和戴维斯广场周围的旧书店,都时不时地去光顾。

这种逛书店的经历,我感觉是一种很好的学习。哈佛周围的书店,学术书很多,品种也很齐全。最大的书店是Coop Book Store,这里可以买到各种最新的英语学术著作和文艺类书籍。我通常是晚饭后去那里独自消磨时光。像文艺理论、文化研究、传记、畅销书等,几乎第一时间都能看到新书上架。另外一个看新书的去处,是Harvard Book Store。虽说书店规模没有Coop大,但专题性很强。印象最深的是城市研究和文化研究栏目,经常有新书上架。书店的地下室,销售折扣书,不少新书很便宜的价就能买到。像雷蒙德·威廉斯的《关键词》,我是用了八美元在这里买的,其他像《福柯读本》、波德里亚的几种著作,布尔迪厄的著作,也都是在这里买到的。新开张的Crow书店和Duck书店是很好的去处。Crow书店是一个折扣店,设在地下室,专卖学术书。美国城市文化研究专家大卫·哈维、曼·卡斯特和法国城市文化研究专家列斐伏尔的几种著作,都是在这里购得的。大概美国人买书一次不会很多,有一次我介绍燕京学社的十多位学者去买书,一次结账竟近千元,让老板高兴坏了,忙递给我一张购书优惠卡。后来我需要买什么书,他也乐意帮助进货。Duck书店与Crow书店的差异在于前者专卖旧书,正像店名所标示的,是Old and Rare Book Store。的确,这里有些旧书非常珍贵。譬如费孝通先生签名送给怀特海的英文书,这里就有,只是价钱在四百美元左右。有一次一位上海作家来访,我陪他光顾书店,这位作家很崇拜拉美作家博尔赫斯,书店老板竟然拿出了博尔赫斯的签名本,那是博尔赫斯自己印制的送朋友的书,而且因为他视力很差,几近失明,所以,书上签名的字很大。书店老板是一位对学术研究有兴趣的人。哈佛一些名教授过世,他会去府上收购旧书。我在书店见到不少罗尔斯的藏书,这些书价几十美元到几百美元不等,有不少地方罗尔斯都做了眉批。我翻过罗尔斯收藏的卡西尔的《启蒙哲学》,罗尔斯在书上做了很多批注。还有是耶鲁的新批评家保尔·德·曼的藏书,他的藏本中有哈罗德·布鲁姆的《影响的焦虑》,曼在书中也有大量大段的批注,有几处还用铅笔画上大大的叉,让人联想到曼在阅读时的情绪激动。从研究的角度看,这些藏本都是很值得关注的第一手研究资料。如果是专做这方面研究的学者,那是应该购买的。清华大学的万俊人教授是罗尔斯《正义论》的中文译者,当时也在哈佛,我曾经向他介绍过这批罗尔斯的藏书,建议他去看看。

波士顿城中的旧书店常常让我流连忘返。那里有两家。一家在老教堂的地下室,城市研究、亚洲研究和思想史研究方面的书很齐全,在那里见到福山的《历史的终结》、杨联升的英文著作。我曾以五美元的价钱购买了凯文·林奇的《城市意象》,以十五美元的价格购买了爱德华·纽顿的《聚书的乐趣》(全书共五卷,旧书店只有前三卷)。还有一家旧书店靠近波士顿绿地，规模更大，上下两层。亚洲研究方面的书很全，费孝通的英文著作、台湾影印的在华基督教会一九二三年年鉴、陈翰笙的中国农民研究英文初版，以及《金瓶梅》英译本等都有出售。中央广场也有几家书店很有特色。其中一家书店出售电影、音乐方面的书籍很多，还有精美的画册，价钱出人意料的便宜。像毕加索、莫奈等人的大幅画册，不到三十美元就可以购买。我买到最便宜的莫奈画册是十二美元。印象中最遗憾的是一部关于西方藏书票的论著兼画册，大开本，印制极其精美，要价四十三美元，几次经过都下不了决心购买，最后还是留在书店了。回国后很多次，在梦中都呈现出这本书，我想哪天再去波士顿，一定要把它买回来。中央广场有一家宗教书店，也有特色，搜罗了各色宗教方面的图书，还有一些是关于亚洲研究的旧书。在那里我用五美元买到了周策纵先生的英文本《五四运动》。在逛书店时，我留心国内影响较大的一些西方思想人物的书籍。譬如海耶克的书，几乎在所有新旧书店中都没有见到过。有些书，譬如像伊塞尔·伯林的书，折扣书店中数量不多，销售速度也并不理想，有不少书还是我陆陆续续买走或介绍国内访问学者买走的。但有一些书却是很旺销，如福柯的作品。我第一次到Harvard Book Store去时，还有一大摞，等几天后我陪朋友们去选购时已经销售一空了，而同一套读本丛书中的《E. P. 汤普森读本》《阿尔都塞读本》《萨特读本》《雷蒙特·威廉斯读本》等都还有。其他像英国哲学家波普尔的书，定价都很高，而且销路不错。几次都是觉得书价太高，犹豫两天，再去时就不见书的踪影了。像法国哲学家列斐伏尔的书也是如此。

在哈佛访书时，最让我想不明白的，是哈佛大学出版社门市部的购书经历。去哈佛前，朋友就告诉我应该到那里看看，有些新书又便宜又好。所以，到哈佛报到的第一天就去了。书店平时顾客不多，只有一位老人看着门。喇叭里播放着西方古典音乐，环境显得相当幽静。书店最中间有一排书架，放着哈佛大学出版社出版的各种书籍，书价一般都在十五美元以下。我选购了李欧梵的《上海摩登》、麦克尔·哈特的《帝国》、史华慈研究严复的专著。大概每本都在十美元左右。有意思的是，旁边的书架，就放着原价出售的书，《上海摩登》和《帝国》等，好像都要三十多美金，而同一书店内，同样的书，折价后只要原价的三分之一。我想原价的书在这里怎么卖得出去呢？我好奇地问门口的老人，他说他也不知道为什么这样。《上海摩登》的中英文内容差不多，但前言还是不同。英文前言省略了很多要感谢的中国学者的名字，想必李欧梵觉得写这么多中国人的名字，美国人也不知道，还不如不提罢了。哈佛大学出版社门市部对我们中国人文研究者来说，是应该去看看的，因为美国亚洲研究中心有一个出版机构，虽不是正式的出版社，但它挂靠哈佛，出版亚洲研究的系列丛书，这些学术书在美国研究界一向被认可。在哈佛出版社门市部能够见到这套丛书中的很多种，像研究钱锺书的专著，像梅仪慈研究丁玲的专著，还有一本专门研究晚清上海报纸的专著（作者好像是德国海德堡大学瓦格纳教授的学生）。这些书在美国的一般书店中很难见到，就是上亚马逊网上书店，也不一定找得到，但在这里却很全。只是书价并不便宜，一般都要四五十美元一本，近些年出版的可能要七十多美元。哈佛和波士顿周围有很多的书店，如果方便，跑跑看看这些书店，随便翻阅各种书籍，也是很长见识的。我曾经问过一位在波士顿长久居住的中国学者，这里附近到底有多少书店？他告诉我：不好说。因为经济不景气，很多小书店随时都会关掉。但冷不丁，哪天经过某个街区时，会见到新开张的书店。这种喜悦对于生活在漫长冬季中的波士顿爱书者来说，犹如见到了春天的信息，有一种融融的暖意。

二〇〇八年元月于沪上
（选自《文汇报》，二〇〇八年三月七日）

在剑桥书店里听讲座

刘兵

做访问学者来到英国,不论是因为个人兴趣,还是出于研究的需要,甚至只是作为一种生活习惯,书店,自然是经常要逛的地方。

即使是就整个英国来说,剑桥的书店也是很有名的。这里到底有多少家书店我说不出确切的数目,小书店不少,但比较有规模的大型书店至少有四五家吧。书店的规模不同,风格也不尽相同,其中有些是学术书与畅销书兼营,还有一些则专门以经营学术书为特色。比如说,在三一学院对面就有一家这样的书店,它的分类之细甚至与大学图书馆类似。这里甚至专门有科学史与科学哲学的分类,而且这一类书竟然占了满满六七个从天花板一直到地面的书柜。由于有一所英国最好的大学作为依托,又有着为数众多的销售对象——除了学生之外,教师和研究人员之类的人也不少,而且这所城市的一般文化水平也是不可忽视的，所以，尽管英国的书价贵得惊人，书店里也总还是有许多的顾客。

作为一座大学城，在剑桥，学校的日程很大程度上影响着城市的其他活动。书店自然也不例外。当学校放假时，学生大都回家，城里就会明显地冷清起来，书店虽然也还开门，但却没有什么活动。而一旦开了学，情况也就全然不同了。也许是为了促销，也许是为了宣传，或者干脆就是为了树立形象，在开学阶段，各个书店都会举办一些讲座。更有甚者，有时书店不仅举办一般性的讲座，还会举行"文化午餐"，即将著名的学者请来，与读者共进午餐，就餐期间，学者们将简要地介绍其新书，参加午餐的读者也可以与学者们边吃边谈。只是要想参加这样的午餐，读者必须提前预订，自掏腰包，价格当然远比一般的午餐贵得多。

到英国后不久，我的第一任房东就曾给过我一些书店讲座的广告，但当时因为有事，一直也没顾得上去。后来，非常偶然地，我竟在一家电影院售票处前的各色宣传品中，又见到了这种广告。这次的广告来自一家名叫波德斯的书店。和我前面提到的那家书店相比，这家书店虽然也有许多的学术著作，但要显得更普及一些。它的讲座计划，除去专门面向儿童的活动不谈，仅就一般性的讲座来说，一月份有三次，二月份竟有五次，这样平均下来，大约是每周一次吧。具体说到讲座的内容，有些是就某个专题进行讨论的，比如说探险；也有的是由作者介绍自己的新作。二月底的一次，居然是一位作者介绍他刚出版的一本天文学史的著作。科学史都能进入书店的讲座，这在国内倒不多见，那就去听听吧。

讲座的地点就设在这家书店最顶层卖书的地方，格局与北京三联书店或风入松书店办讲座的地方差不多。形式很简朴，座位也不多，到讲座开始时，二十来个座位差不多都坐满了，也有不多的人站在后面听，不过听众确实非常安静，听得非常投入。

讲座在晚上七点准时开始。一位书店的普通工作人员简单地介绍了几句之后，当晚的主角便出场了。主讲者是牛津大学的一位科学史学家，他的一部新作《天空中的上帝：从古代到文艺复兴时期的天文学、宗教与文化》刚刚出版。想来大概是书店专门将他从牛津请到剑桥来办讲座吧。

这位科学史学家口才确实不错，很有些口若悬河的感觉。在一个小时左右的时间里，他竟然将古代到文艺复兴时期的科学发展史大致梳理了一遍，其中还加入了许多文化和宗教的内容，却几乎没提他的书，倒是像一个很正规的高级科普讲座。当然，演讲者也用幻灯展示了不少有趣的图片，其中，也没忘了展示他那本新作的封面。就在听众提问即将开始的时候，周围忽然响起了刺耳的警铃声，书店工作人员马上过来讲是火警报警，人们只好一一散去。这已经是我在英国第二次遇到这种情况了，另一次是在大英博物馆，当时也是所有的观众连同卖书卖食品的工作人员都被疏散了出来。不过，这一次看来是误报，就在听众快要走完时，警报停止了。于是，人们又走了回来，人数几乎未减。在提问时，有些看来很沉迷于非主流科学或伪科学的听众提起问题没完，比如说地外文明的问题——这多少会让人联想到国内的某些场合。不过，演讲者却是极有礼貌，极有耐心，对这些问题都一一仔细作答，提问与回答所用去的时间大约也有一个小时左右。

最后，像国内惯常一样，是签名售书，我留意数了一下，听讲座的人当中，大约有一多半人都请作者签了名，那本书的定价是：十八英镑九十九便士！我翻了一下那本书，大概是属于高级科普，或者严格些讲，高级科学史和文化史普及的类型。

想一想，与国内比一比，有许多相似之处，也略有不同。尤其是那种平和的气氛，以及听众的认真，这种气氛，与国内的一些书店在举办讲座时购书者在周围乱哄哄干扰的环境甚至听讲者自身的不经意很不一样。当然，这些听众中绝大多数看来也都不是临时撞上就随便听听，而显然是专程有备而来的。计划做事，这显然也是英国人的习惯之一。

(选自《剑桥流水——英伦学术游记》，刘兵著，
河北大学出版社二〇〇三年一月版)

巴黎购书

宋开智

虽然天下着雨，好客的巴黎朋友仍然热情地邀我们去参观著名的巴黎圣母院。恰逢星期六，是做礼拜的日子，宽大的教堂里，上千个座位上布满了虔诚的信徒，正在专心致志地听经。我听不懂这一套，匆匆浏览了一圈圣母院的建筑风格，便离开了这块举世闻名的"圣地"。

我们的交通车还未到，趁还有一点空隙，我信步溜达进了圣母院右侧路边的一家小店。这是一爿名副其实的小店，面积至多有二十平方米，一眼看个遍；商品也不大，尽是些旅游小纪念品之类的东西。但布置得很紧凑，很有条理。我漫不经心地扫瞄，希望能捕捉到喜欢的东西。当我的眼光扫视到柜台上时，突然发现了几本介绍巴黎风光的画册。我这个人不喜烟酒，只爱买书看书，一看到书，就像被磁铁吸引着一样，竟情不自禁地走上前去，快速地翻拣起来。画册上的风光照片景致清晰，色彩鲜亮，印刷装帧都很精美，只不过都是英文、日文、朝鲜文版的。心想，要是有中文版的多好。我充满信心继续搜寻。真叫心想事成，搜索了一会儿，竟然挑出了一本中文版的，那红色的封面上，赫然印着《巴黎全貌》四个大字。巴黎的标志性建筑埃菲尔铁塔雄姿勃勃地占据了整个画面，高入云天，煞是令人喜爱。一看定价，五十五法郎，价钱不低，换算成人民币大约值九十多元，但我还是毫不犹豫地买下了这本令人喜欢的画册。

店家一位六十开外的老人负责收银。找零后，我顿生一念，何不趁此机会换几枚硬币留作纪念呢！于是我拿出一个法郎的硬币递给老人，做了个希望兑换成小额硬币的手势。天知道我当时是怎么比画的，但老人竟心领神会了，立即收下了这一个法郎，换成了两枚二分之一法郎给我。我顺势又退给他一个二分之一法郎，既未打手势，也未作解释（我不会法语，根本不可能作解释），老人又顺顺当当地挑了五枚十生丁的硬币给我。硬币刚到手，我贪得无厌地又递给他一枚十生丁的硬币，这已是第三个回合了，老人善意地朝我笑了笑，在钱柜里拣出两枚五生丁小硬币交给我。我看得出来，老人在笑我："你这位先生真能逗，如果还有更小单位的硬币，可能要一直换到底的吧。"

我提着书袋，手攥一把硬币，也高兴地笑了，对着老人诚恳地说了声"OK，谢谢"，心满意足地与老人拜拜了。

出了小店,发觉雨小多了,一丝丝细雨飘洒在脸上,给人一种惬意之感。其实,更令我惬意的还是那位和蔼可亲的老人形象一直在我脑海里盘旋:多么善解人意的老人啊!对一位素不相识且不懂法语的陌生人,卖了书,又不厌其烦地兑换硬币,给了我双份的满足,所有这些又都是在默默无声中,仅仅靠眼神、靠微笑完成的。这是心灵的沟通,情感的沟通,令人回味无穷。

因为急着赶车竟然忘了看看那小店的店名,满意中又留下了一丝遗憾……

德国大学的旧书摊

洪 捷

作为读书人,对书自然有一种莫名的感情。在德国时,我特别喜欢在大学里的旧书摊前驻足盘桓,乐不思返。德国当然有不少书店,但新书价格不菲,作为学生不敢过多光顾。但大学中的旧书摊则不同,一来近在眼前,二来价格便宜,所以逛书摊,就成了我的常规性活动。

在德国,不管是老大学,还是新大学,旧书摊都是校园中的一道特殊风景线。熟悉柏林自由大学的人,都不会忘记大学核心建筑"银楼"(Silberlaube)旁的书摊,长长的一排,沿楼错落排开;去过哥廷根大学的人,想必不会忘记"哥廷根七君子广场"后面的书摊;去过卡塞尔大学的人,在去大学食堂的路上,不会不留心身边的书摊。而对我印象最深的,当数柏林洪堡大学的旧书摊。走进洪堡大学的大门,左右两边的书摊扑面而来,颇为壮观。而且常常书摊太多,主楼前已无法容纳,延伸至大门外两旁的路上。按理说，洪堡大学位于气势宏大的"菩提树下大街"旁，大学的主楼更是雄伟气派，不该让旧书摊在这大学最严肃的地段中插足其中。旧书摊既无统一的外观，也无划一的标识，显得随意甚至凌乱，与严肃的主楼和庄严的大街形成鲜明的对比。我想，北大和清华的校长们肯定不会允许旧书摊在两校的主楼前登台亮相。但在这里，旧书摊与大学和谐相处，营造出一种随意轻松的气氛。上课之余，或饭后会前，学生老师们会到书摊逛一会儿，翻翻书，看看画册，就是不买书，也很惬意。

所谓书摊，不是一家书摊，而是不同的书摊聚集在一起，形成规模可观的书摊。各位书摊主每天上午开车过来，打开一个个支架，或搭上平板摆上书籍，或放上小书箱，箱中书脊朝上放满书籍。各个书摊主似乎各有侧重，或是专卖文学作品，或是专卖社科书籍，或是专卖艺术书籍，分工明确，不相互抢市场。平时摊主们既不吆喝，也不拉客，安静地守在一旁，任你随意翻看。常常想买书时，不得不四处张望，寻找摊主。

旧书的价钱一般用铅笔写在书的首页或末页顶端，而且都是一口价，不许讨价还价。书价一般低廉，一不小心，就可以花几块钱买到一本你心仪已久的好书。我书柜中狄尔泰、阿多诺、达伦多夫、哈贝玛斯等名家的书，不少都是从这里淘来的。有的书摊通常会卖一些半价的新书，这些书通常有点技术性瑕疵（Mängelexemplar），但绝不影响阅读。许多很有价值的新书，我都是在此花一半钱买来。也有的书，就是新书打折出售，很让人开心。比如我的德文版《柏拉图全集》《尼采文集》或康德的三大批判等，都来自这些书摊。有一次，我与一位书摊主攀谈了几句，他说他旧书很多，每次无法全部带来，邀我去他家里看看他的存货。出于好奇，我专门去了他家里。他所谓的家，其实就是一个仓库，堆了许多书和其他旧货。居住环境虽然不佳，但这位书摊主却很满意自己的生活，还喜欢阅读，对诸如斯大林、希特勒这类题目，都能侃侃而谈。我这一趟没有白来，除了了解了一位书摊主的生活，还很便宜地得到了一套不全的《马克思恩格斯全集》。

德国的图书业很发达，书店众多，大学周围都会有不少书店，你尽可以随意去翻阅挑选，而且都电脑联网，订书也十分方便。但我对德国大学中的旧书摊却情有独钟，不仅因为书便宜，而且书摊就在你的身边，无论是去大学食堂吃饭，还是去上课办事，每天总会走过。在大学中，书摊就好像一位知心好友，可以不拘礼节，随时见面，随意交流。

旧书摊虽然简朴，有点散乱，也不算雅观，或许与大学轩昂的殿堂有些格格不入。但它们却给大学带来了无限的文化意蕴，在大学楼宇之间，错落、随意、朝聚暮散的旧书摊，犹如一缕沁心的书香，一丝悠闲的韵味，一道淡雅的风景，浸润着校园、滋养着学子、装点着大学。可以说,有了这些书摊,大学才更像大学,大学才更多了一些大学的味道。

于二〇〇七年五月五日

悠长的书香

韩水法

灿烂的阳光从树叶间洒下来,树下的长条凳,凳上的咖啡杯,杯周围和上空的袅袅的轻烟,手臂的舞动,脸上闪闪的茸毛,甩出来的一串串有如金属声般的德语,错落而成一幅动的光阴。

旧书摊似乎在光阴的边缘。在这样一个初夏的中午,那一本本一摞摞的旧书随意地摊放在桌子或活动条案上。这是在图宾根威廉(Wilhelm)大街大学食堂前的小广场。淘书的人散落在长长的摊前,看的人多,买的人少。摊主就是常来摆摊的那个中年人,或许是年轻人也未可知。

关于德国的书与贩书,我有许多的印象,这是其中很鲜明的一幅。

在这样一个时刻,学生以及在大学城里生活的各色人等,更在意的其实是享受那惬意的一刻,而不是那些旧书。书摊是中午时光的一个因素，仿佛是来消闲的，无需着意，然而，缺之便使得这个时光不完整。食堂对面就是大学的图书馆，你有足够的力气，就可以搬几十本书回去读。那么人们为何要与书贩砍半天价钱购一本旧书呢？为了拥有几缕属于自己的书香。

这个书摊偏多文学、历史著作，一些专以大学生为对象的袖珍丛书，或曰口袋丛书，还有一些画册。据说，有几本书很有版本上的价值，书贩也不时向偶尔一遇的行家介绍他的珍藏。可惜我不懂，只是随兴地翻翻。有时碰到有大量插图的历史书，真是生面别开，但价格昂贵，虽然喜欢，但也只是止于此。真能掏出钱来买的，还只是研究领域中的文献，并且是要带到北京去用的。

时有人说，在书摊上经常可以淘到书店里遍寻不着的书，但对我这样只买大路货的人来说，书店与旧书店还是更好的去处。冬天的时候，书摊搬到了食堂里面，书摊前面活动的人头和手也多了起来。一天，我在书摊上发现一套Meiner版的柏拉图全集，价钱看起来合适，虽然有点显旧，书相还是不错，书页之间也没有什么划痕，就买了下来。过后不久告诉了一位朋友，但他却说，在威廉大街南头的威利书店里，一套新的也只是稍贵了十几个马克而已。这自然有点扫兴，于是，我便觉得，哲学书大概是不宜到书摊去淘的。

威廉大街上有许多书店，最大的一家叫作奥西安德书店（Die Osiandersche Buchhandlung），一五九六年就开张了——

三百多年的老店，但只售新书。巴符州一带的许多城市里有它的店面，最新出版的德文书都可以在这里找到，种类也非常地全，价格自然是不菲的。它自称可以提供的书籍达一百五十万种之多，很让人感叹。店铺上下三层，实际上却并不大，但布置得高低冥迷，峰回路转，使人油然生发书外有书、学海无涯的情怀，而一时迷离起来。

不过，其实这还不是淘学术书的好去处。因为新，所以在架子上放着的多是研究性的著作，成套的原著却是很少，因为它们不可能每年都出新版，也不会每年都印一次。当然可以预订，但没有随手可取来得尽兴。二〇〇一年临回国前我在这里买过一套迈纳尔（Meiner）出版社一九九九年版的哲学百科辞典，好像花去不少马克，现在却记不得是多少银钱了。

图宾根淘学术著作的最好去处有两个：一处就是前面提到的威利书店，它与奥西安德相近，全称是 H. P. 威利旧书店、书店和出版社（H. P. Willi Antiquariat, Buchhandlung, Verlag）。虽说是旧书店，大概也真有旧书，但我目之所及多是陈书，而非人用过的旧书。我兴趣范围以内的书很多，尤其是各种哲学全集很全，整套整套地搁在架子上，很是壮观。橱窗里、堂前的地上堆放着店主时时隆重推出的作品，比如尼采全集，胡塞尔文集，有一次是黑塞（Hesse）全集——这位老兄是在本城做书店小二出身的，倒一直没有弄清楚他是在哪一家佣工的。店的后堂，在桌子上、书架上多是文学著作和口袋系列。我记得，我那套黄色封面的歌德全集和黑色封面的卡夫卡全集就是从这里买来的，那套绿色封面的荷尔德林全集也是从这里搬回来的。前厅则多学术著作。科学院康德全集前十一卷就搁在大门正对的书架的最高一层上面。有两种：一种就是褐色硬面的原版，价值上千马克；另一种就是一九六八年影印的蓝色软面版，开价几百马克。多次出入这个书店，在梯子上几次爬上爬下之后，才买下了那套蓝面康德著作。因为第一次到德国时，囊中羞涩，只能来翻翻过干瘾。再次到德国时身份既变，窘境不再，抱得康德文集归，否则回去不好向自己交代。它是最全的康德著作集，也是编得最好的康德文集。它的页码是国际康德学界的通用页码，不过，字体却是花体的，读起来颇有点麻烦。这应该是我在德国买的最贵的一套书。

来多了，跟店主也就有一点熟识了，有时也就跟他还点价钱。这个不算小的店面也就他一个人看管，很多德国的旧书店都是这样经营的。店里是相当整洁的，书无论新旧一尘不染，也摆放得很齐整。

在这个店里还淘到了两种很值得一提的书。其一就是韦伯的《经济与社会》。这本书曾经受到许多人的批评，因为它是韦伯死后由人编辑而成的。批评者认为它把韦伯一些不同时期的手稿、著作编在一起，甚至抽编在一起，不符合韦伯原来的思路。据说，一九八五年最后一版之后就再也没有印过。韦伯研究版文集编辑启动之后，此书大概再也没有重印的可能了。

我所买的这本是一九八〇年印的。新编的研究版文集太贵,国内只有两三个图书馆在收藏。所以我还是选择了同样是Mohr出版社出版的单行本,如《科学论文集》《政治论文集》。前一本也是在这个书店以低价淘得的。

其二就是施密特的著作。这位在国内很为人追捧了一阵子的法学家,其书在德国卖得并不是太好,因为他的著作并没有口袋版或学生版,只有那种很板正的十六开本,所以卖得奇贵。在德国,一本著作是否受欢迎,很可以从价格上看出来。迈纳尔版的康德三大批判合在一起才卖五十多马克,而施密特的一本九十一页薄薄的《合法性与正当性》(*Legalität und Legitimität*)就要价三十二马克。当时在图宾根好像也就这一家才有施密特的书,并且架上就只有一套,我就把它们一并买下。于是,我的施密特原著藏书就领先于国内的各大图书馆了。

图宾根另一家比较对我胃口的书店是"嘉斯特"(Buchhandlung Gastl),它位于图宾根老城地势较高的地方。入口是一扇单开门,推门而入,堂面显得逼仄,但有通向不同房间的门,别有洞天的样子。它大概也真卖一些旧书,好像有许多画册,但我记得清楚的是楼上那些厚重的学术著作,以及那个专卖英文学术新书的小房间,还有几乎仅容一人过身的通道。《政治论文集》是在这里买下的。韦伯研究版文集的《儒家和道家》《印度教和佛教》也是在这里发现和买下的,每本三十九马克,相对来说很便宜,因为重新编辑过的有关经济与社会的文字，分成了好几册，每册都在一百马克左右，终于不舍得出手，只好请学校图书馆订购了。楼梯靠里一侧也搁着一排排的书，大都是苏尔康（Surkamp）出版社的学生版口袋书。我的几本哈贝马斯的书就是从楼梯间抽出来买下的，比如《交往行动理论》。

在德国教书那一年，搜集了许多韦伯的原著，原本是为做进一步研究而用的。这些书放在自己的书架上已经多年，虽然时常翻阅，但研究的重心却一直未能回到这上面来，因此这些令人喜欢的书就在夜灯里常常提醒我生涯意义的历史性。

虽然向不重版本，但偶尔碰到却不会放过。记得在日本大阪的那半年，到神户去逛，在中央区三官町看到一家专卖"和汉洋"古典籍的后藤书店，门口两边的架子上纸箱里放着许多西文著作，中间竟然有一本一九二八年第一版的胡塞尔的《内在时间意识现象学讲座》，这是由海德格尔编辑整理的，旁边还有一本胡塞尔的《纯粹现象学和现象学哲学的观念》。原来价定得很高，估计很长时间卖不出去，于是店主就来了一个优惠：买一本，原价；买两本，第二本就优惠至一千日元。不会日语，但凭汉语与店主还了一番价钱，最后用二千日元把它们买下，小有自得。这是出于纯粹的兴趣，因为我已经在那家威利书店买了一套胡塞尔文集，其中就有《纯粹现象学和现象学哲学的观念》，而那册《内在时间意识现象学》到现在为止一直就任凭它以本身的方式存在着。这家店主是有心人，在每本旧书里都夹一张有店名地址电话的书签，但正面却是乡先贤陆游《晚兴》里的一句"千卷蠹书忘岁月"，见此不免心中微微一动。

为此，后来又去过这家书店几次，在这里又淘到了一本修订版的《正义论》，也才一千日元。店里最多的是线装的汉语古籍，很想买几册把玩，后来一位行家告诉我，这是日本汉籍，并不珍贵。于是，就想起当地中华街上的中餐，滋味原不地道，在日本人看来却是中土的风味了。这样又联想到，在海外要解国餐之馋，只有自己做一路，中餐馆大概是去不得的——只有多伦多例外。在大阪还淘到过蒙田散文的英文版。那天是送妻女回国，回程在一个名叫天下茶屋的站换乘，趁便就跑到站内的天牛堺书店随意浏览，从众多无聊的小说中见到三卷本蒙田散文的前两卷，精致的装帧让人眼睛一亮，很便宜的价钱，便买下，在电车里就读了起来。

在德国还有一处地方是可以淘旧书的，那就是跳蚤市场。不过，学术一类的书是难觅一册的。常见的是儿童书籍、小说、教科书。不仅便宜，还可以还价。有时也会遇到极古旧样子的书，但不谙版本，所以只翻而不买。通常把书带到跳蚤市场来卖的人，其兴趣所在，大概就在这个市场本身，而不在于钱。所以你翻书，一样样地翻看各色古董旧货，摊主是不会介意的。据说，有一个人在德国的跳蚤市场里用五马克买到过一幅徐悲鸿的画，此事的真假无从考证，但在德国枯燥的生活里，是常为喜逛跳蚤市场的人所乐道的。其实，在那种地方最有意思的事情，是淘几件半旧不古的德国小玩意儿，放在书边上，添几许异域的情趣。

行走在图宾根这个几乎唯一没有被战火摧毁的德国古城中，进出那些藏身于古宅中的旧书店，想起这个民族的思想对国人的复杂影响，那教堂的钟声就显得格外地烦人。

记得那次在洪堡大学的广场上看到一九三三年纳粹焚书处的标记，上面特意提到秦始皇烧书一事。仿佛世界上烧书的事情，都是秦始皇教的。那烧亚历山大图书馆的罗马人以及后来的纵火者，难道是读了《始皇本纪》一类的书而后才点火的？纳粹烧得最多的是非德意志的思想，所以马克思一派的社会主义的书籍都在焚烧之列。对自己的传统，对人类极致的精神产物的这种刻骨仇恨，回想起来依然令人胆寒不已。焚书者所焚的书或许内容不同，但他们的心态在根本上却是一致的。

淘书之志总在于阅读，而读书之志便在于兴怀。人可以仰观宇宙之大，俯察品类之盛，而畅叙幽情，或放浪形骸。不过，王羲之说，人生修短随化，终期于尽，所以他要把文章集而为书，让陈迹得以流布。原来先人早已明白，有了文字之后，书使光阴成为人人可以一见的流派，而现文明的来龙去脉。倘若书是烧不尽的，那么读书人就可以在千百年前的暮春里一觞一咏，而在千百年后的初夏里复为之一嗟一叹。

二〇〇七年六月十日写于北京魏公村听风阁

图宾根书店琐忆

先刚

图宾根大学已有五百三十年的历史，得益于其精神气脉，这个小城的出版业和书坊业也颇有渊源。歌德、席勒和很多浪漫派诗人的诗集都是由图宾根的柯塔（Cotta）出版社出的。这些诗人们三番五次地光临这个内卡河畔的偏僻小城，虽说一方面是为排印、稿酬之类事情操劳，但另一方面，老柯塔的邀请也多少让他们感到一点点荣幸。哲学的时代兴起之后，图宾根成为德国人文科学著作的出版中心之一，骄傲地与莱比锡、法兰克福、汉堡这些文化都市分庭抗礼。费希特的大部分著作、谢林的全部著作、荷尔德林发疯前唯一出版的小册子《虚泊翁》（*Hyperion*）及其后来由路德维希·乌兰德和古斯塔夫·施瓦布最先整理的作品集也在柯塔出版。后来柯塔出版社搬迁到了斯图加特，但一百多年过去了，每当提起柯塔，人们习惯上还是把它与图宾根联系在一起。柯塔之后，扛起图宾根出版业大旗的是摩尔（J. C. B. Mohr）出版社。近代以来，图宾根出版的学术精品更是数不胜数。即以哲学为例，新康德主义、马克斯·韦伯、胡塞尔、海德格尔、伽达默尔的绝大多数著作都是由图宾根的出版社包办。

还在国内念书的时候，已经久仰图宾根学术出版重镇的盛名，后来有机会去图宾根大学继续深造，自然早早打定了要在这里的书店淘宝的主意。出于在国内时的习惯，我把目光首先放到了旧书店上面。到图宾根后的第二天，我就在人生地不熟的情况下凭着自己的嗅觉找到了博物馆旁边的Bader旧书店。书店分两层楼，进门就是霉味，一切都古色古香的样子。哲学类书籍靠着转梯直抵天花板和二楼，由于地势狭窄，楼梯侧都堆满了书，一不小心就会踹翻一堆，从楼梯上翻滚下来。刚开始我好不欢喜，以为这下可大有搞头了，但仔细一本本地翻来端详，才发现这些书要么没多大价值，要么残缺不全，稍有价值的旧书标价又贵得离谱！简直是巨大的失望。当然，事情也不是这么绝对，只要有耐心和精力，总还是能挑出一些好书的。我有一个在海德堡上学的朋友就时不时伙同几个朋友远道而来专门在Bader书店买旧书，一次都要采购五六百欧元，而且因为买得多，听他说还可以跟店家砍价到八折。至于我注重的各种经典著作在这类书店却很少有令人满意的供货，偶有看中的，标价也可以去买新书了。后来一想，真有什么好书，店家早就抢先送到有藏书嗜好的教授那儿请功去了，剩下的也不知道被其他淘书高手们搜刮过多少遍，哪里能留下什么好货给我们。记得有一次上课的时候，导师Manfred Frank教授掏出一本破旧不堪的书，施莱尔马赫的《辩证法》（一八五九年的版本），得意地告诉我们，这是他在杜塞尔多夫的旧书店以很便宜的价格买到的，还说这样的机会只有在杜塞尔多夫才能遇得上（言下之意那儿的人都不识货），而如果是在图宾根就绝对没有可能了。杜塞尔多夫号称莱茵河畔的艺术文化之都，在老师看来，那里淘书的人都不及图宾根的精，那么我们这些待在图宾根的穷学生就更没有什么希望了。后来我又去逛过了其他的一些旧书店，印象基本类似，慢慢地就对这类旧书店失去了兴趣，渐渐把重心放到了那些正式的书店上面。

图宾根书店密度之大，即使在德国也是数一数二的。初到这里，感觉书店就像三步一岗，五步一哨。当年的北京海淀图书城也有这个密度，但毕竟只限于那个方寸之地，而图宾根的书店却是遍布全城——不过话说回来，这个城市实在也很袖珍。泡在各个书店里仔细琢磨，渐渐看出它们各自的风格。有以规模取胜的，比如Osiander，居然有三家分店，而且占的场地都很大，书的品种也特别多，跟超市一般。这类书店属于综合性的，什么书都有，但正因为这样就没有什么侧重的图书类别。除此之外，图宾根的大部分书店都是所谓的"特色书店"，即主要出售特定领域的书籍。比如，有些书店侧重于旅游烹饪等生活类书籍，有的专营各种教材，有的专注于文学类书籍。

哲学系老会馆和荷尔德林塔之间还有一个"女子书店",我一直没进去看过,大概是因为常年摆放在书店门口的那张叼着烟的汉娜·阿伦特的招贴画让我感到抵触的缘故吧。

我自己经常光顾的还是学术类书店。这类书店也是讲资历和名气的,通常它们都会在自己的店名上标明自己有多少多少年历史,墙壁上也经常挂满了书店创始人以及过去年代的老照片。对于德国的书店而言,由于订货体制很发达,所以不存在货源问题,任何一本书都既可以在这个书店买到,也可以在另一个书店买到。订货需要三到五天的时间。当然,尽可能多的"现货"也是必要的,毕竟并不是每个人都有耐心去等待,绝大多数人还是喜欢那种一眼看到心仪的好书就立马掏钱付账,揽书入怀的感觉。在同等供货的情况下,书店们各自拥有的固定客户——财大气粗的教授们——之多寡就很重要了。这方面自然是Gastl最有人气,它的地理位置恰好位于老城中心,古朴的建筑首先就为自己平添几分重量。这个书店虽然只有五十多年的历史,但它特别善于跟学术名流搞好关系,所以教授们要买书的时候都习惯性地首先走进这家书店。每当学生问某某书在哪里可以买到的时候,教授们惯常的回答是:"你去Gastl问问看……"在Gastl,每隔一两周就要办沙龙,办学术讲座,请一些名牌教授来泡咖啡,闲聊,讨论时下大家关注的一些问题,或者介绍一下他们自己的某一本新著。在过去的年代,哲学家恩斯特·布洛赫、瓦尔特·舒尔茨、狄特尔·耶尼希,神学家汉斯·昆、于尔根·莫尔特曼都是这家书店的常客。而追星族是无处不在的，有教授露面评论或亲笔签名的书总是要卖得快一些，而读者和学生们也因此及时地接触到各种重要的最新出版物。这的确是相得益彰的事情。在我离开德国前不久，Gastl甚至接手了德意志银行旁边一家超市的门面而开了一家分店，这家书店的成功是显然的。

其他学术书店缺了这份底气，只好琢磨别的办法。做广告是最方便的。在图宾根，无论什么场合随手拈到一张纸，背面都可能有某家书店的广告。过去我曾感叹德国人对于纸张的充分利用意识是如此之高，各种宣传纸张都是双面印刷，以至于人们有时想抓张纸过来临时在背面记录点什么东西都很困难。至于各个系每学期印行的课程表小册子（包括对每门课的或详或略的描述），更是几乎每个书店都要来露一脸。这样实际上于学生也很方便，尤其是当他们需要按照课程的要求来购买教材或参考书的时候。教授们要讲授或研读的各种著作，总是在每学期伊始摆在各个书店进门处最显眼的位置。Beneke书店还想出来一个主意，免费送书，特别是可以三个月才结算一次书款，估计这为它赢得了一些顾客。

广告方面最热心的是Willi书店，从我刚来德国到最后离开德国的五年间，它在哲学系和神学院的课程册上的广告都从未间断，估计也会一直延续下去。这家书店紧邻大书店Osiander，经常把许多书籍堆放在店门外的街边上吸引顾客注意。它的书以哲学和神学类为主，兼有历史学、社会学及少量文学作品。这个书店的老板还自己出资影印了约翰·格奥尔格·哈曼的全集来出售，价格也不贵。我对这家书店颇为偏爱，最初大概是被它的书店标志——一副巨大的夹鼻圆眼镜——所吸引。我在德国的绝大部分书籍都是在这家书店买的，包括柏拉图、亚里士多德、塞内卡、库萨的尼古拉、莱布尼茨、康德、荷尔德林、黑格尔、叔本华、尼采、胡塞尔等人的全集以及其他哲学家的许多经典著作。但Willi最吸引人的地方还是它的那个狭小的，毫不起眼的内厅，里面有大量的新书——仍然是高质量的哲学经典和学术著作为主——半价出售。这些书的尾部都盖有"瑕疵书籍"（Mangelexemplar）的章，可能是其中有一处折页，或者底部有点痕迹之类。但绝大多数情况是，这些所谓的"瑕疵"根本就不存在。有一次，我实在是忍不住好奇心去问店家，我怎么没找到什么"瑕疵"呢，答复是诚然如此，因为德国法律规定禁止书店没有正当理由打折售书，所以书店要搞促销或者处理库存书的时候，只好给这些书打上"瑕疵书籍"的印章。对我们来说，这样的书籍无疑是最实惠的。另一方面，Willi确实具有其他一些书店不具备的货源（特别是那些库存书），也比其他书店要厚道得多，比如我买的一套Otfried Höffe主编的两巨册的《经典哲学家》只要了四十欧元，而同样的书在旁边的Osiander仍然标价九十欧元。类似的情况很多很多。更有甚者，即使在Willi内部，也会出现同样的一本书在外堂是原价，在内厅则作为"瑕疵书籍"半价打折的情况，以至于每次我在外堂买书的时候都要先到内厅去看看有没有相应的"瑕疵本"。几年下来，不但自己在这里买了大量的书，而且在我的宣扬下，许多在图宾根的中国留学生和访问学者以及远在海德堡、弗莱堡的朋友都来这个书店淘宝。正因为此，我和店家也建立了友好的关系。在我的博士论文通过答辩之后，店主每次称呼我时都特地加上了"博士"头衔。临回国之际，我陪同当时在图宾根讲学的张祥龙教授为我们北京大学外哲所的图书馆在Willi采购了数千欧元的书籍。直到今天，我一直保持和这家书店的联系。

图宾根给我留下深刻印象的书店实在太多，这里不可能逐一谈到。但我还是想提一下Heckenhauer书店，也就是著名诗人和文学家赫尔曼·黑塞曾经当过店员的地方。这个位于小城核心位置、成立于一八二三年的老牌书店显然已经没落了。尽管巨大的招牌仍然彰显着它的历史和荣誉，但它的一楼的门面已经出租或转让给了一家旅行社，只是在旁边保留了一条黑漆漆的巷道通往二楼的书店，走进去还要爬一段陈旧不堪的木梯。为了引起顾客注意，书店在巷子外边摆一个木箱，装一些减价书，在墙上挂一块带箭头的牌子："请进，内有旧书。"我进去过几次，书店的生意明显很不好，经常只有一个人或两个人，包括店主在内。店主是一个和蔼可亲的老头，他经常静静地一个人坐在靠里的一个小屋内读着书，或者缓缓整理书架上那些泛黄的旧书。有一次一个学生要找关于俄罗斯文学史的书籍,老头子端着梯子爬上爬下,忙得不亦乐乎。不知道为什么,这家书店里面关于俄国文学和俄国文化的书特别多。昏暗的房间里,到处挂着很多黑塞当年的照片,黑塞的作品自然也特别齐全,看得出来这个书店是以黑塞在此做过店员为自豪的——我可以没落,但你绝不可能轻视我的过去。也许,正是这份自豪感和那种恬然达观才支撑着Heckenhauer以及类似的许多旧书店坚持至今吧。

记于二〇〇七年六月

柏林的旧书店

王建

曾经有过一个想法,把德国的文化趣闻按照字母顺序一一排列,每个字母写一件事。如果说其他字母还要费一番脑筋,那么头一个字母对我这样的读书人来说毫无悬念,当然是旧书店(Antiquariat),特别是我熟悉的柏林城中的旧书店。

柏林的旧书店是一个颇为繁盛的行业,大大小小的店铺有近百家,铺面大小、装修新旧、书籍多少、经营内容的偏重、店员的本事以及常去的顾客类型迥然相异。奢华的像盛装的贵妇,推门进去,西装革履的店员,齐整的深色书架上满是精装硬皮书,甚至还会有几本古色古香的古版书放在玻璃展柜里,大概算是"镇店之宝"了吧;简约的如卖菜的小贩,小小的店面,加上外面摆放的几个破旧的纸箱,大多是一些简装书,通常是家家可见的过时旧书,其中不少是前东德时期的图书,一身家常装扮的老板漫不经心地照看着生意,还时不时和好友或者邻居闲聊着家长里短。

在柏林,旧书店大多扎堆,在市中心、城西和城南有几个比较集中的地区,倒是省得顾客跑腿。不过各个旧书店的开门时间各不相同,有的只接待预约过的顾客,为了防止吃闭门羹,一般要事先问好时间。一些旧书店甚至只做邮购,上门的顾客概不接待。记得当时手头有一本薄薄的小册子,是柏林旧书店指南,由柏林的旧书店合作编写,虽有几分广告色彩,不过确实很实用,有地址,有经营范围,还有地图。除了顺路遇到旧书店之外,有时我会专门抽出一天的时间,首先做一番案头工作,按图索骥,心中有了具体的路线之后再上路。在柏林除了正式的旧书店之外,还有一类折价书店,直译过来叫作现代旧书店(Modernes Antiquariat),听上去有点儿矛盾,其实十分贴切。这里卖的虽然是折价书,不过一律是新书,仿佛是直接从印刷厂里出来的,有的还可以闻到扑鼻的书香。这类书或者是有些破损和污渍,或者是因为滞销从书店退回来,虽然是新书,但是已经打了折扣。据说有些出版社在制订图书出版计划时就已经将这类书店列入销售渠道,听上去似乎应该为这类书的作者抱不平,因为这可能会影响到他的版税收入,不过对读书人来说却是一件好事。

有人或许会问,为什么一般的书店不把滞销书籍直接折价处理?这里有一个法律问题,德国法律对书价有明确的规定,除了旧书店之外,书店无论大小,书籍必须按照统一的标价销售，不得自行降价，降价的新书只能在旧书店里卖，而且必须在新书销售一段时间以后。这条措施保证了小书店的生存。在德国确实可以在小街窄巷里看到一家家门脸不大的书店，供挑选的种类不多，不过依靠全国联网的订书系统，顾客可以像在大型书店中一样，买到各类书籍。在大书店中琳琅满目，目不暇接，几乎可以找到任何一本想要的新版书，随意翻开读上几页。在这类小书店中，是另外一种感受，这类书店一般离家不远，温暖得像一个书窝，常常是从地面到天花板摆满了书，店老板会十分热情地向你介绍，帮你出主意，替你寻找，你要的书店里没有时，他会通过联网系统给你订购，一般一到两天就可以拿到。

旧书店里，这种书窝的感觉更加明显，屋外支起凉棚或者阳伞，凳子或者支架上放着一排大纸箱，里面通常是一些过时的畅销书，大多是平装书，几个马克就可以买到。屋内"顶天立地"的书架上竖满了书，地上还堆着不少书，通常将旧书进行分类，让顾客能够比较方便地找到他想要的书。这种分类大多是大类，不是很细，顾客在找寻中虽然费些力气，不过时常能有一番意外发现。店老板当然知道，这是淘书人的一大快乐，他绝不会剥夺顾客的这个享受，因为他自己就是淘书成癖。判断一个旧书店老板是否是淘书业的行家，先看年纪，如果年纪轻轻，穿着时髦，打扮入时，那肯定只是一个商人而已；如果人过中年，衣着毫不起眼，不是眼睛盯着顾客，而是不停地在书架和书堆中忙来忙去，那么基本标准已经具备。当然不能停留在像的地步，更重要的是他对书的了解是深是浅。我还清楚地记得有一次去一家旧书店寻找一套文集，推开门，门铃叮咚一响，头发花白的老板正在里面整理书籍，头也不抬地问声好，听任我四处翻看。找了一圈没有发现之后，不得不向老板请教，他很快拿出一本厚厚的书目，如数家珍般地介绍该作家各种版本的文集，给我的感觉好像是在大学的课堂里听一位版本学专家讲课，随后他略带歉意地解释他这里只有其中几种，而且还没有配齐，说着搬出一部梯子，从靠近天花板的书架顶格中拿出几本让我看，只可惜没有我要的，看着他将书放回原位，我带着几分惊讶、几分感激、几分遗憾离开，不过后来我成了这家旧书店的常客。

旧书店的乐趣更多的不在有目的地找书，而在无目的地淘书，往往事先只是抱着进去看看的想法，转着转着，不时会眼前一亮，现在书柜中的很多书都是这样和我结缘的。印象较深的是一套卡尔·迈的小说，这位十九世纪末二十世纪初的头号畅销书作家，就地位和文风而言与金庸相近，作品伴随一代代德国人长大，我的导师就亲口讲过他小时候迷醉卡尔·迈的经历。这套二十世纪八十年代出版的小说系列纸质粗糙暗黄，封面装帧花哨，绘有五颜六色的人物，是通俗书籍惯有的装帧样式。当时这套书放在一个大纸箱中，和其他杂书堆在一起，很不起眼，每本要价两到三个马克，我都买了下来，可惜还缺一些,后来也没能配齐。另一本《德国喜剧史——从启蒙到浪漫》,居然淘到的是作者签名本,买的时候没有在意,后来发现扉页上潦草的字迹竟是作者的题词和签名,题词写的是"一份小小的礼物,不过不是读物",显然送的不是同行,只是行外的亲友,所以最后的命运是流落到旧书店,最后随我这个外国人漂流到异国他乡。当然淘书时也常有喟叹和缺憾,大多与当时的穷学生身份有关,一种是"早知如此"的悔,贡布里希的《艺术史》是我向往已久的,第十六版刚刚出版就不顾价格高昂迫不及待地买回家,埋头读了起来,谁想半年之后居然在旧书店里见到了五折的《艺术史》,几乎是全新的;另一种是"望洋兴叹"的恨,记得有一次在某家旧书店看到二十世纪上半叶德国最重要的戏剧导演莱茵哈特的导演工作脚本,里面密密麻麻地注满了莱茵哈特的手迹,说明该剧本的各种舞台处理方式,实在是爱不释手,可是看看不菲的书价,远远超出了能够承受的界限,只好忍痛放弃,直到今天仍是一份挥之不去的遗憾。

回国多年,不过对柏林的旧书店始终未能忘怀,聊堪慰藉的是现在可以通过网络订购德国的旧书,不过那份淘书的乐趣却不是搜寻网络目录可以替代的,只有趁重回柏林的机会,可以稍稍重温一番旧书店的温馨,只可惜已经没有了旧时的闲暇和从容。

在斯堪的纳维亚买旧书

辛德勇

买旧书最好的去处,应当是文化中心都市,国内如北京、上海,国外如巴黎、伦敦、东京等地。在偏离于文化中心之外的地方,虽然偶尔也会遇到一两本好书,却总不会有那种五彩迷离、目不暇接的兴奋,逛书店往往就会觉得缺少刺激。过去生活在斯堪的纳维亚半岛上的所谓"维京"(Viking)人,很多是以做海盗为营生,讲究的是蛮劲强力,靠不要命来夺别人的命,养自己的命,用不着什么文化。所以,对于西方人来说,在岛上的瑞典和挪威两国买旧书,可能如同中国人在蛮荒的东北买旧书大致相当,像样的藏书家大多是不屑一顾的。不过如果你仅仅是买些一般看的书籍,不管走到哪里,却都可以随手找到一些感兴趣的东西。近两年先后去挪威和瑞典公干,闲逛旧书店,就拣到几本消闲遣兴的读物。

挪威首都奥斯陆,是一座很安静的小城。散步一个小时,足以走遍主要城区，所以只要你住在老城区里，到哪里都谈不上有多远。我住的旅舍，离挪威最大也是历史最为悠久的奥斯陆大学的老校区很近。大学附近往往是书店集中的场所，所以住处附近就有好多家旧书店，闲暇时漫步街头，很容易就走到了店里。

最先是到了一家有两层店面的书店。楼下的书基本上都是挪威文的，看不懂。到楼上看看，发现一架子讲旅行、探险的书，陡然一阵兴奋。但是找了好半天，也没有找到一本我感兴趣的与中国有关的行记，又觉得很失落。不过懊丧过后，稍静下心来想想，自己本来也既不专门收藏西文书籍，又不专门研究中外交往，何必非找这类书籍不可呢？我对那些域外人士入华行记中对于中国的认识和记述很有兴致，虽然考虑过日后或许有时间能利用这类资料，来做些本行专业即中国历史地理学或中国地理学史的研究，但更多的还是好奇，觉得那些老外的新奇目光很好玩，况且逛旧书店，买旧书，翻阅把玩旧书，不管哪一样，从根本上来说，都不过是一嗜好，是一体验，是一乐子，而不应把它当作研究工作的延伸；要是纯粹为做研究搜集资料而买书，那逛旧书店就与泡图书馆查资料没多大差别，从而也就没有多少趣味可言了。因此，走到旧书店里，也就不必过分拘泥，要随遇而安，随遇而乐。结果心一放松，好玩的书也就随之映入眼帘。

这是一本讲西洋旧书价格的书籍，名为 *Prices of Books*，简单直译过来就是《书籍的价格》。内容是讲述在过去各个不同历史时期内英格兰书籍价格的变化历程，包括印刷术普及之前的写本流通时期，但叙述的重点显然是旧书而不是新书的价格，因此作者甚至用了很大一部分篇幅（三章）来讲旧书拍卖的价格实况，最后还用两章篇幅讲述了莎士比亚著作和其他一些经典书籍的价格变迁。这部书是 Richard Garnett 博士编纂的"图书馆文库"系列小丛书中的一种，作者名为 Henry B. Wheatley。西洋"书话""书史"类书籍数量繁多，但专门讲旧书价格的相对较少。这本书虽不是单行本，却是此书的初版首印，且品相完好，当然值得收下。不论中外，有许多书最初面世时都是被收在丛书当中的，不能因为是丛书零本就一律忽视。

这本书印行于一八九八年，是历史纪年即将走入二十世纪的时候。这些年我陆续买下一些十九、二十世纪之交的西文书籍。单纯论年代，这在西洋书籍当中自然算不上什么，很少有古董价值；但我们正刚刚经历过另一个世纪交替，在这两次交替当中的整个二十世纪，正是开天辟地以来中国社会发生最强烈最迅猛动荡变化的一段岁月，回过头来，看看一个世纪以前的世界，特别是中国在世界中的面貌，应当是一件很有意思的事情，于是想以"读书百年"为主题，围绕这些书写点儿文章。只是自己外文程度有限，又没有足够的闲暇时间，恐怕最终还是难以如愿。

几天后在这家店相邻的另一家旧书店里，我又买下了一本大英博物馆的国王藏书陈列介绍（*A Guide to the Exhibition in the King's Library*）。这一陈列包括有西方各地的早期印刷书籍，书中有简洁的印刷史知识介绍，大量实物照片插图，以及陈列品目录。——这是指中国传统意义上的"目录"，包括列举书名、作者之"书目"和讲书籍内容大要的"书录"。虽然只是提供给参观者的说明性读物，但并没有因此而减低其学术严肃性，书籍封面上的副标题，已经表明可以把它看作是一本印刷史图解。书中除了介绍德国、意大利、荷兰、法国、西班牙以及英国等地的早期印刷书籍外，还有专门的早期音乐印刷品和书籍装帧介绍。不知是由书籍的"说明书"性质所决定的，还是由于它印制于一九三九年，正当"二战"爆发前后，时局动荡，书籍装帧很简单，封面只是一块硬纸板，这在西洋书籍当中是不大常见的。

这家旧书店里有一些时代较早的西文善本，外观很是诱人。由于不想花大价钱买这一档次的东西，大致浏览一过后还是集中精力看普通旧书。经过一番寻觅，选了一本《英格兰乡村住宅》（*The Village Homes of England*），编著者 Charles Holme，一九一二年出版，是初版本，或许也只有这一个版本。买它看好的是有上百幅钢笔素描住宅建筑插图，以及将近十幅水彩插图。虽然只是一种写实的图解性小品，但书籍绘画插图的魅力终究是现在通行的摄影图片所无法比拟的。打开书一看到插图就满心喜欢，尽管装订稍有开裂，品相不够理想，还是二话不说，拿到手中。因为书价偏高，身上带的挪威克朗不够，书店又马上要关门，好一番软磨硬泡，老板才勉强收下美元。

离我住处最近的一家旧书店，营业的时间很短，将近中午才开门，下午三四点钟就下班。因为要办事，时间凑不上，待了好多天，直到临走前两天，才有机会光顾。店面不大，书籍的品类花色也相应地要稍少一些。当值掌柜的不知是老板还是伙计，戴眼镜，留短须，目光沉静，一副儒雅的知识分子面相，让读者平添几分走入自己书房的感觉，心里很安定，从而弥补了店面空间的局促。浏览选书时，他看出我是来自东方的外国人，便和蔼地询问是否需要什么帮助，我回答说想看一些关于中国的书籍，略一沉吟之后，他不无遗憾地告诉我说，店里只有几种西文《毛泽东选集》。

随意浏览近一个小时，选定了两本书。一本是挪威文的世界各地奇风异俗的介绍性书籍，十九世纪末出版。看上它是因书中有大量平版复制的铜版、钢版画插图。插图的内容都是各地的山川风物，其中也有一部分关于中国的画面，明显取自西洋旅行家的中国行记。回国后，一位朋友看到后爱不释手，恳求转让，不忍拂其兴致，只好割爱，在这里也就不必细说了。另一本是一部类似连环画的故事集，名为 *The Foreign Tour of Messrs Brown*, *Jones and Robinson*，作者 Richard Doyle，一八五五年伦敦出版。内容是讲述布朗、约翰和鲁宾逊三个英国人在比利时、德国、瑞士和意大利游历过程中遭遇的种种滑稽故事。满篇整本都是精美的铜版画，只有简单的文字说明，比现在普通连环画的说明还要简单。书籍印制考究，通体金口，每一页都有软纸护页衬盖，防护版画受损。末尾有说明云，此乃为献给女王而特制的印本，难怪其精良如此了。

这家店里不仅有这样插图精美的书籍，还有一些版画，包括旧书中的版画插页。由于离住处很近，在离开奥斯陆的当天，利用出发前一个上午的空闲，又去逛了一次，买下几幅铜版画插页。有意思的是这几幅山水风景画，都是一八六〇年刻版于瑞典斯德哥尔摩，冥冥中似乎预示着我在斯堪的纳维亚半岛访书的下一个都市。

斯德哥尔摩是北欧最大的城市，我前后去了将近十家旧书店。这里书籍的档次和种类，要比奥斯陆稍高、稍多一些，大部分店里都有一些年代古久或是精美珍稀的善本，免不了要翻翻看看，饱饱眼福。逛过的旧书店虽说不少，可买下的书种类却比较单调：大致属于两类，一类与自己从事的专业多少有些关连，另一类与书籍的历史和收藏、阅读有关，英语的说法叫"Books about Books"。

前一类中，多是不上不下的普通中级读物，如有一本世界政治、经济、文化要素地理分布状况的统计地图，还有一本欧洲古城的仿古示意地图，并配有简要文字叙述，都算不上专业学术书籍，只能一般翻翻，增长一点见识。真正具有学术价值的只有一本德文版的 *China und Europa*（《中国与欧洲》），作者 Adolf Reichwein，一九二三年柏林初版。本书的副标题为"十八世纪的精神与艺术联系"，旨在论述十八世纪中国思想、艺术在欧洲的传播与影响。十八世纪是中国影响欧洲的一个黄金时代，比如在有形的要素方面，像洛可可艺术、陶瓷、丝绸、园林、家具、漆器等等，都是在这一时期，展示了全面的影响。所以这是中欧关系史上非常重要的一个发展阶段，本书的学术价值自不待言。

后一类书，可以分为三种。第一种是讲图书历史和图书专用名词术语，有 Leonard G. Winans 著《书籍——从写本到市场》(*The Book, From Manuscript to Market*)，一九四一年纽约初版；Francis Meynell 著《英国印制书籍》(*English Printed Books*)；Jean Peters 编著《书人语汇》(*The Bookman's Glossary*)，一九七五年纽约第五版。第二种是讲书籍收藏，有 J. H. Slater 著《藏书》(*Book Collecting*)，一八九二年伦敦初版；又 P. H. Muir 著同名书籍，一九四九年伦敦初版；R. W. Charman 等著同名书籍，一九五〇年剑桥初版；Robert L. Collison 著同名书籍，一九五七年伦敦初版；Paul Jordan-Smith 著《爱书狂》(*For the Love of Books*)，一九三四年牛津大学初版；Dr. G. C. Williamson 著《写在藏书楼背后的故事》(*Behind My Library Door*)，一九二一年伦敦初版；John T. Winterich 等

著《藏书入门》(*A Primer of Book Collecting*)，第三次修订本，约二十世纪六十年代纽约出版，等等。这一种类的书买得太多，一时顾不上读，只是大致读完了其中的一本，名为 *The Gentle Art of Book Collecting*，作者 Bernard J. Farmer，一九五○年伦敦初版。全书分十章讲西洋人收藏书籍的基本常识，从为什么要藏书和藏书界的基本术语开始，到初版本、老圣经、摇篮本，乃至书籍的清洁和保藏方法等等，一应俱全，文笔简练生动，是一本很好的西书收藏入门书，我把书名译作《藏书雅趣》，不知道是否得当。我们国家虽然翻译出版过一些西洋的书话书，但总的来说，对于西方藏书知识的了解是很不够的（如收在三联书店"文化生活译丛"中的《聚书的乐趣》一书，出版社印在书籍勒口上的内容简介，竟然把作者——著名的美国藏书家纽顿，错说成是"一位英国藏书家"，这就是一个很好的例证），尤其缺乏这类基本读物。所以我想如果哪个出版社有兴趣，像这样的书是很值得出版的。第三种是指导阅读的书籍。这类书西方也一直很多，我买下的是一本 Charles F. Richardson 著《书籍的选择》(*Choice of Books*)，一八八一年伦敦初版。除了爱其文笔隽永之外，这书在形式上也很惹人喜爱：一是浅黄色摩洛哥羊皮面，金顶毛边，外观就很雅致；二是开本为袖珍小本，字体和版心都娟小秀雅，而左右两边和下边留出的空地相对较大，特别是地脚处的空白边出奇地大，有点儿像中国古书中之高头讲章在天头处空白未印文字一样的视觉效果，开本虽小却不显得局促，清净、舒展。

北欧各国的消费水平，处于世界前列，所以旧书店里的书籍，即使是我买的这些普通货色，也都价格不菲，虽然得到很多喜欢的书，却绝无便宜可言。如果说在斯堪的纳维亚买到了什么便宜书的话，那只有临离开斯德哥尔摩的前一天，早晨散步，在市中心的杂货市场上，无意中碰到一套一八九八年出版的德文艺术史手册。书中有大量精美的插图，四大本只要八十克朗（瑞典克朗面值稍低于人民币），当然便宜至极，于是当即毫不犹豫地付钱买下。可是便宜从来就没有白拣的，这套书的纸张甚为厚重，死沉死沉，把它从瑞典背回北京，耗费了好大的力气，给我这番在斯堪的纳维亚的买书经历留下了一个颇为疲惫的句号。

德国大学校园书摊

程丹梅

德国汉堡大学整个地被书店包围着。虽然这所大学不像我们国家那样有围墙环绕,但是,它的范围也就是在那一片,教学楼、图书馆、实验室以及大礼堂等等都紧挨着。所以,谁在那儿开书店是很合适的,就像邻近的海涅书店。谁到大学,必经过那里。

但是,也不是近水楼台先得月。书店的老板们还是懂得送货上门的道理,况且一般的摊贩也知道方便顾客的好处。所以,在汉堡大学的图书馆和食堂的斜坡上,整天地排列着书摊的小桌子,甭管能卖出去多少,起码那儿有人围着看也是挺有气氛的。

当然,前来卖书的不一定属于哪些书店,有不少个人来卖的。你看那架势就知道这些人的来历。他们大多只有一个人,而且书的数量也不大,好像是自己搜集的书,或者他们从别处更廉价买的。但是，有一点，来卖的书，绝大多数是旧书，而且都是折价处理的，有的只要两三个马克一本，很便宜。这对于靠打工挣钱的大学生来说很有吸引力。比如，一个叫比阳卡的女学生一直想买一套集子，当然是几年前的事了，那时，因为太贵，而且自己的经济情况不太好，所以只好望书兴叹了半天作罢。可是，多少年过去了，她在书摊上意外地发现了这套虽然有些旧，但是完整的书，而且价格是过去的一半。既然不是送人的礼物，所以就无所谓新旧了，当场掏钱买来，毫不犹豫。还有一位叫斯迪文的博士，他得意地说在书摊上用五马克买了一套莎士比亚全集。

书摊卖书，最好的时间是中午。那时，下了课的学生成群结队地往食堂走，一定要打书摊前经过。而吃过饭的学生悠哉地消遣方式之一也就是站在书摊前看上一会儿。有一点值得称赞的是，这些书摊的卖者，大都通晓学生心理，你看你的，他们也不问你，也不打扰你，好像这儿就是一个露天的自由书店似的，你愿意看多久就看多久。所以，有相当大的一部分学生只看不买，有的不是站在书摊前看，而是拿着书到最近的树底下去读，那小贩也是高兴的，没有反对的道理。

这些书摊也丝毫不奢侈，一排简单的桌子就够了，有的干脆不用桌子，就是几个木板搭成一个长条，上面能摆书就行。遇到下雨天，这些人就赶紧用透明塑料布罩上，自己躲在雨伞下待上一会儿。中午的午饭也是凑合的，买个夹肉的土耳其饼或希腊饼就够了,有的就啃着干面包,喝点矿泉水对付,也是很辛苦的。据斯迪文博士说,他在德国南方图宾根大学读书时,校园里也常有书摊,而且是固定的几个人。有一个妇女,带着孩子卖书,很让人同情。几年过去了,那个妇女的孩子都在学生们的目光下长大了,可她还在那儿卖,一丝不苟。

在汉堡大学书摊上,我曾看见过一本很厚的书叫《希特勒》,是专门研究希特勒的人写的传记性质的研究书,一九七四年出版的。当时很贵,几十马克一本。而在书摊上,才几个马克。还有国外翻译的一些小说,也有相应的降价。当然,热门书在这儿是看不到的,那需要到专门的书店去订购。可这有什么关系呢?学生们需要的,并不是总流行的书,有些几年前的,依然很有研究价值,说不准你一直需要的书在书店里卖光了,找不到了,可是,却在书摊上发现了,那时确有踏破铁鞋无觅处,得来全不费工夫的快乐。一个在大学任教的老师说,他有时在课余时间去逛一逛书摊,常能发现自己需要的。

当然,与那些著名的在德国常有的图书展览来比,这些书摊无法登大雅之堂,也无人拿高级书店去衡量。德国学生的观念是:买书是不需要虚荣的,你只买你自己需要的书,能看就行,有用就行。也正因为如此,校园里的书摊一直能长久不衰。

日本淘书记

——东京篇

李冬山

初秋九月,出差日本。我因酝酿撰写一本有关日本人物的书籍,工余时间,不少便是在日本书店的淘书之中度过的。

到东京的第一天,我们下榻在东池袋的王子酒店。晚饭后,我请翻译带我去附近的书店。我们出酒店后只转了一个弯,便见一家从玻璃橱窗可视店内摆满书籍的店铺。没想到书店这么近,我感到十分兴奋。然而翻译说,这是一家"二十四小时店",卖的东西很杂,并非专业性的书店;且店内书籍多是杂志和色情类的书与音像制品,我要的书籍这里是找不到的。还好,在翻译向路边行人询问过后,我们走过两个街口,就迎面看见了写有大大的"本"字灯箱。翻译告诉我,这个"本",是日本书店的标志。书店到了。

这家书店名为"东池袋书店"。店面较大,约有两百来平方米。光线充足,数十盏日光灯将店堂照得通亮。书全部分类，文学、政治、经济、历史，甚至生活类中的医学部分还分了高血压、糖尿病、风湿症等科目，非常明细。其中文学类的书最多，有的是按出版社分专柜的，如角川书店、讲谈社、新潮社、文艺春秋社；有的则是以作者来进行作品陈列的，如森鸥外、岛崎藤村、川端康成、大江健三郎等，每人有一张标有姓名的卡片插在书间隔开，读者挑选非常方便。在这里，我很快选中了日本著名作家、诺贝尔文学奖获得者川端康成的一本传记和他与著名作家三岛由纪夫的通信集，还有日本著名作家有岛武郎的小说《一个女人》、太宰治的小说《斜阳》，以及日本现代作家鹭泽萌的小说《叶樱之日》、江藤淳的小说《成熟的丧失》。临交款时，又幸运地找到了一本有岛武郎的情人、女记者波多野秋子曾供职和发表过文章的杂志《妇人公论》。

相对国内而言，日本的这类书籍较贵，大约是国内价格的一倍半至两倍，但从日本人的平均收入看，则是实实在在的便宜。虽书的装帧一般，简单随意，精美程度似乎还不及国内的一些书籍。但纸张较好，用墨均匀，页面十分清晰，很有些清秀感。

值得一提的是，在找书的过程中，我发现要找的一些书没有找到，于是拿出一个书单交给店员请求帮助。她立即在电脑中查询，并先后三次带我到几个不同的书架前取书，不厌其烦，非常热情，那种兢兢业业的敬业精神与工作态度给人信任与满意的感觉。而让我印象更深刻的是，店员在收款后，立即拿出尺寸不一的纸质书套来，将书一本一本全部包套好。这减少了读者购买书籍过程中对书的污损，又省去了他们购书回家后包书的麻烦，十分人性化。如果说先前我对书店的表现只是满意的话，那么，他们现在的服务则是让我衷心感动了。

东京的银座，是一条繁华的商业街。可惜我们第二天晚上去游览时，天正下着雨。领队讲好了集合地点与时间，大家便分头欣赏起街两边豪华装饰的商场和琳琅满目的商品来。我猜想银座应该有书店，与同事小王冒雨匆匆走过几个街口后，终于在三目町与四目町之间，发现了一家标名"教文馆"的书店。入口处在一楼，寸金之地，很小，不会超过十平方米，一道木制楼梯通向二楼，有一个人在导引读者上去。如果不是大厦外墙挂着硕大的"本"字霓虹灯，外人很难知道这里是书店。

沿着楼梯转个弯，我们上了二楼，顿有"豁然开朗"之感。书店占了大厦二楼的半个层面，几十个书架分四列排开，甚是气派。店堂明亮，如同白昼。四处都是在屏息看书或缓步移动找书的人。因为时间很紧，我来不及细找，便直接把写有日本作家的单子交给了收款台前的店员。小王会英语，店员接听却有些困难，但大概意思明白了，立刻在电脑键盘上敲起来。不一会，便领着我们逐柜去取书。有新潮社出版、叙述日本著名电影导演伊丹十三生平与艺术成就的《伊丹十三传》和《伊丹十三的电影》，还有《三岛由纪夫写真集》及野泽尚的小说《魔笛》。遗憾的是五年前出版的书基本找不到，可见日本书籍出版的刷新速度与少印快出的销售策略。然而对我来说，今晚真的很满足了。

日本淘书记
——京都篇

李冬山

车进京都,已是傍晚。

京都是日本文化古城,于七九四年起多次被定为日本的首都"平安京",成为日本的政治及文化的中心,"首都"在日本当时称为"京之都",因此"京都"后来成为了此城市的专有名词。这里文化底蕴很深。在东京与名古屋的书店,营业员通过翻译告诉我,出版时代久远,卖新书的书店里寻不到的书,可到京都的旧书肆找一找。我一直打着这个主意。可是白天在城外忙着公事,京都又只待一个晚上,眼看暮色已至,看来京都觅书是有困难了。

正在吃饭中,地陪翻译小周匆匆走来,告诉我出饭庄的右边有一家旧书店。她说晚餐时间是一个小时,可以快一点吃,腾出时间去看看。我曾求助小周帮我找书店,她是个热心人,一直留心着。

幸亏是自助餐,我十几分钟便解决了问题。

出了饭庄,按照小周刚才的指点,我很快找到了这家旧书店。店面并不大,大概只有二十多平方米。书店似乎"术业有专攻",多是政治、科技及休闲类的书,各种杂志不少,堆码着占了很大一个角落。看了十来分钟,终于找到了一本新潮社版的《大正文学简史》。这本书一九八六年出版,收集了日本大正文学(一九一二至一九二五)期间的有关资料与图片,尤其对芥川龙之介、牧野信一、生田春月等著名作家做了详细的介绍。只是封面有些污损,品相不大好,价钱也有点偏高。考虑它的资料性,对自己下一步的写作有参考价值,我还是买下了。交完款,我重又环视了一下四周,估计不可能再有什么收获,便出了店门。

还有时间!

我站在街边,透过眼前匆匆而过的人群与疾驶的车辆,向马路对面林林总总的店铺搜视着,希望出现新的目标。

说来自己都不敢相信,这时,我竟然在日本料理、乐器专店与扬着"减料"幡旗的服装铺之间,发现了又一家旧书店。店面很大,且灯火通明,那繁体中文书写的"古书店"灯箱尤为醒目。我赶快找到有斑马线的地方,焦急地等待绿灯亮起,便迫不及待地疾步穿过马路直奔这家旧书店而去。

这家书店称之为"和洋书店",后来知道坐落在中京区河原町通三条上四三〇号。店里文学书很多,令人目不暇接。且有许多是成套的丛书与全集，如《夏目漱石全集》《川端康成全集》《太宰治全集》《二叶亭四迷全集》《伊丹万作全集》《司马辽太郎历史小说丛书》等。这些书印刷装帧精美、资料收集齐全，实是难得。可惜都是大部头，有的一套几十本，搬运困难；另外价格也不菲，我自认承受能力有限，看来只能拣最急需的买了。巡视了几个回合，我下决心买下了小田切秀雄的《北村透谷论》。此书一九七〇年由"八木书店"出版，布面精装，加盒套，纸张印刷一流，是"日本近代文学研究丛书"中的一部。全书介绍了日本近代文学家北村透谷的生平，对其文学主张做了全面的阐释，同时对其主要作品进行了分析与评价，并且将其与同时代的作家岛崎藤村、内田鲁庵等人进行了作品的文学比较。作为北村透谷的研究资料，可说是非常丰富的。尤其是出版者在封面宣称：作者小田切秀雄是全面评论北村透谷的第一人，我想应该物有所值。

  我还想再在书店多待一会儿，无奈手机铃响了。同事们都已经吃完了饭，准备上车返回宾馆了。电话中得知宾馆离这里有几十里，我又不识路，一个人肯定是回不去的。无奈何，只好恋恋不舍地离开了书店。

一个书商之死：怀念艾伦·米克瑞特

钟芳玲

五月底返台待了一个多月，该办的事还没办完，我却一心只盼望着要返回寄居的旧金山。这些年来，我已经习惯了和旧金山一些书店主人有常态的互动，我特别念想的，就是三不五时到教会街（Mission Street）二一四一号那栋有着好几家书店的建筑闲晃，和那里的书商聊聊书人、书事，这已成了我生命中不可免的瘾头。

六月最后一天，我在台北接收电子邮件，跃入眼帘的第一封信就是旧金山"瓦哈拉书店"（Valhalla Books）主人乔·马奇翁尼（Joe Marchione）捎来的信件，一看到信件的主旨栏，我就不自抑地哭了出来。"Sad news…Allan Milkerit died"这五个简短英文字所构成的两句话，让我一时间难过得不想进入信件的内容。主旨"伤心的讯息……艾伦·米克瑞特过世了"已传递了一切。

乔与艾伦都是买卖绝版书的书商，两人多年前都是一家以合作社方式经营的古旧书店Tall Stories的成员。Tall Stories就位于教会街二一四一号的三〇一室，乔与艾伦两人于一九九八年退出此店，并在同栋建筑的二楼二〇二室合开瓦哈拉书店。这两位书商风格迥异，乔有着罕见的耐心与纪律，处理书店杂务总是有条不紊，偏偏艾伦性子急，一切不按章法，对繁琐小事超级不耐烦。这两人能合伙，真算是奇迹，结果当然就像一对个性不合的配偶，结婚六年后终究分道扬镳，乔保有瓦哈拉的名号，继续在原处当老板兼伙计，艾伦则租下早先Tall Stories（此店后来解体）的所在地，以自己名号开起"艾伦·米克瑞特书店"（Allan Milkerit Books）。

虽说拆伙，两人难免心存疙瘩，但彼此还是保有相当的敬意，他们在我面前从不编派对方的不是，我也乐得"脚踏两头船"，在楼上楼下两家店中穿梭，欣赏他们的藏书，听他们扯扯书业的甘苦与八卦。他们几乎像是我的活字典般，我对书的知识许多都来自他们二人。特别是艾伦的店约有五六万册书，比乔的收藏多出数倍，更是经常提供我写作资料的参考室。

例如我写杜鲁门·卡波特（Truman Capote）时，艾伦随即领我到一个书柜前，上面放的全是卡波特的首版小说，从《蒂凡尼早餐》到《冷血》到《一个圣诞节》，此外，他还有一张录制卡波特原音朗诵自己作品的黑胶唱片、一本卡波特亲笔签名的杂志，内附他发表的文章。正当我已经觉得目不暇给之际，他又冷不防地递给我一册卡波特从早年到晚年接受媒体采访的文选集，这选集竟还是书籍未出版前的清样稿呢！

有次我在文章里提到《断背山》(*Brokeback Mountain*)的作者安妮·普罗克斯（Annie Proulx），他立刻向我展示作者早期出版的一些书，没想到这个晚年以文学性小说成名的作者，五十岁前竟然写的是一些非小说类的DIY实用手册，像是怎样从自家厨房做起士到蛋奶冻，如何制作并享用苹果汁等的饮食参考书，或是教导园艺的指南。

又有一回，我正在撰写一篇关于西方古书业的报道，其中特别提到以经营西洋绝版童书著称的书商贾斯廷·席勒（Justin Schiller），据闻贾斯廷年幼时就已经是《绿野仙踪》(*The Wonderful Wizard of Oz*)系列的权威，他的藏书还曾在哥伦比亚大学图书馆展出。我正苦于找不到第一手参考资料时，艾伦立刻对我眨眨眼，从柜台后的私人参考书架上拿出一册贾斯廷一九七八年拍卖所有《绿野仙踪》收藏品的目录，里面不仅登了贾斯廷十三岁时与哥伦比亚大学图书馆特藏区馆长的合照，还有他题赠给艾伦的签名和祝福语。

对我而言，艾伦简直就像是一个法力无边的魔术师般，能够随手变出我渴望的东西。对拥有骑士精神、颇为爱现的艾伦而言，我则像是个需要好好调教的学生，至于我的常态"骚扰"，想必只会增添他的乐趣与荣耀，因为每次我走进他的书店，他总是神情愉悦地丢给我相同的问候语——"Hi Kiddo, what's up？"（嗨小鬼，有什么事吗？）

不仅是我佩服艾伦，连一些老经验的行家都对他很推崇。他死后那几天，好几位书商在网络讨论区表达了对他的哀悼，大家不约而同表示，艾伦是一个罕见的猎书人，有本事在一堆看似无趣又廉价的旧书拍卖中，捞出让人眼睛一亮的高档珍本书，他有时甚至大方到把战利品拱手让给同行的书商。

艾伦嘉惠的对象还包括一堆书友。认识艾伦二十五年之久的一位藏书家约翰·利乐斯（John Lelas）就对我坦承，艾伦是他的启蒙老师，他所有关于藏书的知识，全都来自于艾伦不吝传授。另外，我也曾见证艾伦出面为某位藏书家朋友向一位打算退休的书商关说，以低于市价数千美元的价格买到一册首版的《飘》（*Gone with the Wind*），书的品相良好，内附作者玛格丽特·米切尔（Margaret Mitchell）的亲笔签名，艾伦除了在买卖成交时，开心接受那位藏书家的午餐招待外，一毛回扣也没收。

热爱古旧书买卖的艾伦，在他乐观的外表下，其实有相当的焦虑。他经常对我抱怨，这个行业愈来愈难经营，上门的顾客寥寥无几；这个月的租金已经迟给了，下个月的店租和房租还没有着落，看来只能赶快上网贱价抛售一些书以求现。偏偏他最恨上网卖书，有的顾客为了买一本书，可以啰啰唆唆、反反复复、琐琐碎碎在电话和电邮里问个不停，他真是没有耐心回复。

当我听到艾伦去世时，第一个反应就是：他该不是自我了结生命吧？另一个随之而来的就是：他那一生辛苦建立出来的几万本藏书该怎么办？乔在越洋电话中对我说，艾伦死前一个星期，突然身体不适，大伙儿要他去医院仔细检查，固执、没耐性的他就是不愿意，结果他好几天没现身书店，书友们打电话给他住所的房东，才发现他已气绝公寓内，死亡的确切时间与原因皆不明。慌忙中，大家好不容易才辗转查出，艾伦最近的血亲是一对住在洛杉矶的外甥和外甥女，他们既和艾伦不熟，更不懂得古旧书，因此不知该怎么办才好，更糟的是，艾伦积欠店租，也没缴电费，偌大的书店一片漆黑，情况是混沌不明中。

两个星期后，我回到旧金山，乔告知我，艾伦的亲戚已经委请他生前的好友约翰·利乐斯代为处理书店的存书。前几天已经有几位书商被允许先去挑书，每本书的实际售价为艾伦书上标价的四分之一。当时正是第二轮出清，由一家外州的书店大举购买预计一百箱的存书。这家大手笔的书店正是美国古书界赫赫有名的Booked Up，店主是改编小说《断背山》而获得去年奥斯卡金像奖最佳改编剧本奖的得主拉里·麦克默特里（Larry McMurtry）。

才华横溢的麦克默特里，不仅是编剧家，其最显著的身份其实是作家与古书商，他曾经获得普利兹小说奖，作品也被改编成电影、电视。最让书商们津津乐道的是，他早年在美国东岸大都会华盛顿特区创立了古书店 Booked Up，后来又把书店搬到西部一个人口只有四千的偏远小镇，也就是他的家乡得州射手城（Archer City, Texas）。他把二三十万册的古旧书分放在射手城的四栋主要建筑内，让此成了世界知名的书镇。

艾伦去世的讯息也传到了麦克默特里那里，他因此委请两位认识多年的书商朋友比尔·黑尔（Bill Hale）、坎迪·哈里斯（Candee Harris）特别由华府飞到旧金山，在四天内密集进行一百箱书籍的筛选、打包和邮寄。比尔与坎迪在艾伦书店工作时，我正巧赶上。他们很遗憾地表示，与我相识在这种景况下，但是身为书商，他们其实都有心理准备，迟早自己也都会有这么一天。大家在唏嘘一阵后，都觉得艾伦的书能移到麦克默特里的店，毕竟是一件好事。

比尔与坎迪挑走一百箱书后，书架上还是立着一排又一排的书。接下来第三轮清仓，每本书低到数美元。那几天特价期间，只见许多二手书商拿着手电筒窝在书店内，把一堆又一堆的书放进他们带来的箱子内。至于墙上所挂的文学海报、版画、书架上的书挡（bookends）等艾伦珍藏的物件，也都成了大家收购的对象。有些书商对于自己如此"分食"艾伦的收藏，觉得像是秃鹰般，很有些罪恶感。约翰安慰大家说，他相信艾伦在天上有知，应该会乐见他的朋友们能拥有他的书。乔则对我说，这些宛如免费大放送的书，其实帮了不少书商，让他们能在不景气的当口即刻转卖获利，真的是功德一件，他个人至少就买了近千本。这不禁让人想起"生即是死，死即是生"的禅理，一个书商的死，也象征了其他书商的生。在这生生死死、死死生生的循环里，还看出了古旧书经营这一行的食物链关系。

我自然也加入了这些搜括大队的行列中，但我倒不是像书商们心存获利。一方面是有些书太诱人了，我想买来阅读、收藏或把玩；再方面，我想留下一些艾伦的遗物、一些关于艾伦的记忆。当我翻阅书籍时，看见前面空白扉页上，有着艾伦用铅笔标价的字迹，耳中响起的是艾伦对我的招牌问候语——"Hi Kiddo, what's up？"

卖书郎与补书娘的故事

钟芳玲

在多年的访书生涯里,我和不少的西方书商建立起相当好的情谊,因而得以在他们的书店中来去自如,并有机会从他们的口中得知只在圈内私下流传的业界秘辛(或八卦)。当然,最令人兴奋的,莫过得以一窥这些书商们的珍藏。也因此,我总是乐于在西方书世界中游荡。而在诸多的诱因里,让我最为印象深刻、难以抗拒的,是迈克尔与珊蒂·古德这对夫妇(Michael & Sandy Good),是他们那间迷人的书店,是他们家院里栽植的新鲜蔬果与香料,是他们自制的烟熏鲑鱼。

大约是一九九九年二月底,我在旧金山一个小型的书商联谊聚会里初识和善的迈克尔,之后又碰了几次面,知道他在金门大桥北边的小镇圣安瑟莫(San Anselmo),开了家古董书店,而他的太太珊蒂是个古籍修复员,在书店楼上的一个独立空间从事古籍修复的工作。哇!多么特别的组合。一般的伴侣要在职业上达到夫唱妇随的融洽情况其实并不容易，多半时候，夫妻在同一个单位共事，只怕会相看两厌倦，甚至最后演变成反目成仇的地步。但古德夫妇一个买卖古书、一个修补古书，虽然都是与古籍打交道，但是经手的古籍不同，面向也不同，而且一个在楼下、一个在楼上，如此同中有异、有点黏又不太黏的关系确实颇为理想。

终于，我在二〇〇〇年夏天亲自拜访了古德夫妇的古书店与工作室。从浓雾弥漫、云层笼罩的旧金山市区往北驶过金门大桥，顿时间阴霾尽散，进入阳光灿烂、一片清朗的马林郡（Marin County），我的心情也跟着愉悦起来，这是典型的湾区天候，难怪有不少朋友虽在旧金山市工作，却宁愿住在马林郡，每天开车或搭渡船上下班。圣安瑟莫就是此郡中的一个幽静小镇，不到三十分钟的车程，我已经抵达目的地。

书店是位于一个独栋建筑的二楼，顺着户外独立的阶梯拾级而上，推开大门那一刹那，我知道自己已经喜欢上这书店。恰到好处的昏黄灯光让架上的古书泛出温润的色泽，大小适中的空间既不冷清也不局促。一尊端立在旋转书架上的典雅石膏塑像，仿如一个守护神般默默地环视着书店，迈克尔看我望着那塑像发呆，在一旁轻声解说这半身女塑像是碧翠丝（Beatrice Portinari；意大利发音为"贝亚特丽斯"，一二六六至一二九〇），她就是中世纪意大利名诗人但丁（Dante Alighieri，一二六五至一三二一）的缪斯。根据史书记载，近九岁的但丁初次见到刚满八岁的碧翠丝后，自此深深爱上她，两人再次（也是最后一次）见面已是九年后，虽然仅有的两次相会极为短暂，碧翠丝并于二十五岁时香消玉殒，但她却成为但丁深藏在心的永恒恋人，更是他创作的灵感泉源，因为碧翠丝，我们日后才得以展读不朽的《神曲》。不知为何，我觉得这尊面目祥和的雕像特别亲切，一股宁静之心油然而生。一尊塑像、一则传说往往就让一家书店变得有灵气、有意思。但是真正让我感兴趣的还是迈克尔与珊蒂的故事。

一九五八年迈克尔在芝加哥一个神学院主修历史、辅修文学，第二年就与从护校毕业的珊蒂结婚。他与古董书的渊源始于大三时拜访了当地一位古董书商理查德·巴恩斯（Richard Barnes，此人的曾祖父A. S. Barnes为现今美国最大超级连锁书店Barnes & Noble的创办人之一），迈克尔向巴恩斯先生提到他才刚读完吉本（Edward Gibbon，一七三七至一七九四）的《罗马帝国衰亡史》（*History of the Decline and Fall of the Roman Empire*），感到非常倾心，谁知巴恩斯顺手指指架上就有第一版的这套巨著，当时标价为三百美元。虽然那价钱非迈克尔所能负担（数年后他买一栋房子的头期款也不过是九十美元），但是他惊异地发现，原来数百年前的首版经典在市面上还是见得到，若有充裕的资金，也可能拥有。之后他常与珊蒂去巴恩斯的古书店，而巴恩斯的太太则在店里从事古书装订与修复的工作。古德夫妇当时完全没有料到，他们会在二十多年后步上巴恩斯夫妇的后尘。

迈克尔正式投入古书业，是一九六五年受雇于加州奥克兰最大又最老的书店"弘士"（The Holmes Book Company），负责撰写书籍目录，他后来成为"弘士书店"旧金山分店的经理。一九七二年则转到旧金山最高级的"约翰·豪厄尔古书店"（John Howell-Books）服务。当今美国古书界许多知名的书商都曾先后在这两家已经消逝的书店任职，迈克尔不仅因此学习了一流的古书经营，也结识了不少优秀的同行。二十世纪七十年代的美国是嬉皮盛行的年代，迈克尔所居住的马林郡更是聚集了许多艺术家，对绘画有天分的迈克尔受到当时自由风气的影响与画家朋友的鼓励，在一九七五年辞职，离开古书界。平日除了画画，还接些木工的杂活维生，如此过了四五年，他终于认清自己充其量是个颇有创意的素人画家罢了，缺乏学院派的训练，毕竟难以成气候，因此决心回到自己最擅长、最熟悉的老本行。

一九八○年当迈克尔在圣安瑟莫替朋友整修一栋要出租的房子时，直觉这就是他开古书店最佳的处所，于是立即租下。次年初，"迈克尔·古德古书店"（Michael Good Fine & Rare Books）正式开幕了，店里的书种因迈克尔个人的所学与兴趣，主要偏向文学、历史、艺术类的绝版老书，还有为数不少的版画、海报。至于价格，则从数十美元分布到数千美元不等，以西方古董书业的标准来说，他的店绝非属于最高档的等级，罕见数万或数十万美元以上的昂贵珍本书，但是对于财力不很雄厚的一般藏书家而言，这却是一个不可错过的地方。书的品相多半相当完好，价格也很公道，最重要的是，迈克尔是个不摆架子的书商，他表示自己固然期望卖出高价位的书，但是能把十几美元的书转到一位确实想拥有此书的人手里，一样让他觉得欣慰。不少书商在与我谈起迈克尔时，都一致推崇他人如其名，是个真正的"好"书商，因为他的姓氏就是Good。迈克尔的"好"，在于他除了具备好的专业知识，还对同业不吝协助，对顾客更是以诚相待，人缘好的他也因此日后曾被推举为美国古董书商协会北加州的主席。

当迈克尔兴致高昂地重返古书业之际，珊蒂却对她已从事二十二年的护理工作深感倦怠。当时旧金山州立大学正好开了书籍装订与修复的课程，迈克尔忆起早年巴恩斯夫妇买卖书、修补书的模式，于是鼓励珊蒂去修课，珊蒂正式上了两年相关课程后，先从修复迈克尔书店中的破损古籍实习起，接着替其他书商与图书馆服务，于是开创了职业生涯的第二春，她的工作室就在书店顶层。珊蒂以为自己护理的训练，特别是后期的助产经验，使得她双手灵巧，较常人有耐心、注重细节，因此书籍修复所需的繁琐过程与技术，对她并不是问题。将一本封面或内容破损的古籍修复完好，正如助产一位新生儿般，令她觉得极有成就感。

第一次的书店之旅几乎都耗在采访与摄影，为了仔细品书，于是和古德夫妇相约几天后再度登门，两人并热情邀我下次访书完毕，一道回家晚餐。一星期后，我轻松地在店里浏览藏书，度过了一个悠闲的下午，并买了册日本俳句的英文译本，装订与印刷都精美，价格不过二十美元。五点后，我开着车尾随在两人之后，往西方的山区行驶约十五分钟，到了人口仅一千的伍德埃可（Woodacre），古德夫妇的家就在这个林木翁郁的隐秘小镇。

那天简简单单的晚餐，比起我所吃过一流餐厅的佳肴，都要让我印象深刻得多。沙拉盘中香甜的西红柿与说不出名的绿脆瓜是由我和珊蒂从院里的菜圃中亲手采摘的，主菜则是我尝过味道最正点的烟熏鲑鱼，原来这鲑鱼是邻居自不远的太平洋滨垂钓来的战利品，由迈克尔以特殊机器烟熏而成。至于甜点香草冰淇淋，则是珊蒂自制的杰作，上面撒满的多汁黑莓与点缀的薄荷片，一样是来自后院的产物。

饭后在啜饮白酒与聆听爵士女歌手萨拉·沃恩（Sarah Vaughan）的磁性歌声之际，我送上自己写的一本书和一罐乌龙茶以表谢意，夫妇俩交头接耳了一阵，然后说夜晚山路难行，怕我迷路，待会儿迈克尔会开车引我到圣安瑟莫的主街，以确保我能安全开车返回旧金山，另外他得回书店拿一份礼物回赠给我。自认很有方向感的我，不断说自己认得路，至于礼物，更是不能收，岂有到人家家里白吃一顿，临走还带礼物之理？但抗议无效，迈克尔还是执意送我一程，并在书店停了几分钟，下楼时给了我一个包裹好的扁平物件，我们互道珍重并相约下回见。

回到住处时，我打开包裹，眼泪当下夺眶而出，里面赫然躺着一本我稍早在书店把玩甚久的书 *A Birthday Book*（《生日书》），这本约三十来页的绘本，主要是为了新生儿设计的礼物书，里面有十五页罗克韦尔·肯特（Rockwell Kent，一八八二至一九七一）设计的精美插图和撰写的短文，以典雅的浅灰色墨水印刷，配上奶油色的波浪纹丝绸蝴蝶页，布质装订的蓝紫色封面有着十来只飞翔的鸽子，书名以红色的花体字书写，外围还绕着原始所附的一层透明塑料护套。我对肯特的画作、文字与奇特的生平极为倾慕，这本小书是一九三一年出（初）版，限量仅一千八百五十本，每本不仅编号且由肯特签名，迈克尔的标价为一百七十五美元（有些书商对书况相似、同一版本的标价可高达三四百美元），我考虑了许久，最后还是把书放回架上。没想到观察入微的古德夫妇看穿了我的心思，竟然慷慨地送我这份薄薄的厚礼，肯特的作品我也有一些，但这却是第一本有他亲手签名的书，内心的激动可想而知了。

以后我到旧金山湾区，一定会造访古德夫妇在圣安瑟莫的书店，他们也一定会邀请我到伍德埃可的家中用餐，餐桌上总有一些产自后院的时令蔬果与香料。这个同时满足心灵与口腹欲望的宴飨，成了我访书生涯中的一个亮点、一项仪式，夫妇俩视我如己出，仿如是我在旧金山湾区的再造父母般。

三四年前起,已逾六十五岁的迈克尔开口提到要把店面收起来,希望能有多点时间与珊蒂去旅行。我却忧虑爱书人将少了个去处,更不舍这么有气氛的书店就此消失。该发生的还是会发生。前年秋天,迈克尔开始拍卖中低价位的书,另一方面则扩建家中的地下室、增添书架,将店中的高价书与珊蒂修书的工具逐一移回家,前年十二月底书店正式退租。然而靠着网络与古书展,迈克尔并未停止古书买卖,他依然是美国古董书商协会的一员,只不过把通讯地址换了,珊蒂仍在家进行古书修复。此外他们还在圣安瑟莫另租了十来坪左右的一个空间,当作仓库兼会客室,以方便接待一些不熟的顾客。

去年春天我迫不及待地来到古德家,客厅放置了珊蒂的补书工具,新辟的地下室已经摆满书,迈克尔的办公桌面对着户外的满园绿意和小溪,守护神碧翠丝在楼梯口向下凝视着书区。这次造访让我非常确定,热爱工作与生活的古德夫妇是退而不休,他们将会喜乐地在此终老一生。没有但丁和碧翠丝间的疏离与神秘,也不具罗密欧与朱丽叶的炽热与悲壮,这对卖书郎与补书娘的相依相持,其实才是俗世中最让人称羡的幸福典范。

后记:古德夫妇知道我对他们的烟熏鲑鱼念念不忘,两人特别替我留了上一季剩下的最后一片,并以真空袋包装储存在冷冻库里,以便我在最近的一趟旅程中能享用。至于搭配的爽口菠菜沙拉,当然还是后院的产物。最最令我感动的是,迈克尔大概看我每回总是以爱慕的眼神盯着碧翠丝打转，竟然在饭后表示："I will make sure that Beatrice is left to you in my will."（我会在遗嘱中确保碧翠丝未来归你所属。）听到这番话，我的眼眶不禁又湿了。

俄罗斯买书记

郭在精

二〇〇七年,有幸重访俄罗斯,那些书店、那些书人书事,又勾起了我的记忆……

初识纳博科夫的诗

一九九一年六月作为上海作家代表团组员去俄罗斯访问之前,在傅雷墨迹作品展览会的发布会上,有一位资深记者坐在我的右边,他对另一位朋友说:现在要给记者吃苦,就叫他去苏联。那里东西很贵,书也买不起。他不知我正要去俄罗斯访问,我却记住了他的话。我访问后,觉得事实并非全如他所言。

在乌克兰基辅,有一天下起了冰雹,如玻璃珠子那么大,我们躲进附近一家书店。在那里,我看到一本《纳博科夫诗选》，列宁格勒文学艺术出版社一九九〇年出版，袖珍精装插图本，一百七十二页，六个卢布五十戈比，在当时算是很贵的价钱了，但只相当于人民币一元三角不到一点（当时一元人民币相当于五卢布），我觉得算是便宜的。当时，不太了解纳博科夫，对他的情况知之不多，只知他是美籍俄裔作家，写了小说《洛丽塔》。前几年，在上海作家接待俄罗斯作家的一次座谈会上，王安忆倍赞《洛丽塔》，在座上海作家大都不知这部作品，更不知这位作家的情况。所以，我拿着书翻看，看有无必要购买。那天，陪我们访问的米沙看到我拿起这本书，立即说：这个作家写的诗，我很喜欢，我要买一本。米沙平时很节俭，居然有这么强烈的反应，于是，我毫不犹豫地买下了。在那书店里我还买了《十九世纪六十年代俄罗斯绘画艺术史》，精装本，二百三十页，很好的纸张，很多的绘画插页，也是六个卢布五十戈比。同行的赵丽宏则买了一本英文版的画册，是介绍法国印象画派的，大概是二十多个卢布吧（只有四元多人民币）。我很喜欢绘画，也想买一本，可惜那是最后一本了。在佩切尔斯克教堂，我买了几本基辅城市和佩切尔斯克教堂明信片，二卢布三十戈比，只有四角多人民币。介绍基辅旅游的特形精装书，一百六十八页，卖二卢布八十戈比。这个价钱，对于我们来说，都不高，很能接受。我都不作考虑，就买下了。

在彼得堡，我们住在莫斯科饭店，一出饭店，就有书籍出售的，有不少大画册是旧书，比原价贵得多。在当时感到挺奇怪，为什么旧书比新书还要贵呢？那时，我们国内还未恢复旧书业务，因"文革"中断了十多年，所以才产生这种十分可笑的疑问。后来在涅瓦大街的书店里，我买了《托尔斯泰作品的第一批插图画家》，内里主要介绍两位画家巴希洛夫和帕斯捷尔纳克是如何创作托尔斯泰《战争与和平》和《复活》的插图的，插图有六十五幅，很精彩。这是本旧书，一九七八年莫斯科艺术出版社出版，大开本，封页有点破，内里完好，只卖三卢布十戈比（人民币一元不到）。我甚爱那些插图，都是一些名作。还买了一本谢罗夫的旧画册，莫斯科艺术出版社一九七三年出版的，原价三卢布七十三戈比，现卖二十五卢布（人民币五元）。在艾尔米塔什，我买了简易介绍小册子，八十戈比。参观陀思妥耶夫斯基故居时，在底楼我买了罗曼内切夫的普及画册，列宁格勒艺术家出版社一九八六年出版，仅七十个戈比。我在涅瓦大街上的一家百货商店里，买了三幅油画，均连镜框，一幅稍大的，长三十多厘米，高二十五厘米，三十卢布；略小一点的，十二卢布；一幅小的，仅六卢布。回国后，两幅小油画都送人了，留了一幅大的，白桦林前白雪融化的春景，至今放在厅堂里，每每望着它，就想起了遥远而亲切的彼得堡。

　　最让我难忘的却是诺夫哥罗特古城。那天天气晴朗，风和日丽。我们进入古城墙，来到俄罗斯千年纪念碑前，在那里有一老妇人，头上扎着围巾，脸上布满皱纹，看得出是经历过沧桑的老人。她在地上放着一本厚厚的大画册，是诺夫哥罗特全城教堂所有壁画的荟集。原价二十九卢布十戈比，现卖三十卢布，值人民币六元。我拿起这本又厚又沉的书，翻了起来，真是本好书。只是太重、太大，怎么能带呢？这时，老妇人说，她原本是不想卖的，现在卖三十卢布，只是因为缺钱。我正在难以取舍时，诗人赵丽宏说，你买不买？你不买，我就买了。这句话促使我下决心，买了下来。回国后，我到书店去，看类似的画册，都要上百，甚至要二百多元。一次，我外甥女来，她是学画的，看到这本画册，要我送她。如果没有这段经历，我或许就送她了。正因为有上述故事，加上从那么远背回来这么个砖头一样重的书，我要给自己留作永远的纪念。

纳博科夫的"柳枝"

二〇〇七年七月，我跟随旅游团再次来到俄罗斯访问，尽管没有安排买书的活动，我还是挤出时间去浏览一些书籍，看看有无需要购买的资料和好书。

我在游船上买了一张从莫斯科到彼得堡的旅游图，六十卢布，标示了整个航程以及每段航程的公里、水位情况，还有各个景点的介绍，应该说，对于伏尔加河之游，还是一目了然、清楚明白的。而且从后来了解到的情况看，船上小卖部买的套娃等工艺品，比陆上要便宜，这与我们在长江行的旅游正相反。在乌格里奇小城，我买了介绍当地情况的精美小册子，五十卢布相当于现今人民币十七元不到一点。到了梅什金，居然没有买到小册子，后悔在乌格里奇没有买介绍梅什金的小册子。当时认为，当地一定会更便宜一些。自作聪明了。在雅罗斯拉夫尔，没有小册子卖，买了大册子，一本一百卢布，相当于三十元人民币，我就觉得有点贵了。在基日岛，有好几种介绍册子，我买了七十卢布和一百二十卢布的。

在彼得堡，我再次去了涅瓦大街书店，因为同行游客等我陪他们去寻访普希金故居，匆促进去，一览而过，匆促出来，没有买书，只是感觉书店的人显然比过去多得多。在涅瓦河边一些商店里，介绍彼得堡和莫斯科的大册子，竟要卖到七百卢布（二百三十多元人民币），没有买。我在天都饭店门口，向私人买了一本莫斯科大画册，付了人民币一百元。其他游客买了彼得堡、莫斯科的画册以及各种明信小画片。

在莫斯科，在红场边上一家饭店吃过午饭后，我见对面有一家古典书店，立即趁机进去，飞快浏览一遍，在文学栏里看到纳博科夫的两本书，一本小说《玛申卡》，一本诗选。当时，内心真是一阵欣喜。记得上次买了《纳博科夫诗选》，回国后译了几首给了《外国文艺》杂志。那时，纳博科夫的小说《洛丽塔》已拍成电影，有的译成《一树梨花压海棠》，广为人知，而他的诗作却少为人知。其中一首译诗是《飞雨》——

飞雨骤歇。
我漫步在绯红小路上。
黄鹂鸣啼，楸花结。
柳林花序闪银光。

空气清爽，甜润芬芳，
仿佛金银花送幽香。
叶尖低低垂，
且把玉珠坠。

比我年长的翻译家戴骢先生看后说：看来，你的古文还不错。谢谢他的鼓励。我还译了纳博科夫另一首诗，其中有这样的诗句："我胸中吸着你的大气，/我把诗篇奉献给你。//蓝夜里红红的手掌／卫护着你柳枝的火光。"当时译了，自己也没有弄明白为什么是卫护着"柳枝"，我只是照诗句"вербный"（柳枝的）的词义如实翻译罢了。后来，读了谷雨译诗《寄故乡》，他这样翻译："我的胸中积存着你的空气，我把自己的诗章奉献给你。蓝幽幽的夜晚巴掌鲜红，守护过你复活节的神灯。"他译成"复活节的神灯"，很明白，是意译，活翻，传达了诗人的意思。这次去俄罗斯旅游，翻阅了蒋路先生的《俄国文史漫笔》，读了《红场旧事》一文，使我豁然开朗。他写道："据《新约》记载，耶稣受难前不久，骑着毛驴最后一次进耶路撒冷城时，群众手持棕榈枝热烈欢迎，将棕枝投在他脚下。后来教会规定复活节前的星期日为'棕枝主日'或'圣枝主日'，这一天，教堂多用棕枝装饰，有时由教徒持棕枝绕堂一周，象征性地重温当年盛况。北国天寒，棕榈不生，通常以柳枝替代。十七世纪的莫斯科人为表示纪念，往往举着圣像、神幡和十字架，列队到红场做一番游行，景象颇为壮观。彼得大帝时代，这一习俗已由盛而衰，其余风遗韵，却以'复活节集市'或'柳条集市'的形式保存下来，从十九世纪四十年代起甚至有所发展。集市期间，沿克里姆林宫宫墙搭起长长的两排帐篷，当中为顾客留出一条宽大的通道。修女们在帐篷里出售用蜡制花朵点缀的小捆柳条，一般商贩则经销玩具、冰糖、蜂蜜饼干和其他甜食以及碗碟、旧书等。商界巨头们让自己的未婚妻或待嫁的女儿打扮得花枝招展，坐上华贵的马车，在集市东面的红场空地结成长队，慢慢地来回行驶，夸豪斗富，互相攀比，看热闹的闲人就在一旁评头品足，以为乐事。这种集市为期仅一周，不过是红场内外常设商场的一个补充罢了。"这里的"柳枝"，带有节日庆贺或复活节庆贺之意，"起源于宗教传说，又带有民俗学意味的商业活动"。这柳枝，"修女们在帐篷里出售用蜡制花朵点缀的小捆柳条"，带着民众庆贺的形式，老百姓"以为乐事"。所以，如果在译诗里，加一个注解，译成"柳枝的火光"，也不失为一种形象的译法。

从纳博科夫的诗作,可以看出,他离开俄国后,写了《俄罗斯》《致祖国》《致俄罗斯》《俄罗斯河流》等作品,吐露了对俄罗斯故土浓浓的思念之情:"你就在心中,俄罗斯!你就是目的和座基,/你就在血的絮语里,就在幻想的不安里!/我寻路在这无路的世纪里?/照亮我的依旧是你……"(《俄罗斯》)就在这次来俄罗斯之前,我还拿出《纳博科夫诗选》,翻阅了他的《陀思妥耶夫斯基逝世周年祭》《追忆古米廖夫》《给伊凡戈·蒲宁》《你知道我的信念》《给我的母亲》等作品,我欣赏他写的《孤寂里有自由》,内里蕴含生活的哲理:

孤寂里有自由,
和甜蜜,这是良善的虚构。
星斗,雪花,滴酒
我全都融会在心头。

于是,夜夜死去的同时,
我乐意在适时回生起死,
新的一天是天堂的露珠,
而过去的一天是金刚石。

因此,我一看到纳博科夫的小说和诗集,毫不犹豫地拿了书走向付款台。正在付款时,周领队跑来催我出发了。一回来，我发觉我买的，一本是纳博科夫的小说《玛申卡》，而另一本却是勃洛茨基的诗集，不是纳博科夫的。心急慌忙，出错了。这两本书，各一百五十九卢布，相当于五十三元人民币。与上次相比，不能不说是贵多了。

在莫斯科的最后一天，我去寻访高尔基故居，当走到老阿尔巴特街与新阿尔巴特街交会的路口时，见那里有一排书摊，粗看一眼，书有新旧，价格大多在十卢布左右（人民币三元多）。原想造访完高尔基故居再来这里淘书，遗憾的是，连寻访高尔基故居的时间都不够，不能细细地翻阅书摊上有哪些好书了。

我在红场附近一家大书店书窗前，拍了一位中年丰腴女子倚着橱窗抽烟的照片，还是蛮有意味的。硕大的四扇玻璃橱窗里，各置放着一幅宣传画。一幅是一个穿红衣的孩子，正聚精会神地读着一本有趣的书，下方写着这样的文字："读书是有吸引力的"；一幅是一个男孩子在游戏场捧着一本书，津津有味地读着，下方写的文字是"读书是轻松的"；一幅是母亲拿着书，给年幼的孩子在讲着故事呢！上面写着："读书是有知识的"；一幅是两个姑娘坐在一起品读一本好书，上面写的文字是："读书是有魅力的"。这是他们读书的口号了。可以想象俄罗斯读书的氛围。我在地铁大厅里就看到俄罗斯许多男女青年聚精会神看书的场景，一个身穿红衣裙的姑娘坐着捧读法国作家梅里美的小说《嘉尔曼》，那专注的神情，令人感动。所以,我想,那读书的口号,对我们每一个人,也是有所启发的!

(选自《文汇读书周报》,二〇〇八年三月二十八日)

都灵书生活

王宇平

意大利北部城市都灵是有山有水的好地方，西北望是终年顶着白雪的阿尔卑斯山，东边走则伴着缓缓流淌的波河，叫人沉潜下去，又舒展开来。我身陷其中，悠然数日，眼见从国内带来的有限的几本书被翻得书边也黑了去，不由口中乏味，胃里空虚。自忖于那番邦文字已略有知晓，便游离开家与学校的两点一线，四下里晃悠着"觅食"吃。

这城里，书店竟和意大利人引以为傲的冰淇淋店一样多。它们错落在大街小巷里，你不提防就迎面遇上一个"Libreria"，三五步后，又瞧见了另一家。我常常握着个小火炬般的冰淇淋，钉子一样地钉在书店的橱窗前直至吃完，才进得门去。这可不算是浪费时间，意大利书店的橱窗是店主极为重视的招人来的"脸面"，展示着大众书店最"大众"的或者是特色书店最"特色"的书籍，以及最吸引消费者的当季打折书。所以无需多做广告,行人偶一驻足,就能大致领略书店的基本精神了。有的书店门面小得只容人进出,店主也会想办法在拐弯抹角的不远处找个位置设橱窗。

市中心的两家大书店是Feltrinelli和fnac,前者是来自米兰的意大利著名连锁书店(也有同名出版社),后者是法国品牌的图书和数码音像制品的大型超市。Feltrinelli在都灵有两家分店,市中心城堡广场附近这一家,加上地下一层共三层,面积并不大,胜在设计得明亮舒适,黑色的楼梯在店面中央优雅地扭上来又扭下去。跟中国的书店一样,进门位置摆的总是重点推介新书,上面高高地竖着一个写有"più"的牌子。满桌满架的书里,那些与中国相关的,会在我目光触及的刹那自动跳出来。人在异乡,不自觉地就成为一只灵敏的猎犬,哪怕丁点中国气味也能被我迅速嗅到。意大利文翻译的中国书籍主要集中在两端:一是《易经》《论语》之类的古籍,另一则是对自晚清以来的中国尤其是革命中国和当代中国的叙述。李安的电影《色,戒》当红之际,意大利文版的小说《色,戒》也追风在Feltrinelli迅速上了架。一并销售的还有几年前米兰大学兰珊德教授翻译的张爱玲著《金锁记》,那封面上穿着旗袍的张爱玲一手叉腰,傲气地仰着头。这样的张爱玲一连几个星期在Feltrinelli入口处书架的最高层上目无下尘。我几次从那里经过,并不抬头望,单知道她在那里,心里就觉得亲切。fnac的图书部在地下一层,俨然如一个地下大仓库般,图书种类很是齐全，分类也清晰。它的英语书籍区既有经典英文著作，也有时下英美流行读物，更新又快，是我时常流连的所在。

这两家综合型大书店之外，就是众多各有侧重的中小书店了。都灵国家图书馆右侧的Einaudi出版社书店蹲在邻居庞大的阴影里，大晴天的太阳费力变换各种角度也难照射过来。两个轮班的店员总是在把小小的店子打扫得一尘不染后，安静地坐到电脑前，他们似乎相信着"珠玉自生光"的道理。可不是！稍微熟悉一点意大利文化出版的人，谁不知道Einaudi呢？即使我这样的迷糊后生，多年前看人民文学出版社一九八三年版的葛兰西著《论文学》，发现几乎每篇文章后面都跟着"都灵，埃依纳乌迪出版社"，不知怎的就记牢了这个当时看来很是古怪拗口的出版社名字。都灵是葛兰西学习和战斗过的地方，他的意大利文著作都是由都灵的Einaudi出版社出版的；后来又知道卡尔维诺曾在Einaudi工作了十多年，他早年的许多作品也是在这里出版的，对它的印象便又深了一层。它的创办者Giulio Einaudi一九三三年在原有小出版社的基础上与当时文化界的左派朋友Leone Ginzburg、Cesare Pavese、Massimo Mila以及Giaime Pintor合作，成立了Einaudi出版社，着力于历史、经济和反法西斯的政治、后来又转向文学和哲学方面，并且翻译出版了大量意大利以外的各类经典作品。正是Einaudi出版社为都灵国际文化重镇的地位打下坚实的基础，并在二〇〇六年获得联合国教科文组织授予的"世界图书之都"的称号。Einaudi出版的书籍大都装帧大方，格式统一，列在高高低低的书架上，尤其是那些大部头的百科全书之类的作品，叫我生出又艳羡又敬畏的心。曾是意大利文化前锋前哨的Einaudi渐渐生出"正大仙容"的感觉来，加上店内那过于洁净的地面，我常恨不得在其中蹑手蹑脚以免有所惊动。这里的书价因为少有打折，比别处要贵些，我还是忍不住"庄严"地买了一二本外国小说和本雅明文选，装在印有Einaudi出版社标的塑料袋里拎回去，取出了书，将那袋子好好折了收藏起来。某日闻得该出版社印有五十年间（一九三三年至一九八三年）近三万种学术文艺类图书目录，心头大动，直捣黄龙，问起Einaudi的店员来，他想了想说："这个啊，你应该去波河大街上问问了。"

波河大街是都灵市重要的大道，路两边有宽阔的街廊供人们漫步。在历史悠久的咖啡馆和时尚的服装店之外，聚集着一些最有特色的老书店，众多旧书摊更是自大街中段起一字长长排开。指南针书店（La Bussola）是文史哲类书籍的打折书店。意大利书价很贵，连一个老师都向我抱怨十欧左右的新书是越来越少了，指南针书店自然成了大家的心头爱。我在这里买了三本劳伦斯的英文小说：两欧一本，三本五欧。Arethusa书店是都灵最古老的另类书店，所售图书内容涉及炼金术、共济会、东方玄学、占星术、另类医学等等，店主是个健谈的红鼻子老头，跟人聊得高兴了，便弃了收银台不坐，拉谁是谁一起到楼上找书"炫耀"去了。一八五二年开业的Augusta音乐书店,曾为皇族家庭服务多年,堪称经典音乐书籍、唱片和光盘的宝库,歌剧和交响乐类珍藏尤为丰富。波河大街上最吸引我的还是那些塞满了旧书、旧海报和旧碟片的乳白铁皮屋子,只要用心淘能发现不少好书,价格也有商有量有余地。除周日和周一上午外,摊主们总是上午九十点钟来将那个"大匣子"三面打开,然后自己坐在另一边抽烟或者跟人聊天,到了傍晚六七点再收了书将大匣子合上。摊主有事或者逢着刮大风下大雨,不想来也就不来了。摊主和顾客们虽然看起来都是懒懒散散的,书的流通速度却并不慢,除摆摊外,摊主们也都将旧书在网上销售。即使不买书,在波河大街上、在书丛里走几个来回,心里也是温暖熨帖的。一个世纪前,定居都灵的意大利作家亚米契斯称赞波河大街是"都灵最有生气,最美丽和最独特的景观",我深以为是,只不知道那时的波河大街格局怎样、他的这番说话是否也更多地为了这街上的书香?

值得一提的还有在都灵新门车站附近的Mangetsu书店,专营与东方相关的书籍,以中国和日本图书为主。书架上用中意两种文字标明分类:中国文学、中国历史、儒教与道教……店主马智飞(Federico Madaro)是个意大利帅小伙,曾在中国吉林大学读书,会说一口流利的中文,聊起他的种种"中国经",总是煞有介事地以"说来话长"开头。基本上只要与中国相关的意大利文书籍,他都会尽力搜集过来。他也有不少中国出版的大部头的图书,委屈地放在书架的最底层,有次马智飞指着它们朝我叹气"中文太厉害了,学中文的意大利人也读不懂。他们买这个",说着他从近旁的"汉语学习"的书架上取了一本《宝葫芦的故事》来。

前几日去马智飞的店里,发现他的书架比先前空了一些。他兴致勃勃地告诉我,眼见着每年五月的都灵国际图书博览会（Fiera Internazionale del Libro）又要来了,这可是意大利出版界的盛事,届时各国重要出版商云集,一些世界知名的作家学者也会现身,二〇〇七年中国作家莫言就参加了这一盛会。他现在开始着手把展览书籍一点点地搬到展馆去。我看着马智飞弯腰理书的样子,跟他开玩笑说："这可是我们中国人常说的'躬逢其盛'了！"

有山有水有书读,我的都灵书生活真是越来越叫人期待了。